# 宮沢賢治
# 「二相ゆらぎ」の世界

西郷竹彦 著

黎明書房

# まえがき

　自然も人間も、また人間の社会も歴史も、ありとあらゆる森羅万象、すべての〈もの・こと〉が、「二相ゆらぎ」としてある――それが、宮沢賢治が、童話において、また詩において、一貫して主張してきたこと、といえましょう。

「二相」とは、詳しくは本文に譲りますが、俗に砕けていうならば、明暗、強弱、善悪、正邪、緩急、硬軟、美醜、黒白、大小、寒暖、甘辛、……という互いに相反する、あるいは相異なる対比的な両者が、ひびきあい、もつれあい、あらがいあい、……つつ、ゆらいでゆくさまをいいます。それは、劇的状況を生み出すこととともなります。そのことを「二相ゆらぎ」と名づけておきます。

　しかし、これまで、賢治の世界を「二相ゆらぎの世界」として解き明かした著書・論文は筆者《わたくし》の知るかぎり、ただの一つもありませんでした。

　そもそも「二相ゆらぎの世界」とは何か、ということ自体が、何のことやら見当さえつかぬであろうと思います。賢治が信奉した法華経の神髄といわれる「諸法実相」こそが「二相ゆらぎ」の根底を支える思想であるのです。宮沢賢治についての研究文献といえば、「汗牛充棟ただならず」といわれます。考えられる限りの研究テーマでの論文、著作が、あふれています。一つのテーマを巡り複数の論者が、それぞれの立場から論陣を張るというケースもすくなからず見られます。

　しかし、にもかかわらず、すべての対象を「二相ゆらぎ」としてとらえる賢治の世界観・人間観にかかわる重大な「謎」が、いまだにまったく解明されていないのです。いや、そのような「謎」のあること自体が、まったく話題にさえもなっていないのです。

その「謎」とは何か。

本書は、ほとんどすべての童話、また多くの詩作品に共通してみられる、ある意味では常識に反する「謎」を提示し、具体的、かつ徹底的に解明せんとするものです。そのことの結果として、「二相ゆらぎの世界」の実相が明らかとなるはずです。

西郷竹彦

【凡例】

・宮沢賢治作品の引用については、筑摩書房刊『新校本　宮澤賢治全集』に依った。ただし、ルビは原則として省略した。引用文中の〔　〕で括られた部分は、同全集編者による草稿・原文の校訂の結果、本文が決定されたことを示している。
・宮沢賢治作品の本書本文中への短い引用の場合は、当該部分を〈　〉で括った。
・作者の文体（書き方）と区別するため、話者（語り手）の話体（語り方）は、便宜的に片仮名書きにした。

# 目次

# 序論

# 1 「やまなし」の奇妙な一語

## 表記のゆらぎ

賢治は、最愛の妹トシの没後、自らを修羅に擬するほどの深刻な思想的葛藤のなかで、しばらく童話創作の筆を断っていました。童話「やまなし」は、その沈黙を破るかの如く、『岩手毎日新聞』紙上に発表(一九二三(大正十二)年四月八日・賢治二十七歳)されたものでありました。もちろん、トシの死以前に初期形は成立していたと考えられますが、絶えず推敲を重ねる賢治にとって、新聞紙上の発表前にも最後の推敲がなされたものと考えられます。その意味において、「やまなし」は賢治晩年の思想の結晶した珠玉の小品といえましょう。

……小さな谷川の水底の、二疋の子蟹を主人公とした童話で、五月と十二月の二つの場面で構成された、わずか数ページの短い散文詩のような、しかし、詩情ゆたかな、かつドラマチックな名品です。

多くの研究者が「やまなし」について、論及していますが、これらの研究論文の何処にも、次の「謎」について言及したものを寡聞にして知りません。実は表現上において、常識的ではない「奇妙な一語」があるのです。

その「謎」を秘めた場面を次に引用しますから、注意深く読んでみていただきたい。小さな谷川の水底で、二疋の蟹の兄弟が、どちらの吐く泡が大きいかを競いあっていると……(「十二月」の場面の後半です。ルビは省略します)。

　そのとき、トブン。

　黒い円い大きなものが、天井か〔〕ら落ちてずうつとしづんで又上へのぼつて行きました、キラキラツと黄金のぶちがひかりました〔。〕

『かはせみだ』子供らの蟹は頸をすくめて云ひました〔。〕

　お父さんの蟹は、遠めがねのやうな両方の眼をあらん限り延ばして、よく〳〵見てから云ひました〔。〕

『さうぢやない、あれはやまなしだ、流れて行くぞ、ついて行つて見やう、あゝいゝ匂ひだな』

　なるほど、そこらの月あかりの水の中は、やまなしのいい匂ひでいつぱいでした〔。〕

　三疋は〔ぽ〕かぽか流れて行くやまなしのあとを追ひました〔。〕

　その横あるきと、底の黒い三つの影法師が、合せて六つ踊るやうにして、山なしの円い影を追ひました〔。〕

　間もなく水はサラサラ鳴り、天井の波はいよいよ青い焔をあげ、やまなしは横になつて木の枝にひつかかつてとまり、その上には月光の虹がもかもか集まりました〔。〕

『どうだ、やつぱりやまなしだよ　よく熟してゐる、いい匂ひだらう。』

『おいしさうだね、お父さん』

『待て待て、もう二日ばかり待つとね、こいつは下へ沈んで来る、それからひとりでにおいしいお酒ができるから、さあ、もう帰つて寝やう、おいで』

親子の蟹は三疋自分等の穴に帰つて行きます〔。〕

波はいよいよ青じろい焔をゆらゆらとあげました。それは又金剛石の粉をはいてゐるやうでした〔。〕

私の幻燈はこれでおしまひであります。

◆

「奇妙な一語」が目にとまりましたか。もちろん、これは幻想的な童話ですから、現実のリアルな小説とは違います。蟹という小動物が人物化されていることは、童話としてはごく普通のことです。また、小川の水面の〈波〉を〈青じろい焔〉や〈金剛石の粉〉などに喩えるなどは、賢治童話独自の表現ということで、ここで問題にしている「奇妙な一語」ということにはなりません。

試みに、筆者《わたくし》は、筆者が集中講義に出かけた幾つかの国公立大学教育学部の学生や院生、それに小中高校の教師のサークルの方々に読んでもらいましたが、これまでに気づいた方はありませんでした。

読者のあなたは、どうでしょうか。ヒントは次の一文の中にあります。

その横あるきと、底の黒い三つの影法師が、合せて六つ踊るやうにして、山なしの円い影を追ひました〔。〕

……そうです。〈山なし〉という一語です。題名をはじめ、先に引用した場面をご覧になればおわかりの通り、すべて平仮名表記で〈やまなし〉とあります。ところがここだけが〈山なし〉となっています。いわゆる**漢字と平仮名の「交ぜ書き」**です。もちろん、「交ぜ書き」そのものは、世間を見渡して、まったく無いわけではありません。しかし、一般的には、好ましくない表記法とされています（教科書では、授業の混乱を避けて、「やまなし」に、統一されています。いくつかの出版社の「賢治童話集」に当たってみましたが、たぶん編集者の配慮でしょうか、「やまなし」と訂正、表記をそろえたものがありました。おそらく「うっかりミス」と考えてのことでしょう）。

しかし、これは、このあと具体的に解明しますが、作者賢治や編集者の「うっかりミス」という類のものではないのです。といって、何故、ここだけが、こんな奇妙な漢字と平仮名の「交ぜ書き」になっているのか、いろいろ考えてみても、おそらく整合性のある妥当な理由や意味は見いだせないだろうと思われます。

じつは、このような奇妙な「交ぜ書き」や、漢字・ひらがな表記の「でたらめ」（アト・ランダム）なあり方は、他の多くの、ほとんどの童話にも見られるところであり、ひとり「やまなし」にとどまりません。

ところで、筆者の調べたかぎり、この奇妙な「交ぜ書き」に言及した研究文献はないようです。おそらく、このことに気づいていないか、たとえ気づいたとしても、うっかりミスとして看過してきたか、あるいは作者の意図的なものとして考えても、整合性のある妥当な見解を示せなかったか、いずれかであろうと思います。この問題は、いわゆる「不問に付す」ということなのでしょう。

では、このような問題が生じたとき、研究者は、どうすべきでしょうか。まずは、前述の如く、然るべき理由づけ、意味づけを試みるでしょう。たとえば、この場面は「やまなし」の実体ではなく「影」を対象にした叙述だからではないか、と解釈する向きもあります。なるほど一理あります。しかし、この作品の他の場面の「影」にかかわる表記法を見ますと、「交ぜ書き」の箇所は一つもありません。ということは、この解釈は、作品全体に照らして整合性がないということになります。

多くの大学での筆者の集中講義の場で試みてみましたが、整合性のある、また妥当性のある解釈はついに出ませんでした。となると、これは意図的なものとはいえない、つまりは偶然的な、あるいは恣意的なものということでしょうか。ある研究者は、こんなエピソードを紹介してくれました。農学校の教師であった賢治は、貧しい生徒に原稿の清書を依頼し、幾ばくかの筆写料を払っていたらしいから、もしかすると、清書の時のうっかりミスではないか、というのです(注)。仮にそうであったとしても、ここで結論を出すのは早すぎます。第一、これがミスならば、作者自身、あるいは編集者によってチェックされるであろうと思うからです。

(注) 賢治は、森佐一あての封書に「同封松田君の原稿お手数でもご添削の上次号へ一部分なりとご掲載くださいませんか。」(一九二五・九・二十一)と書いていますが、松田君というのは花巻農学校の教え子(大正十四年三月卒業)。在学中、賢治の委嘱により「風野又三郎」などの草稿を筆写清書したという。

たとえ生徒に筆写を依頼したとしても、実は、このあと紹介するように、賢治という人は、丹念に推敲に推敲を重ねるタイプの作家でした。おそらくこの作品も作者により丹念に推敲されたものと思われます。他者に依頼した原稿でも、賢治自身、改めて目を通しているであろうことは確かです。

なお、詩人草野心平の『宮沢賢治覚え書き』(講談社文芸文庫)に、童話集『注文の多い料理店』についての興味深い一節があります。

私の記憶にまちがいがないとすれば、それらの作品は二十行二十五字詰というふつうとちがった原稿用紙に書かれていたように思う。一字一字ハッキリした楷書体ともいうべき字で、それらを写し書いた宮沢清六さんの努力、それもたいしたものだと思った。

筆者がこの一文から推定することは、恐らく清六氏は清書の段階で、これらのおびただしい「表記のみだれ」に気づき、多分兄賢治に、そのことを聞きただしたであろうと思われます。しかし読者諸賢のすでにごらんの通り「表記のゆらぎ」は、賢治自身、先刻承知の上でのこととして、現在見るとおり印刷出版されたものと考えざるを得ません。

生徒に清書させた場合も同様の事情にあったと考えられます。

編集者の厳しい「目」にさらされた結果、この「表記のゆらぎ」は作者の意図によるものとして、現在私たちが見るようなかたちで残ったと考えざるを得ません。

**題名にまで推敲を重ねる**

賢治は、幾たびも自作の原稿に手を入れていることが、残された膨大な草稿から推察できます。たとえば、「狼森と笊森、盗森」について調べてみますと、その題名一つまでが、再三、手を加えられていることが、小倉豊文氏の、つぎの文章でよくわかります（『注文の多い料理店』角川文庫・解説）。

最初、賢治が菊池氏にカットの執筆を依頼した時は、「狼森と盗森と笊森」としてあったのである。したがって菊池氏はそのままをカットに使い、それがそのまま製版に回されたのである。ところが製版を要するカットの執筆依頼から本文の印刷校正までには相当の日数があり、広告用ちらしの作成はその中間に行われた筈である。そこで賢治はその間に「狼森と笊森と盗森」としてみたり「狼森と笊森、盗森」としてみたりしたに相違ない。広告用私製ハガキとちらしに両方の使用されているのはその証拠であろう。そして、最後の校正「狼森と笊森、盗森」に定着させたのである……

賢治は、作品の題名一つにもこれだけの推敲を重ねているのです。とすれば、「うっかりミス」ということは、賢治に限って、ほとんどあり得ないことと考えられます。従って童話「やまなし」における表記の「交ぜ書き」も、うっかりミスと一言で片付けられぬように思います。

## 「やまなし」の初期形にあたる

さいわい「やまなし」には、初期形というものが残されています。さっそく、この場面を調べてみますと、次のような表記になっていました（傍線は筆者）。

……ぽかぽか流れて行く山梨のあとを……

……青い焔をあげ山梨は横になった木の枝に……

初期形も（発表形同様）、題名をはじめ本文のすべてが平仮名表記〈やまなし〉とある中に、ここだけが、漢字表記〈山梨〉になっています。ということは最終稿で、さきほどのように〈山梨〉を〈山なし〉とわざわざ、表記を「交ぜ書き」に変更（推敲）したと推定されます。

ちなみに、初期形の、子蟹の科白では〈お魚〉とあり、話者の地の文でも〈お魚〉となっています。ところが最終形（本書に掲載、二四〇頁参照）では、地の文が〈魚〉と〈お魚〉となっています。この呼称の違いも、あきらかにわざわざ作者が選んだ「作者の意図」によるものと考えられます。

……といっただけでは、もちろん、腑に落ちぬでしょうが、このあと追い追いに明らかにしていきますが、この表記（また呼称）の「でたらめさ」（アト・ランダム）は、じつは、作者の生前に上梓されたただ一冊の童話集『注文の多い料理店』（一九二四〈大正十三〉年十二月刊・「やまなし」発表の一年後）所収の他の童話にも共通して見られるものです。いや、この『童話集』以外の主要な童話にも、また、童話だけではなく、詩にも（たとえば高校国語の定番教材とされている妹トシの死を悼む挽歌「永訣の朝」などにも）見られる特殊な、異常な、しかし、あきらかに意図的な表記法と思われるものなのです。

ところで、前に「でたらめ」（アト・ランダム）といいましたが、結論を先回りしていうならば、じつは作者がわざわざ選んだ表記の「交ぜ書き」であり、極めて明確な意図のもとになされたものであるということなのです。しかも敢えていうならば、この一見「でたらめ」に見えることが、じつは、**作者の世界観、人間観の根幹に関わるもの**である、ということなのです。

しかし、現在ただいまのところは、読者諸賢にしてみれば、おそらく「迷路」に踏み込んだ思いを抱かれているであろうと思います。

じつは、この「迷路・謎」の究明こそが、本書一巻をあげて究明せんとするテーマであるのです。そのことの結果が「二相ゆらぎの世界」の謎解きにつながるものとなるのです。

「急がば廻れ」。このテーマ解明の第一歩として、まず賢治の「詩」を取り上げてみます。よく知られた「烏百態」という詩です。

# 2 「烏百態」

文語詩未定稿

## 〈からす〉と〈烏〉

童話集『注文の多い料理店』を取り上げて本格的な論証にはいる前に、詩「烏百態」から始めることにします。表記法の「でたらめさ」が、実は「でたらめ」でも「うっかりミス」でもなく、あきらかに、作者の意図的なものであるらしいことが、まずは、納得していただけるのでは、と思われるからです。

烏百態

雪のたんぼのあぜみちを
ぞろぞろあるく烏なり
雪のたんぼに身を折りて
二声鳴けるからすなり
雪のたんぼに首を垂れ

雪をついばむ烏なり

雪のたんぼに首をあげ
あたり見まはす烏なり

雪のたんぼの雪の上
よちよちあるくからすなり

雪のたんぼを行きつくし
雪をついばむからすなり

たんぼの雪の高みにて
口をひらきしからすなり

たんぼの雪にくちばしを
ぢっとうづめしからすなり

雪のたんぼのかれ畦に
ぴょんと飛びたるからすなり

雪のたんぼをかぢとりて
ゆるやかに飛ぶからすなり

雪のたんぼをつぎつぎに
西へ飛びたつ烏なり

雪のたんぼに残されて
脚をひらきしからすなり

西にとび行くからすらは
あたかもごまのごとくなり

いかがでしょうか。〈烏〉と〈からす〉、つまり、漢字と平仮名の表記法が、一、二箇所どころか、すべての連に渉って、アト・ランダム（いきあたりばったり・でたらめ・不作為）に使われています。他の語句の場合、たとえば〈雪〉とか〈首〉、〈たんぼ〉〈あるく〉などには、表記の「みだれ」（本書では、「ゆらぎ」と称することにします）は、何ひとつ見られません。明らかに〈からす〉と〈烏〉という表記だけが、意図的に書き分けられていることは確かです（他に、烏と密接不可分な意味を持つ語、〈飛ぶ〉と〈とび〉が、あります。また〈雪のたんぼ〉と〈たんぼの雪〉というのがありますが、いまはそのことには触れません）。

　では、なぜ、この連は「平仮名」で、あの連は「漢字」なのでしょうか。たとえば一連は〈烏〉とあるが、二連は〈からす〉とあります。この両者の表記の違いについて読者のあなたには、**整合的、かつ妥当性のある解釈**（**説得的な理由づけ、意味づけ**）は多分、見出せないでしょう。いや、他のどの連を取り上げても同様、なるほどという解釈は生み出しがたいと思われます。仮に、その連で当てはまる解釈でも、他の連に当てはめようとすると、その解釈が当てはまらなくなるからです（そのような解釈は整合性がない、といいます）。なぜなら、この表記法は、まったく恣意的なものであり、不作為なものであり、アト・ランダムなものであるからです（作者がそのようにアト・ランダムに漢字・平仮名を振り分けているとしか考えられません）。だからこそ研究者の誰もが取り上げて問題にしなかった（あるいは、なしえなかった）のであろうと思われます。

　しかし、実は、その恣意的であり、不作為であり、アト・ランダムに見えるそのこと自体に、意外でしょうが、**哲学的、科学的、文芸的に深遠なる意味づけ**が、作者賢治によってなされていると考えられるのです。

　といっても、これだけではまったく納得できないでしょうが、この問題の解明は、しばらく棚上げして、まずは西郷文芸学の「イロハ」について、この問題の解明に最小限必要な限りでの概念・用語について、若干説明しておきたいのです。遠回りに思えましょうが、これこそが逆に近道と考えるからです。

## 話者の話体（語り手の語り方）と、作者の文体（書き手の書き方）

　すべて文芸作品というものは、小説でも童話でも、詩でも、歌でも、ジャンルの如何を問わず、**話者**

**（語り手）**が語るところを、**作者（書き手）**がアレンジして（仕立て直して）文章として書き表す、と考えられます。作者が話者に「変身」して、話者の語るところを作者が書き記す、と考えてもいいでしょう。よく知られた例を挙げれば、漱石の『吾輩は猫である』は、作家漱石が、「吾輩」という猫を作者として、話者でもある猫の「吾輩」の語る事柄を書き記したという体裁を取ったものです。

「やまなし」をひきあいにしますと、作品の結末に〈私の幻燈はこれでおしまひであります。〉とありますが、この〈私〉は、話者（語り手）といいます。作者・賢治ではありません。作者賢治が設定した「語りの役」を与えられた人物です。

童話「やまなし」は、**話者（語り手の「私」）**が、蟹の兄弟の見たこと聞いたこと、思ったこと、したことのすべてを語っているのです。**話者が想定した聴者（聞き手）**に語ったすべてを、**作者は、想定した読者**に向けて文章として表現します。

話者の寄り添っている人物（蟹の兄弟）を、**視点人物（見ている方の人物）**といいます。視点人物から見られている人物（お父さんの蟹）のことを**対象人物（見られている方の人物）**といいます。視点人物が見聞きしているすべての事柄（事物）は、**対象事物**といいます。

**話者が、想定した聴者（聞き手）にむけて語る語り方を話体**といいます。**作者が想定した読者に向けて書く書き方を文体**といいます。

蟹の兄弟が、お互いに話し合っています。またお父さんの蟹とのあいだでも会話しています。この会話している父、兄、弟のことを**話主（話し手）**といい、**話者（語り手）**と区別してください。

この図表は、これらの諸概念・用語の関係をモデルとして構想した「模式図」、モデルで、**自在に相変移する入子型重層構造（西郷模式図）**と呼んでいます。

以上のことを詳しく説明した**「補説」**（三二四頁）を巻末に入れておきましたから参照ください。

## 話者の話体と作者の文体

話を詩「烏百態」に戻します。

この「烏百態」の場合では、話者（語り手）が、一羽一羽の「カラス」の様子を語っています。この詩では、話者の「私」は文面には出ていません。日本語の表現では、一人称の主語「私」は、省略されることが普通です。

ところで、ここで筆者が、わざわざ「カラス」と片仮名書きにしたのは、話者は、平仮名「からす」とか、漢字「烏」とかを、音声を使い分けて語るわけではありません。いわばすべて同じように「カラス」と発音しているはずだからです。そのような**話者（語り手）の語り方（話体）**をしめすために、本書では、便宜的に「カラス」と片仮名書きにしてみました。発音符号とでも考えてください。

しかし、一般的には、作者は、話者の語る語りを、漢字・平仮名・片仮名という表記を使い分けて書き留めます。もちろん、その場合、表記を統一して使用することはいうまでもありません。たとえば「烏」か「からす」か、いずれかに統一して書くのが普通です。

ところが賢治の場合、あえて、アト・ランダムに、表記の統一をせず、一見「でたらめ」に見える書き方をしています。つまり、「文体」の乱れを意図しているかの如く見られます。

**話者**（語り手）　**話体**（語り方）すべて「カラス」と語る

↕

**作者**（書き手）　**文体**（書き方）「からす」、「烏」と無作為に表記を書き分けるここで、話者の話体とか、作者の文体ということを、わざわざ言い立てるのは、この両者の役割・機能の違いと、両者の関係を抜きにしては、当面しているこの「表記の不統一」の「謎解き」は不可能だからです。そもそも、これまでこの問題が不問に付されてきた理由の最たるものは、実はここにあると思われます。「話者の話体と作者の文体」という、西郷文芸学の基本原理から派生する**「表現形式と表現内容の相関」**という考え方なしには、先ほどの疑問に明快に答えることは不可能といえましょう。

話者（語り手）がすべて同じように「カラス」と語るところを、作者（書き手）は、ある意図のもとに、ある連では漢字で〈烏〉、ある連では平仮名で〈からす〉と、異なる表記をしているのです。この書き方のことを、話者の話体と区別して**作者の文体（書き方）**といいます。今後、本書を読まれるとき、**「話者・語り手」と「作者・書き手」、「話体・語り方」と「文体・書き方」を明確に区別**して読み進めていただくようにお願いしておきます（作者の文体、話者の話体という問題については、本書の巻末に「補説」として解説しておきました。詳細な解明は、筆者の次の論考を参照してください（『文芸教育』誌八七・八八号、新読書社刊）。

## 〈やまなし〉・〈山梨〉・〈山なし〉

「烏百態」の詩における「カラス」の表記が、〈烏〉という漢字と〈からす〉という平仮名が、アト・ランダムに使用されていることから、童話「やまなし」における表記の〈やまなし〉と〈山梨〉、さらに〈山なし〉という表記の不統一も、うっかりミスなどではなく、どうやら意図的になされているらしいと想定できましょう。もちろん、如何なる意図であるかはまだ五里霧中ではありますが、少なくとも「うっかりミス」などではないらしいことは、ほぼ想定できそうです。

ならば、その「意図」なるものをいかにして探るか。

かかる問題の究明にあたって、研究者は、如何なる方法を採ることになるでしょうか。一般的に、帰納的方法と演繹的方法があります。出来るだけ多くの実例（例文）から、結論を帰納するという方法が、まずは多くの研究者のとる方策といえましょう。

しかし、逆に、その作家の思想・作風というものから、特定の作品を分析していくという演繹的方法もあります。つまり賢治という作家はどのような人物か、その思想は、また作風は……というところから逆に、特定の作品を照らし出してみる、という方法です。

筆者は、この帰納的方法と演繹的方法とをない交ぜにして（折衷法という）、まずは、詩「烏百態」の分析を試みてみようと思います。

## 認識・表現の差別相と平等相

「烏百態」の一連から十二連まで、それぞれの連が、それぞれの「カラス」のそれぞれの姿態・行動を語っています。まさに題名にあるとおり「烏百態」です。人間でも十人十色といいますが、「カラス」も百羽いると百通り、みな一羽一羽個性があり、その姿態も性癖も行為もそれぞれ違います。**その事柄・話題を話者が語っている**のです。

しかし、それにもかかわらず、「カラス」は「カラス」です。「カラス」は、すべて、どの「カラス」も色が黒く、またどの「カラス」も「カー」と鳴きます。人間もみな個性を持って生きています。でも、人間は、民族・人種の別なく、また男女の区別なく、みな霊長類ヒト科として共通するところがあります。

このように共通性・同一性を捉えることを**仏教哲学では、対象を「平等相」において認識・表現**するといいます。しかし、前述の通り、反面、どのカラスも一羽一羽個性があり、それぞれ違います。そのように対象の相違性・差異性をとらえることを、仏教哲学では**対象を「差別相」において認識・表現**するといいます（仏教用語は、漢音ではなく呉音の場合が多く、たとえば「男女」は「ナンニョ」、「差別」は、「シャベツ」と発音）。

すべて対象を認識・表現することにおいて肝要なことは、差別相において捉えながら、同時に平等相においても捉えるという、つまり**「二相」において認識・表現**するということです。このことが実はこの後詳しく述べますが、賢治童話を問題にするときに、もっとも肝心な観点の一つであるのです（仏教用語の**「相」**は、哲学用語の**「現象」**のことで、私たちの五感で認知できるものです。科学用語の「相・PHASE」と、今のところは同様に考えてもらっていいでしょう）。

**賢治は、対象を「二相」において認識・表現することを、表記の上でも漢字と平仮名の「二相」において表現しようと試みたのです。**

ところで、いきなり仏教哲学の話になり、「二相」という聞き慣れぬ概念・用語が飛び出して、戸惑われたかも知れませんが、賢治の文学（詩・童話）を本質的に深く理解するには、科学とともに、大乗仏教、特に法華経の思想について触れないわけにはいかないのです。

今しばらく、おつきあいください。

### 法華経の信奉者・宮沢賢治

賢治は、浄土真宗の熱心な信者であった父母のもとに育ちました。宮沢家は、いつも仏教的な雰囲気に包まれていました。当時、婚家から実家に戻っていた賢治の伯母は、浄土真宗の主要な経文である「正信偈《げ》」（宗祖・親鸞による教えの要約）や「白骨の御文章」（現世の無常と来世での極楽往生を説いた法話）を子守歌がわりに聞かせたといいます。父の政次郎も敬虔な信者で、仏教の講習会などの中心人物でもありました。賢治も小学生の頃よりこの講習会を手伝い、講師の暁烏《あけがらす》敏《はや》の世話などをしています。盛岡中学三年生の夏には、夏期講習会で浄土真宗の著名な宗教学者島地大等の講話に感銘を受けたといいます。

そのような家庭環境に育ち、従って中学時代の仏教的求道——読書・問法・参禅——も、その当然の成り行きといえましょう。（一九一四（大正三）年）盛岡中学を卒業。十九歳の秋、たまたま父の持っていた新刊の島地大等の著になる『漢和対照妙法蓮華経』を読んだ賢治は、魂を揺さぶられるほどの深い感動を受けました。二年前の十月に「小生はすでに道を得候。歎異抄（注・浄土真宗の親鸞の言葉を記した書）の第一頁を以て小生の全信仰と致し候」（一九一九・十一・三）と父に書いた浄土真宗に対する信仰からすれば、この日蓮宗への傾倒は、百八十度の急転換といえましょう。その時の感激を後年賢治は、「驚喜して身が顫《ふる》い戦《おのの》いた」と述懐しています。その翌年四月、賢治は盛岡高等農林学校に首席で入学します。

ところで、『歎異抄』の「第一頁を以て小生の全信仰と致し候」と父宛の手紙に書いた賢治が、あれほど信仰していた浄土真宗から、法華経信仰へと移って行ったのは何故か。賢治自身そのことにふれた文章を遺していませんし、父政次郎氏を始め家族の誰も、そのことにふれての発言がありませんので、憶測する以外にありません。

萩原昌好氏は、このことを次のように考察されます（『宮沢賢治「修羅」への旅』朝文社刊）。

ひたすら自己を捨て、その捨てることをも捨てる、と言った親鸞の教義と、自己を無限に拡大して、さらに自己に至るといった日蓮の教義との差違である。何れも「無我」とか「大我」とか「真如」「法性」とか、種々の語によって語られるものであるが、易行門を説く親鸞の彼方にある阿弥陀への絶対的帰依は、逆に新たな自我を獲得しつつあった青春の賢治に徐々に馴染まなくなっていったのではあるまいか。

つまり、彼は真宗の教そのものの中に生きられなくなった、というのではなくて、真宗の教義には耐えきれなくなった〝自我〟の方向が日蓮の教義とむすびついたのである、と考えられる。

卓見というべきでしょう。萩原氏の推量されるように、ひたすら自己を捨て、その捨てることをも捨てる、といった親鸞の教義と、自己を無限に拡大して、さらに自己に至るといった日蓮の教義との差違に気づいたのではないでしょうか。つまり浄土真宗の絶対他力、真俗二諦の教義と、利他行、常寂光土観を有する日蓮の教義との違いに揺さぶられたのでしょう。易行門を説く親鸞の彼方にある阿弥陀への絶対的帰依は、新たな自我を築きつつあった青春の賢治にとって、馴染まなくなっていったのではないでしょうか。真宗の教義には耐えきれなくなった〝自我〟の方向が、日蓮の教義とむすびついたのである、と考えられないでしょうか。筆者は、萩原氏のお説に全く異論ありません。

さらには、後に詳しくふれることになりますが、筆者は、ひとかどの科学者に成長していった賢治にとって、法華経が説く「諸法実相」の、特に「十如是」の、きわめて論理的かつ実証的な教義（一八八頁参照）に、いたく共感させられたのでは、と考えられるのです。

賢治は、詩「小岩井農場」（パート九）の中で、〈明確に物理学の法則にしたがふこれら実在の現象から〉と述べていますが、このことは、裏返せば、法華経の「諸法実相」、その「十如是」こそは、〈明確に物理学の法則にしたがふ〉ものであるとの認識があってのことではないか、と考えられるのです。

『漢和対照妙法蓮華経』との出会い以来、大正九年（一九二〇年六月頃）には、田中智学著『本化妙宗式目講義録』全五巻を読破し、田中の創設した日蓮主義の国柱会に入会します。この後、亡くなるまでの二十年間、**法華経の信仰の深化と実践に一途に生きた**といえましょう。

## 童話創作の動機

賢治は日蓮宗への父母の改宗を熱望しますが容れられず、多分そのことの理由で、突然上京、日蓮宗の国柱会館を尋ねます。そのあと、賢治は童話の創作を始めますが、その動機は童話の中に、その信仰を浸透せしめ、純真な子供の世界に「まことの草の種」を蒔こうと、ひそかに念願したために他なりません。賢治は、「高知尾師ノ奨メニヨリ**法華文学ノ創作**」を始めたというメモを残しています。高知尾は「末法における法華修行について」次のように語っています。「農家は鋤鍬をもって、商人はソロバンをもって、文学者はペンをもって、各々その人に最も適した道において法華経を身に読み、世に弘むるというのが末法に於ける法華経の正しい修行の在り方である」。

「身読」ということが強調されています。つまり賢治の場合、文学創造ということが「身読」ということになりましょう。ちなみに、同師は、国柱会の機関誌『真興』に「宮沢賢治の信仰について」と題して次のように書いています。

同君の希望はその一生を法華経の為に捧げたいという純真な熱望であったが、私は末法の法華経修行は、昔の出家修行と同じではない。むしろ自分の最も得意とする文芸によって法華経日蓮主義の正道を弘めるのが大切だという話をしたように記憶する。

この一文は、賢治の童話が、**法華経の世界観を童話の形**で、多くの読者に納得してもらいたいという願いに基づくものであることを、雄弁に物語っています。この間の事情を堀尾青史『年譜宮沢賢治伝』は次のように述べています。

二月のある日、ようやくはなしあうことがあって、あなたは将来どういう方面に進みたいのかとたずねると、詩歌、文筆で生きたいと思うということでした。それで、純正日蓮主義というものは、それぞれ生業を通じて開眼するもので、文筆に随うものは筆をとって本領を発揮する、その中に信仰生活があるので、これまでややもすれば専門の宗教家にならねば信仰を全うしないと思うむきがあったが、そうではない、ということをいったものです。それを賢治君は「法華文学」ということばでうけとめたのでしょう。

賢治が、あれほどの情熱を込めて童話を創作したことの目的がはっきりしたといえましょう（じつは筆者は、ある時期、堀尾氏と親交があり、直接、このことを聞いたこともあります）。「これからの宗教は芸術です。これからの芸術は宗教です」とは、賢治が当時故郷の友人に書いた手紙の一節です。賢治にとって、「芸術」とは、つまりは「童話」だったのです。「大人はだめだから……」と賢治はしばしば述懐していたと伝えられています。賢治にとっての文学が童話であったことの理由の一端を示す言葉であろうと思います。

そもそも法華経そのものが、般若心経のような哲学的理論書ではなく、深遠な哲学を大衆になじみ深い二十数編の譬喩譚で構成された、いわば「宗教文学」というべきものです。従って筆者は、**賢治童話を「現代版法華経」**と呼んでおります。

このときの在京は前後八カ月でしたが、このわずかな期間にじつに膨大な数の童話を執筆しています。あとで本書に取り上げる予定の童話、「鹿踊りのはじまり」、「どんぐりと山猫」、「狼森と笊森、盗森」、「注文の多い料理店」、「雪渡り」などを書きました。また構想メモも書きためていました。その年（一九二一〔大正十〕年）の九月、妹とし子（戸籍名は「トシ」ですが、賢治は、「とし子」と書いています）の病気で、帰花したとき、大きなトランクいっぱいに書きためた原稿を持ち帰ったそうです。「童子《わらし》こさえるかわりに書いたものや」といいながら弟妹にその原稿を読み聞かせたといいます。賢治、二十五歳のときです(注)。

以上、賢治と法華経との深い因縁について述べてきましたが、このことから、賢治童話の分析・解釈が、法華経との密接不可分な関係を抜きにしては成立しないであろうことは、ほぼ間違いのないところです。

**(注)** ちなみに、妹トシは、一九一八年・大正七年十一月はじめにスペイン風邪に感染、入院します。当時、スペイン風邪といわれたのは世界的に猛威をふるったインフルエンザのことです。歌人で精神科医の斎藤茂吉も感染、文芸評論家で演出家の島村抱月も（一九一八年）スペイン風邪に感染、死亡、島村の愛人で新劇女優の松井須磨子は翌年後追い自殺（実は島村は須磨子から感染）したという、そんな「劇的な時代」でもありました。

ところで、賢治研究者のほとんどが、法華経との関係で、いわゆる賢治の「雨ニモマケズ」の詩にでてくる「デクノボー」については、言及しています（これは当然のことです）が、しかし、何故か、法華経の中心的思想といわれる「諸法実相」の世界観・人間観に言及しないのはどういう訳でしょうか。

「デクノボー」とは、「法華経」のなかの「常不軽《じょうふぎょう》菩薩品第二十」に説かれる「常不軽菩薩」のことらしく、この菩薩は、自分の出会うすべての人に対して「われ敢えて汝等を軽しめず。汝等は皆当に仏の作るべきが故なり」（私はあなた方を深く尊敬します。軽んじ侮ろうとは思いません。あなた方はみな菩薩の行を実践され成仏される方々だからです）と考えて、相手から木でたたかれても石を投げられてもなお、この言葉を繰り返し、礼拝したので、常不軽菩薩と呼ばれました。賢治は、自分自身、この菩薩のように生きたいと切実に願い、また行動した人でありました。しかし、この菩薩をモデルとした人物を童話の主人公とするよりも、自分自身が「デクノボー」そのものとして生きることを選んだ人であったと思います。

賢治童話の中に「デクノボー」的人物が登場するケースとして、たとえば「虔十公園林」の主人公虔十が挙げられますが、筆者は法華経との関係でいうならば、むしろ「仏の十力」の顕現と取るべきと考えます。「虔十」という主人公の名前を作者の「賢治」をもじったネーミングと解する向きもありますが、これは「仏の十力を虔（つつしみうやまう）」と解釈すべきではないでしょうか（「虔十公園林」の項参照）。

むしろ賢治童話全編をつらぬく世界観・人間観は、法華経の「方便品《ほうべんぽん》第二」に説かれている「諸法実相」の思想であろうと考えます。

賢治は、親友の保阪嘉内に宛てた書簡の中で法華経を熱心に奨めていますが、中でも二回にわたって特記しているのは、「諸法実相」を説く「方便品第二」でありました（「方便品第二」というのは現代風にいえば「第二章・方便品」ということです。「方便品・第二章」ではありません）。

ここで「諸法実相」について述べるべきかもしれませんが、この深遠なる思想を、いまここで一挙にわかりやすく語ることは至難のことです。追々、この後、とりあげる童話作品に即して、具体的に説明していくつもりです。

## 二相ゆらぎ

〈山なし〉のような漢字と平仮名という**表記の「爻ぜ書き」**をはじめ、〈烏〉と〈からす〉というアト・ランダムな表記法を**「表記のゆらぎ」**と呼び、表記がアト・ランダムになっていることを**「表記の二相」**と呼び、このあと、これらを総称して**「二相ゆらぎ」**と名づけることにします。「相」とは、「人相・手相」・「様相」などの言葉からわかるように、姿・形・様子、哲学的・科学的な用語を使えば「現象」のことです。つまり漢字の相と平仮名の相とがアト・ランダム（ゆらぎ）であるということです。ちなみに「ゆらぎ」とは、現象の変化・転変を貫く法則性のとらえ難さを意味する物理学の概念・用語でもあります。つまり賢治童話の表記の「二相ゆらぎ」は、どう見ても、アト・ランダムなものとしか思えないからです。

いささか遠回りしましたが、話を詩「烏百態」に戻します。

## 差別相・平等相

一連から十二連までの「カラス」の姿（相）は、すべて仏教でいうところの煩悩《ぼんのう》（欲望）の姿です。一羽一羽のしていること、その姿・様子（相）がみな違います。まさにそれぞれのカラスが**差別相**《しゃべつ》においてとらえられています。しかし終連（第十三連）の姿は夕暮れ、すべてのカラスが等しくねぐらに帰る姿（相）です。それをすべて一様に黒い「胡麻」粒のようであると喩えています〈〈ごま〉は仏教の「護摩」

の意味にもとれます)。点々黒い胡麻粒のようだというのは、すべてのカラスを平等相において捉えているのです。仏教的にいうならば、それぞれに煩悩のままに生きている「カラス」が、いずれは、「ねぐら」に象徴される安らぎの世界(西方浄土)に等しく救われるという**平等相**を見せているのです(「西方浄土」のイメージには、法華経の信奉者でありながら、熱心な浄土真宗の信者であった両親の感化を受けた幼児よりの浄土信仰のなごりを、はしなくも、こんな形でかいま見せているように思われます)。

ところで、「二相」ということを、あらためて、次のように定義しておきます。

**二相とは、同じ一つの(世界・人間・もの・こと)の相反する(あるいは相異なる)二つの相(現象)である**

「烏百態」でいうならば、「カラス」というものが、一面においては一羽一羽個性的に、つまり差別相において認識・表現され、反面、すべての烏が等しく平等相において認識・表現されているということです。しかも、それは、表記の面でも、アト・ランダムにゆらいでいる、ということです。まさに賢治の世界は、表現内容はもちろん、表現形式の上からも**二相ゆらぎの世界**である、といえましょう。

「烏百態」という詩は、「カラス」というひとつの「もの」の相反する(あるいは相異なる)二つの相を表現したものです。しかし、何故この連が他ならぬ漢字で、あの連は、他ならぬ平仮名なのか、ということについての個々の理由づけや、意味づけは、いくら試みても整合的な解釈は「不可能」でしょう。

だからこそ、この表記の不整合性に「足を取られた」賢治研究者は、お手上げとなり、追求を放棄せざるを得なかった、のでは、と思われます。

じつは、このように、個々の表記の「何故ここが平仮名で漢字ではないのか？」という類の問いそのものが、賢治の作品においては無意味なのです。じつは、**表記が「アト・ランダム」・「ゆらぎ」であるということ、そのことこそに思想的に深い意味がある**のですから。

では、その「**無意味の意味**」とでもいうべき、この問題の真相はなんでしょうか。まさしく、そのことに答えるためにこそ、本書一巻を必要としているのです。

## 「二相ゆらぎ」の思想的意味——話者の話体と作者の文体

ところで、以上のことを西郷文芸学の概念・用語を用いて分析すると、次のようになりましょう。**話者（語り手）**は、すべて「カラス」として一様に語って（発音して）いるのです。この**話者の語り方を話体**といいます。しかし、**作者（書き手）**がそれを平仮名と漢字という表記の二相でアト・ランダムに書き分けているのです。さらに二行一連として構成しています。この**作者の書き方（表記・構成）を文体**といいます。

ちなみに「烏百態」の初期形を、参考までに冒頭の一部のみ引用します。

烏百態

雪のたんぼのあぜみちを　ぞろぞろあるく烏なり
雪のたんぼに身を折りて　二声鳴けるからすなり
雪のたんぼに首を垂れ　雪をついばむ烏なり

（以下略）

ご覧の通り、初期形から、〈烏〉と〈からす〉と表記が二相になっていて、このことが意図的であったことが窺われます。しかし最終稿と違って、二行一連ではなく、十三行の詩になっています。作者は最終稿で、二行一連とし、十三連の詩に仕立て、また「漢字」と「平仮名」という表記の「二相形」を、提示しているといえましょう。

賢治は「漢字」「平仮名」の表記の「二相」をとることによって、対象となる「カラス」を差別相と平等相の二相において認識・表現することを**「暗示・予告・示唆・要請」**しているのではないでしょうか。

ちなみに、法華経は、差別相においての認識・表現より、平等相における認識・表現を重視しています。何故、という「問い」は追々明らかとなるはずです。

## 表現形式と表現内容の相関

ここにとりあげた賢治の詩「烏百態」や、この後に取り上げる予定の賢治の童話「よだかの星」などは、これまでに具体的に述べてきたように、表記をアト・ランダムに、でたらめに、「交ぜ書き」にした**「二相ゆらぎ」という表現形式**が、そのまま表現内容を醸成するものとなっています。このことを、西郷文芸学では**「表現形式と表現内容の相関」**と呼んでいます（このことについては、後に詳しく説明します）。

このように対象を「二相」のものとして表現している詩人・作家は、実は、一人宮沢賢治だけではありません。たとえば、詩人三好達治のよく知られた詩「大阿蘇」も、そうです。もっとも、この場合は「表記の二相」ということではなく、ひとつの対象（馬という「もの」）の「二相」ということです（ちなみに「表記の二相」は賢治にしか見られないものです）。回り道のようですが、二相（差別相と平等相）ということを理解していただくために、三好達治の詩「大阿蘇」を引き合いにします。

## 3 三好達治「大阿蘇」

大阿蘇　　三好達治

雨の中に馬がたつてゐる
一頭二頭仔馬をまじへた馬の群れが　雨の中にたつてゐる
雨は蕭々《しょうしょう》と降つてゐる
馬は草をたべてゐる
尻尾も背中も鬣《たてがみ》も　ぐつしよりと濡れそぼつて
彼らは草をたべてゐる
草をたべてゐる
あるものはまた草もたべずに　きよとんとしてうなじを垂れてたつてゐる
雨は降つてゐる　蕭々と降つてゐる
山は煙をあげてゐる
中嶽の頂きから　うすら黄ろい　重つ苦しい噴煙が濛々《もうもう》とあがつてゐる

空いちめんの雨雲と
やがてそれはけぢめもなしにつづいてゐる
馬は草をたべてゐる
艸千里浜のとある丘の
雨に洗はれた青草を　彼らはいつしんにたべてゐる
たべてゐる
彼らはそこにみんな静かにたつてゐる
ぐつしよりと雨に濡れて　いつまでもひとつところに　彼らは静かに集つてゐる
もしも百年が　この一瞬の間にたつたとしても　何の不思議もないだらう
雨が降つてゐる　雨が降つてゐる
雨は蕭々と降つてゐる

中嶽を中心にして詩は、前半と後半に分かれています。

前半の馬のイメージは、一頭一頭、個性的に描写されています。それぞれの個性が認識・表現されています。微妙なイメージの違いが、いわばアップで撮影されたように映し出されています。まさに「馬百態」です。

しかし、後半は、同じ馬の群れでありながら、こちらはロング（望遠）で撮影されたように、一頭一頭の個性ではなく、すべての馬が、同じように、「いつまでもひとつところに」「集つて」「静かに」「いつしんにたべて」います。

前半の馬のイメージと後半の馬のイメージは、同じ一つの馬の二相としてあります。前半は差別相としての個々の馬の相（馬百態）がアップで描かれています。しかし後半の馬のイメージは、一つのまとまった平等相としてロングで描かれています。まさに仏教哲学の「二相」としての世界です。ということは、私は、この詩の作者に仏教的世界観をかいま見てしまうのです。

ちなみに「大阿蘇」という地名はありません。作者の造語です。広大な時空と豊かなイメージをはらむ世界、を意味する呼称であるのでしょう。

作者三好達治は、幼時、父が事業に失敗し一家離散の憂き目に遭いました。幼い達治は母方の祖母の所に預けられます。そこは兵庫県の小さなお寺さんで、そこでの生活から、仏教的な見方考え方を自然に身につけたのであろうと思われます。達治の詩「祖母」の祖母像は月光《がっこう》菩薩を彷彿させるものがあります。おそらく作者の祖母がモデルであろうと思われます。

なお、「草千里」という地名はありますが、「艸千里」は作者の造語です。「艸」は古代中国の古い文字です。作者が、この文字を敢えて用いたのは、そこに百年千年の悠久の時間を見たのでしょう。

表記（表現形式）という些細な事柄も悠遠なる世界（表現内容）との濃密な相関関係を生み出すものであり、**文芸における「表現形式と表現内容の相関」**という重要な問題に転化しうるものであるという、これは些細な、しかし重要な一つの事例です。

以上、おおまかに「二相」ということについて概説してきましたが、この後、「本論」において、具体的に、かつ詳細に「二相ゆらぎの世界」としての賢治ワールドを解明していこうと思います。しかし、その前に「二相」ということの思想的基盤となる「諸法実相」という法華経の根本的教義について簡単に触れておきたいと思います（この教義の詳しい説明は、後に回します。一八八頁参照）。

## 諸法実相（法華経の世界観・人間観）

法華経（妙法蓮華経の略）は、膨大な数の仏教教典の中で、わずかに一部八巻（または七巻）に過ぎませんが、大乗仏教の根本教典であり、西欧諸国に於ける『聖書』にも匹敵すべき地位を持った教典です。沙《しゃ》門と本門の二部に分かれていますが、前半の沙門は仏陀の説いた教えの真実は何かを示し、後半の本門は、仏陀の生命は不滅であることを説いています。壮大な表現時空は幻想的、神話的で、しかも、その中に、現実に生きた釈迦の教えが満ち充ち、仏教史上計り知れない影響を与えてきました。日本でも早くは聖徳太子による注釈『法華義疏』があり、鎮護国家の三部経の一とされました。平安時代に入ると最澄《さいちょう》が、唐に留学して、天台法華宗を学び、帰国後法華経を根本にすえた天台宗を比叡山に開いたことはよく知られています。この比叡山からやがて法然や親鸞の浄土宗、浄土真宗がうまれ、また法華経を根本聖典と仰ぐ日蓮も日蓮宗を開くことになります。曹洞宗の開祖道元禅師も、法華経の世界観に基づき、あの哲学的な名著『正法眼蔵』を書き残しました。また子供と鬼ごっこやかくれんぼで遊び戯れたことで有名な良寛和尚も、じつは法華経の学僧で、道元に私淑し『法華讃』という著作もあります。

この後、引き合いにする賢治の童話や詩作品が、主として、**法華経に説くところの「諸法実相」という世界観・人間観**にもとづくものであるということを、具体的に論述することになるはずです。といっても、賢治の法華経への帰依は、日蓮の説く「色読」、つまり目で読むのではなく、全身で、行動・実践をとおして法華経を生きていく、まさに「身読」というものでした。従って法華経が作品に直接引用されたりすることはそれほどではなく、詩『一九二九年二月』に〈その本源の名を妙法蓮華経と名づくといへり〉とありますが、むしろ書簡に多く見られます。法華経の精神は影の力となって全作品、ことに童話作品に、遍在しているといえましょう。賢治が傾倒していた品名に「方便品第二《ほうべんぽん》」があり、「諸法実相」はその中に説かれているものです（注）。

**（注）** 親友の保阪嘉内に宛てた賢治の封書（一九一八・六・二十七）

「保阪さん。諸共に深心に至心に立ち上がり、敬心をもって歓喜を以てかの赤い経巻を手に取り静かにその方便品、寿量品を読み奉らうではありませんか。」

「赤い経巻」とは、前述の島地大等編『漢和対照妙法蓮華経』のこと。「方便品」とは、「方便品第二」のことで、賢治が「寿量品」とともに重視していた。

賢治は保阪に宛てた他の封書（一九一八・三・十四前後）においても、法華経から特に次の三つの「品」をあげている。

方便品第二
如来寿量品第十六
観世音菩薩普門品第二十四

保阪宛の二通の封書において、「方便品第二」が特記されています。賢治がいかに「方便品第二」を重視していたかを窺わせるエピソードがあります。佐藤隆房『宮沢賢治―素顔のわが友』（新版）六八「読経」より。

桜に来た当時（西郷注・羅須地人協会時代）は元気もよく、毎夜、夜が更けますと、賢治さんの家の戸が、ダーンと開き、水の音がザアザア聞こえ出します。間もなくダーンと今度は戸の閉まる音がして、しばらくすると賢治さんの読経の声が聞こえて来るのでした。

……止《や》みなん舎利弗《しゃりほつ》、復《また》説くべからず。所以は何《いか》ん。仏の成就したまへる所は第一希有難解《けうなんげ》の法なり。唯仏と仏とのみ乃《ひま》し能く諸法実相を究尽したまへり。所謂諸法の如是相　如是性　如是体　如是力　如是作　如是因　如是縁　如是果　如是報　如是本来究竟《くきょう》等なり……

多く読経は一人で、本当に真面目の人でもなければ、人の前で読むことがなかったのです。（一九二六―二八年）

以上のことだけでも、賢治が法華経「方便品第二」に記載された「諸法実相」の教義をいかに重視していたかをうかがい知ることが出来ます（ここに引用した教義は後に具体的に詳しく解説するはずです）。このあと、賢治の代表的童話集『注文の多い料理店』、その他より、いくつかの童話を引用し、「諸法実相」について述べながら、先ほどより問題となっている「表記の二相の謎」を具体的に解明していくことにしましょう。

## 童話集『注文の多い料理店』

賢治の生前刊行された唯一の童話集です。詩集『春と修羅』が大正十三年（一九二四年四月）に刊行され、それに引き続き、その年の十二月に刊行、発行部数一〇〇〇部といわれます。刊行に懸ける意気込みは、本文はもとより、序文、広告文、装丁、挿絵などにもうかがえます。詩集同様、反響は極めて鈍く、ただ一部だけ注文があり、それは料理店経営者からであったという「嘘」のような話が伝えられています。その後の賢治の『全集』などの売れ行きを考え合わせると隔世の感があります。

目次には、収録作品九篇が、第一稿の成立時と見られる年月日を付して、掲載されています。作品内容を一読されたい一般の読者には各社の文庫本が手頃でいいでしょう。しかし、表記、振り仮名の一部に原本と異なる所があることを承知の上でご利用されますよう。

本書に於ける引用はすべて表記が問題になることを考え、原典に忠実な筑摩書房刊『新校本　宮澤賢治全集』（以後『新・全集』と略称）に拠りました。

本書に取り上げて論究した『童話集』所収の作品は（＊）印を付けておきました。

＊どんぐりと山猫（一九二一・九・一九）
＊狼森と笊森、盗森（一九二一・一一・）
＊注文の多い料理店（一九二一・一一・一〇）
　烏の北斗七星（一九二一・一二・二一）
＊水仙月の四日（一九二二・一・一九）
＊山男の四月（一九二二・四・七）
　かしはばやしの夜（一九二一・八・二五）
　月夜のでんしんばしら（一九二一・九・一四）
＊鹿踊りのはじまり（一九二一・九・一五）

日付に従うなら、最初に第一稿が成立したのは「かしはばやしの夜」の一九二一（大正十）年八月二十五日で、最終は「山男の四月」の一九二二（大正十一）年四月七日になります。この期間の賢治の動向を記すと次のようになります。先に紹介したように、大正十年一月、突如家出して国柱会訪問。高知尾師に諭されて「法華文学」創作に猛然と取り組みます。八月、トシ病気の知らせに大トランクに原稿を詰めて帰郷。十二月に稗貫《ひえぬき》農学校（後の花巻農学校）の教諭となり、心身ともに安定した生活に入ります。童話や詩の創作欲も、きわめて旺盛な時期に当たります。

先に、法華経の「諸法実相」について簡略に解説しましたが、このあと具体的に多くの作品を引用しつつ、賢治の世界を「二相ゆらぎの世界」と考える筆者の仮説の妥当性を納得していただこうと思います。

本格的に解明の論を進めるに先だって、「二相ゆらぎ」ということに関わる賢治自身の言葉を参考までに、いくつか引用しておきます。

## ○　賢治のことば・キーワード

すべて詩集より。この種の「ことば」は童話には見られません。

**〈二重の風景〉**（「春と修羅」）

まず、詩集『春と修羅』に、〈二重の風景〉とあります。賢治の描く自然の風景は、まさに二重の風景、つまり、一つの自然が、相反する「二相の風景」としてあるということです。たとえば、「鳥をとるやなぎ」（後述）の情景描写は、現実の風景であるともとれ、同時に非現実の風景ともとれる、ということです。このように「現実ともとれ、非現実ともとれる」、あるいは「現実でもあり、非現実でもある」という矛盾の止揚されるところに**相補的世界観**（注）の特徴があります。

これは、間違っても「二種の風景」と捉えないでください。二つの風景が並列してあるのではなく、オーバーラップしているのです。

**（注）「相補原理」**というのは、一九二〇年代、コペンハーゲン学派のニールス・ボーアにより提唱され、現代の量子論の原点となった思想。二十世紀初頭、物理学の世界で光は波動であるのか、粒子であるのかをめぐり、激しく対立論争がつづきました。ボーアは、光は、観察者が波動であることを証明する装置によって観察すると波動であることを裏付ける結果を示し、逆に粒子であることを証明する観測をおこなえば粒子であることを裏付ける結果を来すことにより、「光は波動でもあり、粒子でもある」という解釈を示しました。この解釈は「相補性原理」と呼ばれています。しかし相補原理は、すでに二〇〇〇年も前から、仏教において「相依《そうえ》」と呼んできている考え方です。たとえれば、「〇でもあり、×でもある」という考え方です。しかし、「白か黒か」二者択一的に物事を考えてきた二元論的立場に立つ西欧諸国の人間にとっては、すんなりと受け入れられる考え方ではありませんでした。「生死一如」と考える仏教的死生観に立つ東洋人には、無理なく受け入れられる思想であるといえましょう。実はニールス・ボーアは東洋の思想に学んだといわれます。彼の墓には「易」のシンボルマーク（太極図）が印されているそうです。

大乗仏教は二千年も前から、「相補」ということを「相依」という概念・用語を用いて相補的世界観を提唱してきました。法華経に深く学んだ賢治にも相補的世界観・人間観が色濃く見られます。

**〈二重感覚〉**（「春と修羅」）

同じ一つのものの相反する二重の感覚、たとえば快と不快という相反する感覚が生ずる場合です。このこと自体が矛盾していますが、人間の感情には、そのようなことは、すくなからずあり得ることです。たとえば、愛する娘を嫁に出すときの父親の気持ちなど、「うれしさと悲しさ」という〈二重感覚〉の一つの卑近な実例といえましょう。

**〈両方の空間が二重〉**（「宗教風の恋」）

もうそんな宗教風の恋をしてはいけない
そこはちやうど両方の空間が二重になつてゐるとこで
おれたちのやうな初心のものに
居られる場処では決してない

**〈二相系〉**（「永訣の朝」）

もともとは、物理学の用語です。物質はすべて、固体（固相）、液体（液相）、気体（気相）と相転移する、ということがあります。二相とは、たとえば「永訣の朝」の中の「霙《みぞれ》」のように、雨（液相）と雪（固相）の〈二相系〉のものとしてあります。

**〈愛と憎との二相系〉**（「楊林　先駆形A」）

物理学の用語を転用して、矛盾する感情を〈二相系〉として表現しています。〈二重感覚〉といってもいいでしょう。

**〈氷と火との交互流〉**（「楊林　先駆形A」）

「二相」というだけでなく、それが「交互」に交代する、つまり「ゆらぎ」ということを意味するものです。

**〈わたくしのふたつのこころ〉**（「無声慟哭」）

信と迷いの二つの心の葛藤。賢治が〈おれはひとりの修羅なのだ〉というときの〈修羅〉とは、まさに信と迷の葛藤に引き裂かれる己の姿を表現したものと思われます。

**〈かげとひかりのひとくさりづつ　そのとほりの心象スケッチです〉**（「春と修羅」第一集「序」）

**〈せはしい心象の明滅〉**（「小岩井農場」）

**〈明暗交錯のむかふにひそむものは〉**（「真空溶媒」）

以上の引用は、すべて詩のみで、具体的な事象を叙述する童話の文章のなかには（当然のことながら）見られません。賢治は、詩も童話も〈心象スケッチ〉と称していますが、その世界は〈かげとひかりのひとくさり〉であるというのです。まさに筆者の言い方でいえば、**賢治の世界は「二相ゆらぎの世界」**ということです。

ちなみに、これらの賢治の詩の中に、「浪」のうねりのような詩形のものがありますが、これは、まさに「二相ゆらぎ」ということを視覚的に見せているものと考えられます。

以上にあげた賢治のことばの深い具体的な意味は、この後の作品分析において示していきたいと思います。

詩「烏百態」のなかの〈烏〉と〈からす〉という漢字・平仮名の表記の二相が、恣意的なものではなく、明らかに作者の意図のもとになされていると思われることを、おなじ鳥を題材とした、よく知られた名作「よだかの星」を引き合いに裏付けてみようと思います。

なお、この後、振り仮名（ルビ）は、本書のテーマである「二相」には関わることがないと考え、必要な箇所以外すべて省略しました。ご了承ください。

# 本論

## 1

# 「よだかの星」

生前未発表　大正十一年か十二年頃の執筆か

その頃賢治は、父との激しい法論を交わしたあと、上京して国柱会に入会しましたが、父の誘いで父に同伴、伊勢・奈良の旅に出ますが、完全に和解はならず、親友保阪嘉内とも信仰の相違から決別、翌年トシの病気、ということで帰郷。まさに賢治自身が「修羅」のただ中にあった、そんな時期に執筆されたものと思われます。

父と連れだっての、奈良の旅で、興福寺門前の宿に宿泊という記録がありますから、たぶん興福寺の著名な国宝・阿修羅像を拝観したのではと考えられます。修羅については、様々な解釈がありますが、筆者は賢治にとっての修羅像は、興福寺の阿修羅像に重ねてみたい気がします。「よだかの星」の主人公も、まさに、そのような修羅としての存在でした。

### 〈よだか〉と〈夜だか〉

この作品は、ずいぶん長い間、小・中学の国語教材としてあつかわれてきたもので、よく知られていますから内容紹介は省略して、「表記の二相」という点のみに着目して引用します（この教材の研究でも、「表記の二相」が問題となったことは筆者の知る限りありません）。

「ヨダカ」の表記にかかわるところだけを抜き書きします。

・よだかは、実にみにくい鳥です。［という書き出しで始まります。］
・夜だかは、ほんたうは鷹の兄弟でも親類でもありませんでした。［「鷹」はすべて漢字表記です。］
・たかといふ名のついたことは不思議なやうですが、これは……風を切って翔けるときなどは、まるで鷹のやうに見えたことと、も一つはなきごゑがするどくて、やはりどこか、鷹に似てゐた為です。
・ある夕方、たうたう、鷹がよだかのうちへやって参りました。［名前を「市蔵」と変えろ、もしお前がそうしなかったら、「つかみ殺すぞ」と「死」をもって脅されます。そもそも名前を変えろということは、その人物の主体性・アイデンティティーをないがしろにされることであり、これ以上の屈辱はないといえましょう。］
・［これまで夜、飛びながら何の抵抗もなく羽虫を食べていたことが、無関心でいられなくなります。いつもの如く夜の闇を飛び回りますが、］一疋の甲虫が、夜だかの咽喉にはいって、ひどくもがきました。よだかはすぐそれを呑みこみましたが、その時何だかせなかがぞっとしたやうに思ひました。
・（あゝ、かぶとむしや、たくさんの羽虫が、毎晩僕に殺される。そしてそのたゞ一つの僕がこんどは鷹に殺される。それがこんなにつらいのだ。あゝ、つらい、つらい。僕はもう虫をたべないで餓えて死なう。いやその前にもう鷹が僕を殺すだらう。いや、その前に、僕は遠くの遠くの空の向ふに行ってしまはう。）
・［「ヨダカ」は深い悩みを抱き煩悶します。救いを求め、星の世界へ何処までも何処までものぼっていきます……。］

「ヨダカ」が、〈夜だか〉と〈よだか〉の二通りの表記となっています（なお「ヨダカ」自身が自分のことを〈私〉と〈僕〉と「呼称の二相」で呼んでいます。ところで、この「表記・呼称の二相」は、「ヨダカ」という人物の相反する「二相」を示唆しているものと考えられます。相反する二相とは、「ヨダカ」の抱える矛盾ともいえましょう（なお「ヨダカ」の弟分にあたる〈かわせみ〉と〈蜂すずめ〉の表記も〈川せみ〉、〈蜂雀〉となっています。また〈甲虫〉〈かぶとむし〉も「表記の二相」となっています。これらの人物は、主人公同様の位相にある「対の人物」として、作者は主人公同様「表記の二相」を取っていると考えられます）。

なお、「ソラ」と「ホシ」について、〈空〉〈そら〉〈青いそら〉〈ほしぞら〉、また〈星〉〈ほし〉〈お星さま〉などの「表記の二相」「呼称の二相」が見られますが、この問題は後に「インドラの網」のところで詳しく説明するつもりでいますが、とりあえず一言。この作品のように「世界が二相」であることをこのようなかたちで示唆しているのです。今は「ヨダカ」に関わるところのみに限定して本題に戻りましょう。「ヨダカ」を「二相系の人物」として読者のまえに提示しているのは、如何なる意味において、相反する二相を持つ人物であるかを考察せよと、作者がわざわざ読者に「示唆」していると考えられます。表記をわざと「二相ゆらぎ」としたのは、いわば「つまずきの石」を置き、読者が躓くことで、「はて、これは何?」と、首をかしげ、そこから、「実相」の究明に向かってほしいとの作者の願いがあってのことと考えられます。

ただし「よだかの星」は、「烏百態」のように、対象を「差別相」と「平等相」の「二相」においてとらえているとは思えません。では一体、如何なる「二相」においてとらえよ、というのでしょうか（じつは、「二相」というのは、差別相と平等相の二相以外にも、様々な二相があります。それらは具体的に、このあと提示していくつもりです）。

## 矛盾に苦悩する主人公

先に引用しただけからも推察出来るように、他者（羽虫）の生命を奪うこと（殺生）なしには己の生命を維持しえぬ「ヨダカ」が、己の生命を他者（鷹）に奪われるという危機に瀕して、はじめて「殺し殺される」という矛盾に気づき、驚き、身もだえし、苦悩します。

「ヨダカ」は、〈僕は今まで、なんにも悪いことをしたことがない。赤ん坊のめじろが巣から落ちてゐたときは、助けて巣へ連れて行ってやった。〉と、自分には殺されねばならぬ何の理由もない、いわば「理不尽な死」であると、「自己弁護」さえします。「ヨダカ」にとっては、「理不尽な死」、つまり「不条理な死」でしかないのです。しかし、夜、飛びながら羽虫が喉に飛びこみ、そのことをきっかけに自分がたくさんの羽虫の命を奪って生きている存在であることに思い至り愕然とするのです。

また一疋の甲虫が、夜だかののどに、はいりました。そしてまるでよだかの咽喉をひっかいてばたばたしました。よだかはそれを無理にのみこんでしまひましたが、その時、急に胸がどきっとして、夜だかは大声をあげて泣き出しました。泣きながらぐるぐるぐるぐる空をめぐったのです。

（あゝ、かぶとむしや、たくさんの羽虫が、毎晩僕に殺される。そしてそのたゞ一つの僕がこんどは鷹に殺される。それがこんなにつらいのだ。あゝ、つらい、つらい。僕はもう虫をたべないで餓えて死なう。いやその前にもう鷹が僕を殺すだらう。いや、その前に、僕は遠くの遠くの空の向ふに行ってしまはう。）

「ヨダカ」は、星の世界に「私を連れて行って欲しい」と願います。幾たびも幾たびも星の世界に飛び上がります。現実の、この忌まわしい状況から解脱したいのです。

ついに「ヨダカ」は、天上に輝く星になります。ところが、この結末に対して、ある論者は、それは問題の回避であって、提示された矛盾の何らの解決にもなっていない、と批判しました。確かに、この矛盾は解決されることはないでしょう。いわば「永遠の矛盾」というべきものかも知れません。子供達なら、ヨダカは羽虫など殺さずに、草や木の実でも食べていけばいいのに、などという者もあります。しかしそれは問題のすり替えです。「ヨダカ」は、虫を殺して生きていくように運命づけられている存在なのです。この矛盾をはらむ状態を「生存悪」と呼んだ論者があります。

ところで、この事態をほかならぬ「避けがたい矛盾」として認識し、だからこそ、避けることなく問題を正面から受け止め、真摯に悩むところに、この主人公の悲劇性があるといえましょう。このような場合、多くのものは、この矛盾に目をつぶり、問題をやり過ごしてしまおうとするものです。

矛盾を一身に受け止めて真摯に苦悩する姿こそが、なによりも「美しい」と作者は見たのではないでしょうか。そのような作者の思いが、主人公を、天上に永遠に輝く星に変身させた、と考えられます。

### 文芸は問いを提示する

筆者は、拙著『虚構としての文学』（国土社刊）で、前述のような一部の論者の批判に対して、次のように述べています。

たしかに賢治のこの作品は「問いにとどまって、答えになっていない。」といえるかもしれません。また、「祈りは革命によってのみ成就する。」ということも、そのとおりであると考えます。しかし、これらの批判には、文芸というものの、科学や哲学、また、政治というものとの違いが棚あげされていることもたしかです。

ロシアの劇作家チェホフは、「科学は問題を解決するが、文芸は問題を提示する。」といいました。提示とは、眼に見えるようにさし示すということです。

賢治は法華経の信者として、また文学者として、なによりもひとりの人間として、人間が他の生物の生命をうばうことによって、自己の生をたもっていることの悲しい矛盾をだれよりも鋭く見ぬいていたのです。賢治は人間にとっての重大な「問い」を、しかもさけることのできない形で読者の前に提示したのです。

人間にとってこのような悲しい「問い」があることをまざまざと見せてくれているのです。「問い」の所在をあきらかにしているのです。そしてここで忘れてならぬことは、この「問い」は読者に向けられている前に、ほかならぬ作者その人に作者自身がつきつけた「問い」であったということなのです。この問いは賢治がその生い立ちからはじまって、生涯いだきつづけた問いであったということなのです。

## 表記の二相＝矛盾をはらむ人物の独自な表現法

作者が「ヨダカ」を**二相系の人物**として表記を二相としたことは、そのことによって「ヨダカ」が、他者の命を奪う存在であると同時に、反面、他者に自己の命を奪われる存在でもあるという、**「殺し、殺される」という相反する「二相」をもつ矛盾的存在**であることを、意図的に〈夜だか〉と〈よだか〉という

「表記の二相ゆらぎ」という方法で示唆したと考えられます。そのことが意図的であることは、〈鷹〉の場合には、「表記の二相」が、まったく見られぬことからも明らかです。

「鳥百態」、また「よだかの星」の例から、他の作品にも見られる「表記の二相ゆらぎ」が、偶然の、あるいは恣意的なものではなく、作者の意図によるものであることが、しかも、それは**作者の世界観・人間観という思想的な根幹にかかわるもの**であるらしいことが、ほぼ認知できたのではないでしょうか。

## 美醜二相の主人公

「ヨダカ」が「二相系の人物」であるということを、別な観点からも見てみましょう。

まず、書き出しに、「ヨダカ」の特異な醜さが、縷々述べられています。

よだかは、実にみにくい鳥です。

顔は、ところどころ、味噌をつけたやうにまだらで、くちばしは、ひらたくて、耳までさけてゐます。

足は、まるでよぼよぼで、一間とも歩けません。

ほかの鳥は、もう、よだかの顔を見たゞけでも、いやになってしまふという工合でした。

このあと、さらにひばりや、おしゃべりの鳥たちから〈鳥の仲間のつらよごし〉とか、〈あのくちの大きいことさ。きっと、かへるの親類か何かなんだよ。〉とあざけられるほどでした。まさに醜悪の極相といえましょう。

ところが、結末の場面では、天上の星となった「ヨダカ」を話者は次のように語ります。

それからしばらくたってよだかははっきりまなこをひらきました。そして自分のからだがいま燐の火のやうな青い美しい光になって、しづかに燃えてゐるのを見ました。

すぐとなりは、カシオピア座でした。天の川の青じろいひかりが、すぐうしろになってゐました。

そしてよだかの星は燃えつゞけました。いつまでもいつまでも燃えつゞけました。

今でもまだ燃えてゐます。


冒頭と結末の「ヨダカ」のイメージは、まさしく醜悪の極みともいえそうなイメージと、逆に美の極致ともいえそうな神聖なイメージとの、矛盾対立する「美醜二相」となっています。その意味においても「ヨダカ」は**「二相系の人物」**ということがいえましょう。

「鳥」や「よだか」を引き合いにしたついでに、同じような主題の、しかも鳥を主人公とした「二十六夜」という作品を、取り上げてみましょう。

## 2 「二十六夜」

生前未発表

旧暦六月二十四日の晩、北上川畔、松林の中で、梟たちが集まり、坊主の説教を聞いている。ここには子供の梟も集まっており、おとなしい穂吉も居る。翌日、穂吉は人間の子供らに捕らえられ、足を折られ放り出される。梟たちは人間に復讐を計るが、僧は、それが悪業となり悪因となって繰り返すと諭します。ちょうどそのとき二十六夜(注)の月が昇り、梟たちは、〈金いろの立派な人が三人〉雲に載って下りてきて、手をさしのべたように思う。気がつくと、穂吉は〈かすかにわらったまゝ、息がなくなって〉います。

(注)「二十六夜」というのは古来、民衆の願いが叶えられる日と考えられ、供え物をして夜半遅い月の出を迎えた。

## 取り立てた表現法

まずは、人物の呼称に関わる表記のみを、見てみましょう(作品分析・解釈のあり方としては、きわめて異例のことですが)。

いろいろな人物が登場しますが、「フクロウ」のみ、表記および呼称が「二相ゆらぎ」となっています。

・おっかさんのふくらふ・おっかさんの梟・お母さんの梟・子供の梟・子供のふくらふ・お父さんのふくらふ・梟のお父さん・梟のおぢいさん・坊さんの梟・女のふくらふ・女の梟・男の梟・褐色の梟・梟の和尚……

「二十六夜」では、表記と呼称の二相ゆらぎは「フクロウ」についてだけです。明らかに意図的であることが判ります。作者が何らかの意図を持って、そこにスポットを当てているのです。所謂**「取り立てた**

**表現」**であるということです。

## 憎しみの連鎖を断ち切る

「フクロウ」という存在は、雀などの小鳥や虫などを補食して生きる猛禽類です。梟の僧が皆に諭します〈こちらが一日生きるには、雀やつぐみや、たにしやみみずが、十や二十もころさねばならぬ〉。

ところが、その「フクロウ」のおさない子供〈穂吉〉が、人間の子供達に捕まり、いたぶられ、苛まれ、果ては脚をへし折られ、死に到るという悲劇が起きます。ここにも生あるものの間に引き起こされる「殺し殺される」という悲しい矛盾が見られます。かかる**梟という存在を「二相系」の人物として作者は「表記・呼称の二相」によって示唆**しているのです。

物語の後半、梟たちが、仲間（子供の穂吉）を殺した人間に対する報復を企図します。それを察知した〈坊さんの梟〉が、一同をたしなめ訓戒する場面があります。

　これほど手ひどい事なれば、必らず仇を返したいはもちろんの事ながら、それでは血で血を洗ふのぢゃ。こなたの胸が霽れるときは、かなたの心は燃えるのぢゃ。いつかはまたもっと手ひどく仇を受けるぢゃ、この身終わって次の生まで、その妄執は絶えぬのぢゃ。遂には共に修羅に入り闘諍しばらくもひまはないぢゃ。必らずともにさやうのたくみはならぬぞや。

先刻人間に恨みを返すとの議があった節、申した如くぢゃ、一の悪業によって一の悪果を見る。その悪果故に、又新なる悪業を作る。斯の如く展転して、遂にやむときないぢゃ。車輪のめぐれどもめぐれども終らざるが如くぢゃ。これを輪廻といひ、流転といふ。悪より悪へとめぐることぢゃ。継起して遂に竟ることとなしと云ふがそれぢゃ。いつまでたっても終りにならぬ、どこどこまでも悪因悪果、悪果によって新に悪因をつくる。な。斯うぢゃ、浮む瀬とてもあるまいぢゃ。

怨み、報復、それは、問題の根本的解決にはなりません。憎しみは、繰り返され、悲劇は増幅されるだけです。ここで、その**憎しみの連鎖を断ち切る**ことこそが、仏教の「知恵」なのです。中近東の戦乱の歴史を思い出すだけでも、復讐・報復という愚を繰り返してはならぬと思わざるを得ません。

## 題名「二十六夜」の意味するもの

ちなみに題名ともなっている「二十六夜」は、庶民の願いが叶うといわれる夜です。〈澄み切った桔梗いろの空にさっきの黄金いろの二十六夜のお月さまが、しづかにかかってゐるばかりでした。〉とあって、穂吉の死が語られ、物語の幕が閉ざされます。悲劇的な結末にもかかわらず、この美しい幕切れは如何なる意味を秘めているのでしょうか。穂吉の死が契機となって復讐の鎖を断ち切る機縁ともなれば、それはそれとして喜ばしいことには違いありません。〈穂吉はもう冷たくなって少し口をあき、かすかにわらったまゝ、息がなくなってゐました。〉と、あります。

自分の死が契機となって、復讐の鎖が断ち切れる機縁ともなれば、それは穂吉に取っては、願いが叶えられたものといえましょう。まさに民衆の願いが実現するといわれる「二十六夜」にふさわしい奇跡といわざるをえません。

## さりげない表現「実相寺」「罪相」

〈つんぼの梟の坊さん〉の説教に飽きた子供の梟たちが、そっと逃げ出そうとして、〈「おい、もう遁げて遊びに行かう。」「どこへ。」「実相寺の林さ。」「行かうか。」……〉というやりとりがあります（『新・全集』九巻一五九頁）。

その科白の中で、さりげなく作者は〈実相寺〉という寺の名前を出しています。これは、こんな形で、この童話が「諸法実相」の世界観・人間観を基底に持つものであることを仄めかしているといえましょう（賢治は、よくこんな形のヒントをさりげなく作品の一隅に仄めかすことをしています。後述しますが、「やまなし」の〈クラムボン〉〈イサド〉など）。

また、「相」というキーワードを、これも、さりげなく〈梟の坊さん〉の説教の中に〈罪相〉、〈夜（叉）相〉という語を忍ばせるかたちで出しています（『新・全集』九巻一六四頁）。

こんな所に、「茶目っ気」なところがあるといわれた賢治の一面を、はしなくも見る思いがします。

この後、本格的に童話集『注文の多い料理店』所収の「どんぐりと山猫」を取り上げて、具体的に詳しく解明してみましょう。**童話集『注文の多い料理店』**は、前に紹介しましたが、妹トシの死後（賢治二十六歳。一九二二（大正十一）年）、東京光原社より一九二四年十二月に出版されたもので、賢治の生前に刊行された唯一の童話集です。この童話集を本書が中心に取り上げる理由は、表記が問題となるため、作者の厳正な推敲を経た文章でないと、不本意な、混乱を引き起こす懼れがなきにしもあらず、と考えるからです。しかし一通り調べた結果、『童話集』以外の作品でも、ほぼ表記については、本書の仮説を適用できそうに思えます（ただし、ルビに関しては、後年、編集部により振られたものが見られ、また当時の印刷ではルビ付きの漢字を使用したことでのトラブルもあり、遺憾ながら、本書では取り扱わないことにします）。

## 3 「どんぐりと山猫」

『童話集』所収　目次下に一九二一・九・十九とある

この童話は、目次を見ますと「一九二一・九・十九」とあります（『童話集』の出版は一九二四・十二ですから、これは作品成立の年次と見ていい）。賢治の生前、はじめての、そして最後のものとなった『童話集』の巻頭におかれた童話です。ということは、この作品が何らかの意味において、作者によって重視されていることを意味します。

**表記の二相ゆらぎ〈山猫〉・〈山ねこ〉・〈やまねこ〉**

じつは、この童話では、重要人物の一人「ヤマネコ」が、漢字と平仮名表記の「交ぜ書き」の「ゆらぎ」が見られるのです。つまり表記の「二相ゆらぎ」が、しかも頻繁に見られるということです。他の人物、たとえば視点人物（見ている方の人物・補説参照）の一郎には、表記の「ゆらぎ」はまったく見られません。明らかに対象人物（見られている方の人物）「ヤマネコ」の表記の「二相ゆらぎ」が、作者による意図的なものであることがわかります。作者は明らかに「ヤマネコ」に**スポットを当てている**ことが推察できます（なお、「ヤマネコ」の存在に直接関わる所在・方角や、幻想場面にかかわる特定の「もの」

を示す語なども「二相ゆらぎ」となっています。このことは後にふれます）。

先の「やまなし」の場合と違い、この作品の表記の「ゆらぎ」は、多少なりとも注意ぶかい読者なら読み進めていくなかで気づくであろうほど、紙面いっぱいに頻出します（この後、原文を相当長く引用しますから、そこで見ていただきたい。七〇~七一頁参照）。おそらく賢治は、まずは**表記の「ゆらぎ」に気づかせよう**と、敢えてこの童話を巻頭に持ってきたものと思われます。「表記の二相ゆらぎ」に気づきやすい作品をまず真っ先に持ってくるところに、授業で苦労したであろう農学校の教師としての賢治らしい**読者への配慮**を感じさせられます。同僚の白藤慈秀の述懐に「実地にすぐ役立てなければならないところは、急所、かんどころを、懇切ていねいに教えるといったやりかたで、あり余る、よぽどの力がないと、とてもできない授業でした」とあります。賢治は授業において様々な創意をこらしたことが、かっての教え子達の「思い出の記」によってもうかがわれます。

賢治は、読者が、作者の意図を明確に捉えることが出来るよう、ヒントとして「表記の二相」「呼称の二相」などの工夫を凝らしたものと思われます。しかも『童話集』の巻頭に、これらの工夫のサンプルを一通り提示しうると考えて「どんぐりと山猫」を持ってきたのではないでしょうか。

しかし、にもかかわらず、童話集『注文の多い料理店』についての研究論文は相当数に上りますが、この「表記のゆらぎ」を取り上げ、説得的な論究をおこなったものは筆者の知る限り無いように思われます。このことは、おそらく表記の「二相ゆらぎ」について、整合性のある、また妥当性のある理由づけ、意味づけが出来なかったからではないでしょうか（注意深い読者なら、おそらく気づくであろうほど頻繁に表記が「ゆらい」でいるのですから、筆者をふくめ、しらみつぶしに原典に当たる研究者という者の性格からして、見落とすということは、まずはありえないことです。理由づけ、意味づけに苦渋して、あえて「不問に付した」のであろうとしか考えられません)。

理由はともあれ、この表記の「ゆらぎ」が問題視されていないことは、事実です。しかし、ここには、じつは**賢治の世界の秘密を解く重要な「鍵」**があるのです。まず、冒頭の一節を引用します。

おかしなはがきが、ある土曜日の夕がた、一郎のうちにきました。

かねた一郎さま　九月十九日
あなたは、ごきげんよろしいほで、けつこです。
あした、めんどなさいばんしますから、おいでんなさい。とびどぐもたないでくなさい。
山ねこ　拝

こんなのです。字はまるでへたで、墨もがさがさして指につくくらゐでした。けれども一郎はうれしくてうれしくてたまりませんでした。

冒頭から〈山ねこ〉という「交ぜ書き」のお目見えです。また〈かねた一郎〉というのも「交ぜ書き」として考えていいでしょう。もっとも、これは教養のない人物(馬車の別当)の書いたはがきですから、これはこれとしておきましょう。しかし、この後の本文は、作者賢治の書いた文章です。表記のゆらぎに注目してお読みください(傍線は筆者)。

……［次の朝、一郎が眼を覚ましたときは、もうすっかり明るくなっていて］まはりの山は、みんなたつたいまできたばかりのやうにうるうるもりあがつて、まつ青なそらのしたにならんでゐました。一郎はいそいでごはんをたべて、ひとり谷川に沿つたこみちを、かみの方へのぼつて行きました。

すきとほつた風がざあつと吹くと、栗の木はばらばらと実をおとしました。一郎は栗の木をみあげて、

「栗の木、栗の木、やまねこがここを通らなかつたかい。」とききました。栗の木はちよつとしづかになつて、

「やまねこなら、けさはやく、馬車でひがしの方へ飛んで行きましたよ。」と答へました。

「東ならぼくのいく方だねえ、おかしいな、とにかくもつといつてみやう。栗の木ありがたう。」

栗の木はだまつてまた実をばらばらとおとしました。

一郎がすこし行きますと、そこはもう笛ふきの滝でした。笛ふきの滝といふのは、まつ白な岩の崖のなかほどに、小さな穴があいてゐて、そこから水が笛のやうに鳴つて飛び出し、すぐ滝になつて、ごうごう谷におちてゐるのをいふのでした。

一郎は滝に向いて叫びました。

「おいおい、笛ふき、やまねこがここを通らなかつたかい。」滝がぴーぴー答へました。

「やまねこは、さつき、馬車で西の方へ飛んで行きましたよ。」

「おかしいな、西ならぼくのうちの方だ。けれども、まあも少し行つてみやう〔。〕ふえふき、ありがたう。」

滝はまたもとのやうに笛を吹きつゞけました。

一郎が〔また〕すこし行きますと、一本のぶなの木のしたに、たくさんの白いきのこが、どつてこどつてこどつてこと、変な楽隊をやつてゐました。

一郎はからだをかがめて、

「おい、きのこ、やまねこが、こゝを通らなかつたかい。」

とききました。するときのこは
「やまねこなら、けさはやく、馬車で南の方へ飛んで行きましたよ。」とこたへました。一郎は首をひねりました。

「みなみならあつちの山のなかだ。おかしいな。まあもすこし行つてみやう。きのこ、ありがたう。」

きのこはみんないそがしさうに、どつてこどつてこと、あのへんな楽隊をつづけました。

一郎はまたすこし行きました。すると一本のくるみの木の梢を、栗鼠がぴよんととんでゐました。一郎はすぐ手まねぎしてそれをとめて、

「おい、りす、やまねこがここを通らなかつたかい。」とたづねました。するとりすは、木の上から、額に手をかざして、一郎を見ながらこたへました。

「やまねこなら、けさまだくらいうちに馬車でみなみの方へ飛んで行きましたよ。」

「みなみへ行つたなんて、二とこでそんなことを言ふのはおかしいなあ。けれどもまあもすこし行つてみやう。りす、ありがたう。」りすはもう居ませんでした。たゞくるみのいちばん上の枝がゆれ、となりのぶなの葉がちらつとひかつただけでした。

**表記は作者による選択（書き方・文体）**

題名では〈山猫〉とあるにもかかわらず、ここでは〈やまねこ〉と平仮名書きです。なお、〈栗鼠〉と〈りす〉も、〈笛ふきの滝〉と〈笛ふき〉、〈ふえふき〉、〈滝〉も、表記と呼称が二相になっています（〈笛ふきの滝〉は、実在の「笛貫の滝」をもじったもの。この作品が仮構であることを示唆）。〈栗の木〉はこのあと〈くり〉という表記が出てきます。なお表記や呼称の二相については、のちに取り上げます。

ところで、一郎は、ゆくゆく、出会う者たちに「ヤマネコ」の居場所を尋ねます。しかし、奇妙なことに、「ヤマネコ」の所在を示す方角がてんでんばらばらで、しかも方角を表す言葉の、表記が〈東〉と〈ひがし〉、〈南〉と〈みなみ〉となっています（「西」は漢字表記のみ、また「北」は、まったく出てきません。この時期、この地方では北風はないのです。まさしく「ヒガシ」と「ミナミ」だけが表記の上で「二相ゆらぎ」ということです。このことについては後ほど触れるつもりです）。

一郎の科白のなかで、作者は、話者が語る「ヤマネコ」を、〈山猫〉〈山ねこ〉〈やまねこ〉と表記しています。ここで注意していただきたいことは、語り手・話者は、「ヤマネコ」「リス」「タキ」「ヒガシ」「ミナミ」と語っているはずなのに、書き手・作者は、表記をアト・ランダム（無作為）に漢字と平仮名に書き分けているということです（すべて表記の区別は、話者・語り手には関係ありません。**作者の文体・書き方に関わる問題**です）。

さて、一郎は、奇妙な男に出会います。

**服装・容貌・性癖など特異な「服装の二相」**

〈せいの低いおかしな形の男が、膝を曲げて手に革鞭をもつて、だまつてこつちをみてゐ〉るのに出会います。〈その男は、片眼で、見えない方の眼は、白くびくびくうごき、上着のやうな半天のやうなへんなものを着て、だいいち足が、ひどくまがつて山羊のやう、ことにそのあしさきときたら、ごはんをもるへらのかたち〉でした。この男のように、賢治はある特定の人物（二相系の人物）の登場にあたって、その特異な風貌や性癖などを描くことで、「二相系の人物」であることを示唆しています。山猫の**特異な風貌・性癖・服装の描写**を挙げておきます。

・山猫が、黄いろな陣羽織のやうなものを着て、緑いろの眼をまん円にして
・山猫の耳は、立つて尖つてゐる
・山猫はひげをぴんとひつぱつて、腹をつき出して
・山ねこは、もういつか、黒い長い繻子の服を着て、
・山猫がひげをぴんとひねつて言ひました。

（以下、省略）

山猫（と別当）については、このように特異な服装・風貌・性癖の描写がなされますが、逆に、主人公でありながら、一郎の風貌・性癖などについては全くふれていません。

このように特定の人物の特異な服装や風貌、性癖などの描写に留意してください。これらも「表記の二相」「呼称の二相」と同様、「描写の二相」として**「二相系の人物」の指標（目印）**となるのですから。ついでに、この「男」（別当）について、作者はこの後、次のように特異な風貌・性癖を描写しています。

・横目で一郎の顔を見て、口をまげてにやつとわらつて

・その奇体な男はいよいよにやにやして
・男はよろこんで、息をはあはあして、耳のあたりまでまつ赤になり、きもの、えりをひろげて、風をからだに入れながら、
・まるで、顔ぢう口のやうにして、にたにたにたにた笑つて叫びました。
（以下、省略）

話者は、〈男〉が山猫の〈馬車別当〉であることを語り、以後は〈男〉という呼称を、〈別当〉という呼称に置き換えていきます。この人物も山猫同様、視点人物である一郎から見られている対象人物であり、〈男〉と〈別当〉という「呼称の二相」を与えられた人物といえましょう。この人物が二相系の人物であることを意味するものとして、その人物の所有しているものを〈鞭〉と〈むち〉という「表記の二相」でもって表現していることにも留意してください。

・「だまれ、やかましい。こゝをなんと心得る。しづまれしづまれ。」別当が、むちをひゆうぱちつと鳴らしました。
・別当も大よろこびで、五六ぺん、鞭をひゆうぱちつ、ひゆうぱちつ、ひゆうひゆうぱちつと鳴らしました。

なお、鞭の音の変化（ゆらぎ）にも留意ください（「声喩の二相」という）。
・別当がこんどは、革鞭を二三べん、ひゆうぱちつ、ひゆう、ぱちつと鳴らしました。

・別当がむちをひゅうぱちつとならしましたので
・別当が、むちをひゅうぱちつと鳴らしました。
・別当も大よろこびで、五六ぺん、鞭をひゅうぱちつ、ひゅうぱちつ、ひゅうひゅうぱちつと鳴らしました。

〈鞭〉と〈むち〉、〈鳴らし〉と〈ならし〉、また、声喩〈ひゅう、ぱちつ〉の、「二相ゆらぎ」に留意すべきです。つまり、馬車の別当も、主人の山猫に対する態度と、どんぐりに対する、また一郎に対する態度の「二相」を「表記の二相」と「声喩の二相」、「描写の二相」によって示唆しているのです。

なお、山猫と別当は主従の関係にありますが、主も従も共にその本性においては一つです。

### 幻想場面への誘導

賢治の世界で、〈風がざあつと吹く〉、〈風がどうと吹いて〉くると、そこから世界は一変するのです。**奇妙な幻想的世界に変貌**します。この後に出てくる「注文の多い料理店」の冒頭と結末にも「風」が吹き、場面が一瞬に変容します。「風の描写」は世界が変貌（現実から非現実、あるいは、その逆）する前触れのようなものですから注意が必要です。

本題に戻りましょう。

別当の科白の中では、葉書の文面と同じ〈山ねこ〉という「交ぜ書き」になっていますが、このあとの話者の地の文では、〈山猫〉〈やまねこ〉となっています。

一郎はおかしいとおもつて、ふりかへつて見ますと、そこに山猫が、黄いろな陣羽織のやうなものを着て、緑いろの眼をまん円にして立つてゐました。やつぱり山猫の耳は、立つて尖つてゐるなと、一郎がおもひましたら、山ねこはぴよこつとおぢぎをしました。一郎もていねいに挨拶しました。

何とも異様な風体の山猫の描写ですが、これは後に詳しく取り上げることになりますが、「二相系の人物」は、特異な風貌・風体で登場することが多いのです。

ところで、〈ふりかへつて見ますと、そこに山猫が……立つてゐました〉というのは、まことに面妖な話です。なぜなら一郎は、そちらの方から来たのですから、「ヤマネコ」が前から其処にいたとすれば、当然、出会っていたはずのものです。つまり非現実（幻想）の場面での出会いが、このような形で表現されているのです。ちなみに後出の童話「注文の多い料理店」のなかでも二人の紳士が振り返ると、今歩いてきた道の傍らに大きな西洋料理店が建っていたという、おなじようなシチュエーションがあります。あれほどの立派な西洋料理店が目につかないはずはないと思われます。これらは**幻想的場面へ誘導する賢治独特の表現の一つ**です。ちなみに、この非現実的な場面を「異界」と称する論者が少なからずいます。私は、西郷文芸学の観点から「ファンタジー」の定義を「現実と非現実あるいは超現実、幻想がいわば「表裏一体」の二相の世界」と考えています。従って、「異界」という概念・用語は、現実と別個の世界として誤解されやすいため採りません（「ファンタジー」については、この後、詳しく解説します）。

## 表記のゆらぎ

話の運びもさることながら、表記の微妙な「ゆらぎ」が問題となりますので、長くなりますが、引用します（傍線は筆者）。

「いや、こんにちは、きのふははがきをありがたう。」

山猫はひげをぴんとひつぱつて、腹をつき出して言ひました。

「こんにちは、よくいらつしやいました。じつはおとゝひから、めんだうなあらそひがおこつて、ちよつと裁判にこまりましたので、あなたのお考へを、うかがひたいとおもひましたのです。まあ、ゆつくり、おやすみください。ぢき、どんぐりどもがまゐりませう。どうもまい年、この裁判でくるしみます。」山ねこは、ふところから、巻煙草の箱を出して、じぶんが一本くわい、

「いかゞですか。」と一郎に出しました。一郎はびつくりして、

「いゝえ。」と言ひましたら、山ねこはおほやうにわらつて、

「ふゝん、まだお若いから、」と言ひながら、マッチをしゆつと擦つて、わざと顔をしかめて、青いけむりをふうと吐きました。山ねこの馬車別当は、気を付けの姿勢で、しやんと立つてゐましたが、いかにも、たばこのほしいのをむりにこらえてゐるらしく、なみだをぼろぼろこぼしました。

そのとき、一郎は、足もとでパチパチ塩のはぜるやうな、音をきゝました。びつくりして屈んで見ますと、草のなかに、あつちにもこつちにも、黄金《きん》いろの円いものが、ぴかぴかひかつてゐるのでした。よくみると、みんなそれは赤いずぼんをはいたどんぐりで、もうその数ときたら、三百でも利かないやうでした。わあわあわあわあ、みんななにか云つてゐるのです。

「あ、来たな。蟻のやうにやつてくる。おい、さあ、早くベルを鳴らせ。今日はそこが日当りがいゝから、そこのとこの草を刈れ。」やまねこは巻たばこを投げすてゝ、大いそぎで馬車別当にいひつけまし

た。馬車別当もたいへんあわてゝ、腰から大きな鎌をとりだして、ざつくざつくと、やまねこの前のとこの草を刈りました。そこへ四方の草のなかゝら、どんぐりどもが、ぎらぎらひかつて、飛び出して、わあわあわあわあ言ひました。

馬車別当が、こんどは鈴をがらんがらんがらんがらんと振りました。音はかやの森に、がらんがらんがらんがらんとひゞき、黄金のどんぐりどもは、すこししづかになりました。見ると山ねこは、もういつか、黒い長い繻子の服を着て、勿体らしく、どんぐりどもの前にすわつてゐました。まるで奈良のだいぶつさまにさんけいするみんなの絵のやうだと一郎はおもひました。別当がこんどは、革鞭を二三べん、ひゆうぱちつ、ひゆう、ぱちつと鳴らしました。

空が青くすみわたり、どんぐりはぴかぴかしてじつにきれいでした。

まず確認しておきたいことは、〈山猫〉〈やまねこ〉〈山ねこ〉という三様の「表記のゆらぎ」が見られるということです。もちろん、話者はすべて一様に「ヤマネコ」と語っているはずです。それを作者が、わざと**表記の上で「二相ゆらぎ」の文体（書き方）**を意図的に試みているのです（ここまでくれば、これらの「表記の乱れ」を作者の杜撰な表現と見る読者はいないでしょう）。

また、そのことと関わって、「ヤマネコ」の所在を意味する〈南〉と〈みなみ〉、〈東〉と〈ひがし〉の表記に「表記のゆらぎ」が見られます。しかし〈西〉には表記の「ゆらぎ」がありません（「北」は、それ自身がありません）。この方角の表記の「二相ゆらぎ」はなにを意味するのでしょうか。ヤマネコの登場と相まって、この世界の妖しさ**（現実であると同時に非現実・幻想でもあるという二相）**が、表記の上でも、こんな形で表現されているのです。

**問題の核心に迫る「指標」**

ところで、他の形象（たとえば、一郎）には、表記の「ゆらぎ」は、まったく見られません。なぜか？　つまり〈山猫〉と〈別当〉は、話者と視点人物一郎から見られている存在（対象人物）だからです。後に詳しく説明することになりますが、「相」というのは、見られている側の人物（対象人物）と物事（対象事物）のみに関わるものです。対象人物・事物の表記・呼称の「ゆらぎ」だけが、**問題の核心に迫る「指標」**であることを意味します。このことは、同時に、この表記の「ゆらぎ」が、明らかに意図的なものであることをも裏づけているといえましょう。

このように、表記が漢字と平仮名と、アト・ランダムになっていることを先に「表記の二相ゆらぎ」と名づけておきました（そのことの深い意味は、後ほどさらに明らかになるはずです）。

ところで、「表記の二相ゆらぎ」は、前述の通り、視点から対象化されたもののみについて、なされていることに注意してください。繰り返しますが、この作品では、話者（語り手）が、一郎に寄り添い、一郎の視角から山猫と別当を対象化しています。一郎を視点人物、山猫と別当を対象人物と名づけます。従って、**「相」とは、視点人物より見られた対象人物・対象事物のイメージ（相）**ということです。当然のことに、視点人物の側に「表記のゆらぎ」は見られません。「表記のゆらぎ」は、このあと扱うすべての作品において、つねに**「対象人物」と「対象事物」にかぎられています。**

これらの西郷文芸学の原理に関わるところは、巻末の「補説」に譲りますが、一応簡単に、図表を使って説明しておきましょう。

**自在に相変移する入子型重層構造**

作家（現実の、生身の人間）宮澤賢治（本名）
↔作者（書き手）宮沢賢治（筆名）
↔話者（語り手）
↔視点人物（見ている方の人物）一郎
↔対象人物（見られている方の人物）　山猫　別当　どんぐり　（二相ゆらぎ）
事物（見られている方の事物）　榧の木や草原など
↔聴者（話者により想定された聞き手）
↔読者（作者により想定された読み手）
↔読者（現実の、生身の読み手）この作品を読んでいる筆者と貴方

つぎに、「裁判」の場面を引用しましょう。「ヤマネコ」の表記に留意（傍線は筆者）。

「裁判ももう今日で三日目だぞ、い丶加減になかなほりをしたらどうだ。」山ねこが、すこし心配さうに、それでもむりに威張つて言ひますと、どんぐりどもは口々に叫びました。

「いえいえ、だめです、なんといつたつて頭のとがつてるのがいちばんえらいんです。そしてわたしがいちばんとがつてゐます。」

「い丶え、ちがひます。まるいのがえらいのです。いちばんまるいのはわたしです。」

「大きなことだよ。大きなのがいちばんえらいんだよ。わたしがいちばん大きいからわたしがえらいんだよ。」

「さうでないよ。わたしのはうがよほど大きいと、きのふも判事さんがおつしやつたぢやないか。」

「だめだい、そんなこと。せいの高いのだよ。せいの高いことなんだよ。」

「押しつこのえらいひとだよ。押しつこをしてきめるんだよ。」もうみんな、がやがやがやがや言つて、なにがなんだか、まるで蜂の巣をつ丶ついたやうで、わけがわからなくなりました。そこでやまねこが叫びました。

「やかましい。こ丶をなんとこ丶ろえる。しづまれ、しづまれ。」

別当がむちをひゆうぱちつとならしましたのでどんぐりどもは、やつとしづまりました。やまねこは、ぴんとひげをひねつて言ひました。

「裁判ももうけふで三日目だぞ。い丶加減に仲なほりしたらどうだ。」

すると、もうどんぐりどもが、くちぐちに云ひました。

「いえいえ、だめです。なんといつたつて、頭のとがつてゐるのがいちばんえらいのです。」

「い丶え、ちがひます。まるいのがえらいのです。」

「さうでないよ。大きなことだよ。」がやがやがやがや、もうなにがなんだかわからなくなりました。山猫が叫びました。

ここで、注意を促しておきますが、何故ここが漢字であそこは平仮名かという詮議は無用です。アト・ランダムであること、そのことに意味があるのですから。

## 服装の二相

表記の「二相ゆらぎ」とかかわって、「ヤマネコ」の服装も、〈黄いろな陣羽織のやうなもの〉と、〈黒い長い繻子の服〉の二相をとっていることに気づかれたでしょうか。この服装の「二相ゆらぎ」は、何か意味がありそうです。もちろん、〈黒い長い繻子の服〉は、裁判における裁判官の権威を象徴する法衣です。「ドングリ」たちを裁く「ヤマネコ」の「居丈高」な「傲慢」な態度（相）をあらわしています。それは、どんぐりどもに対する態度そのものにも表れています。〈勿体らしく、どんぐりどもの前にすわつて〉、〈むりに威張つて〉、〈ぴんとひげをひねつて〉という態度や、〈こゝをなんとこゝろえる〉と、くりかえされる科白などに現れています。また話者の〈申しわたしました〉という語り方にも、傲慢不遜な「ヤマネコ」の態度が表現されています。もちろん馬車の別当に対する態度も下僕に対する横柄な態度そのものです。先の場面につづいて、

「だまれ、やかましい。こゝをなんと心得る。しづまれしづまれ。」別当が、むちをひゆうぱちつと鳴らしました。山猫がひげをぴんとひねつて言ひました。

「裁判もうけふで三日目だぞ。い、加減になかなほりをしたらどうだ。」

「いえ、いえ、だめです。あたまのとがつたものが……。」がやがやがやがや。

山ねこが叫びました。

「やかましい。こゝをなんとこゝろえる。しづまれ、しづまれ。」別当が、むちをひゆうぱちつと鳴らし、どんぐりはみんなしづまりました。山猫が一郎にそつと申しました。

「このとほりです。どうしたらい、でせう。」一郎はわらつてこたへました。

「そんなら、かう言ひわたしたらい、でせう。このなかでいちばんばかで、めちやくちやで、まるでなつてゐないやうなのが、いちばんえらいとね。ぼくお説教できいたんです。」山猫はなるほどといふふうにうなづいて、それからいかにも気取つて、繻子のきもの、胸を開いて、黄いろの陣羽織をちよつと出してどん〔ぐ〕りどもに申しわたしました。

「よろしい。しづかにしろ。申しわたしだ。このなかで、いちばんえらくなくて、ばかで、めちやくちやで、てんでなつてゐなくて、あたまのつぶれたやうなやつが、いちばんえらいのだ。」

どんぐりは、しいんとしてしまひました。それはそれはしいんとして、堅まつてしまひました。


〈黒い長い繻子の服〉と違って、〈陣羽織のやうなもの〉のほうは、一郎にたいする「ヤマネコ」の「尊大」な「見栄」のあらわれといえましょう。また、一郎に対しては「へつらい」「へりくだった」態度が見られます。〈いかにも気取つて〉とか、〈しばらくひげをひねつて、眼をぱちぱちさせて〉という話者の語りのなかにも、それがよく現れています。

どんぐりどもの裁判は、一郎の「名案」で、どうにか一件落着。このあと「ヤマネコ」と一郎の対話の場面となります。「ヤマネコ」の一郎に対する態度に注意して読んでください。


そこで山猫は、黒い繻子の服をぬいで、額の汗をぬぐひながら、一郎の手をとりました。別当も大よろこびで、五六ぺん、鞭をひゆうぱちつ、ひゆうぱちつ、ひゆうひゆうぱちつと鳴らしました。やまねこが言ひました。

「どうもありがたうございました。これほどのひどい裁判を、まるで一分半でかたづけてくださいました。どうかこれからわたしの裁判所の、名誉判事になつてください。これからも、葉書が行つたら、どうか来てくださいませんか。そのたびにお礼はいたします。」

「承知しました。お礼なんかいりませんよ。」

「いゝえ、お礼はどうかとつてください。わたしのじんかくにかゝはりますから。そしてこれからは、葉書にかねた一郎どのと書いて、こちらを裁判所としますが、ようございますか。」

一郎が「えゝ、かまひません。」と申しますと、やまねこはまだなにか言ひたさうに、しばらくひげをひねつて、眼をぱちぱちさせてゐましたが、たうたう決心したらしく言ひ出しました。

「それから、はがきの文句ですが、これからは、用事これありに付き、明日出頭すべしと書いてどうでせう。」

一郎はわらつて言ひました。

「さあ、なんだか変ですね。そいつだけはやめた方がいゝでせう。」

こんなやりとりがあって、

「さあ、おうちへお送りいたしませう。」山猫が言ひました。二人は馬車にのり別当は、どんぐりのますを馬車のなかに入れました。

「ヤマネコ」の一郎に対する尊大な、しかし「へつらい」「おもねる」、相手の鼻息をうかがう態度は、たとえば、〈葉書にかねた一郎どのと書いて、こちらを裁判所としますが、ようございますか〉とか、〈これからは、用事これありに付き、明日出頭すべしと書いてどうでせう〉という、いわゆる尊大な「お役所文体」にこだわるところにも如実に現れています。まさに一郎に対する山猫の態度は「慇懃無礼」といえましょう。

## 「二つのもの」の「相反する二つの相」

どんぐりと一郎に対する「ヤマネコ」の二つの相（態度）は、一見、相反するものに見えますが、いずれも、それは「ヤマネコ」の権威主義的な本性のあらわれとしての、二つの相反する二相であるといえましょう。

ところで、はじめの出会いの場面での、「ヤマネコ」の所在を表す方角の表記の「二相ゆらぎ」は、後に詳しくふれることになりますが、すでに主人公一郎が非現実の場面に足を踏み入れていることをいわば「暗示」しているのです。

ところで、身分の上の者に対しては「おもねり」「へつらい」、身分の下の者に対しては、居丈高に、傲慢な態度を取るという相反する二面性は、じつは、権威主義者というものの本性の、いわば、**表裏相反す**

**る二面性**といえましょう。別当も山猫同様に、二面性をもっています。〈鞭〉〈むち〉、〈鳴らす〉〈ならす〉に注意。この種の実例は、私たちの身辺にいくらでも見ることが出来ます。たとえば、中間管理職の社長に対する態度と部下に対する態度、あるいは多くの学校長の、教育長に対する「おもねり」、「へりくだった」卑屈な態度と、逆に、教師たちに対する尊大な、横柄な見下した態度は、見たところは全く相反する態度（二相）に見えますが、その本性においては、権威主義者であることにおいて一つです。**「ひとつのものの相反する二つの相」**ということです。

ここで「ひとつのもの」と表現したところのものは、仏教哲学において「相」に対して「性《しょう》」と呼ばれるものです。**一つの「性」が、視点・視角と条件如何により様々な「相」を表す**ということです。**「性」と「相」は表裏の関係**としてあります。

仏教哲学に**「二而不二《ににふに》」**という言葉があります。「二」にして、「二」にあらず、というのです。二相は二つの相反する相ではあるが、しかし二にあらず、まさにその「性」は、一の如し**「一如《いちにょ》」**というのです。

仏教では、悟りを開いた人を「聖人」といい、迷える人を「凡夫」といいます。しかし二種類の人間が居るわけではありません。一人の人間が悟れば「聖人」、迷えば「凡夫」となるのです。人間は「聖」と「凡」の二相を「ゆれうごく」存在であるというのです。まさに「二相ゆらぎ」の人間観といえましょう。

## 何故、二相か

「諸法実相」というのは、たとえば山猫という人物を例に取れば、この人物の、たとえば自分の子供に対する態度は、どんぐりや一郎に対するものとはずいぶん違ったものであるでしょう。子煩悩な姿（相）を見せるかもしれません。一人の人物を取り上げてみれば、実に多様な面（相）を見ることが出来るはずです。なかには互いに矛盾していると思われる相もありましょう。しかし、そのいずれもすべて、その人物の真実を表現していると考えるのが「諸法実相」ということです。

問題を単純化するために、たとえば、一個の**「円錐」**をとりあげてみましょう。円錐を真下から見ると「円」の相としてあります。しかし真上から見ると、「点」の相としてあるでしょう。真横から見ると「三角」の相として見えるでしょう。

**さまざまな視角から見れば実にさまざまな「相」が見られる**はずです。

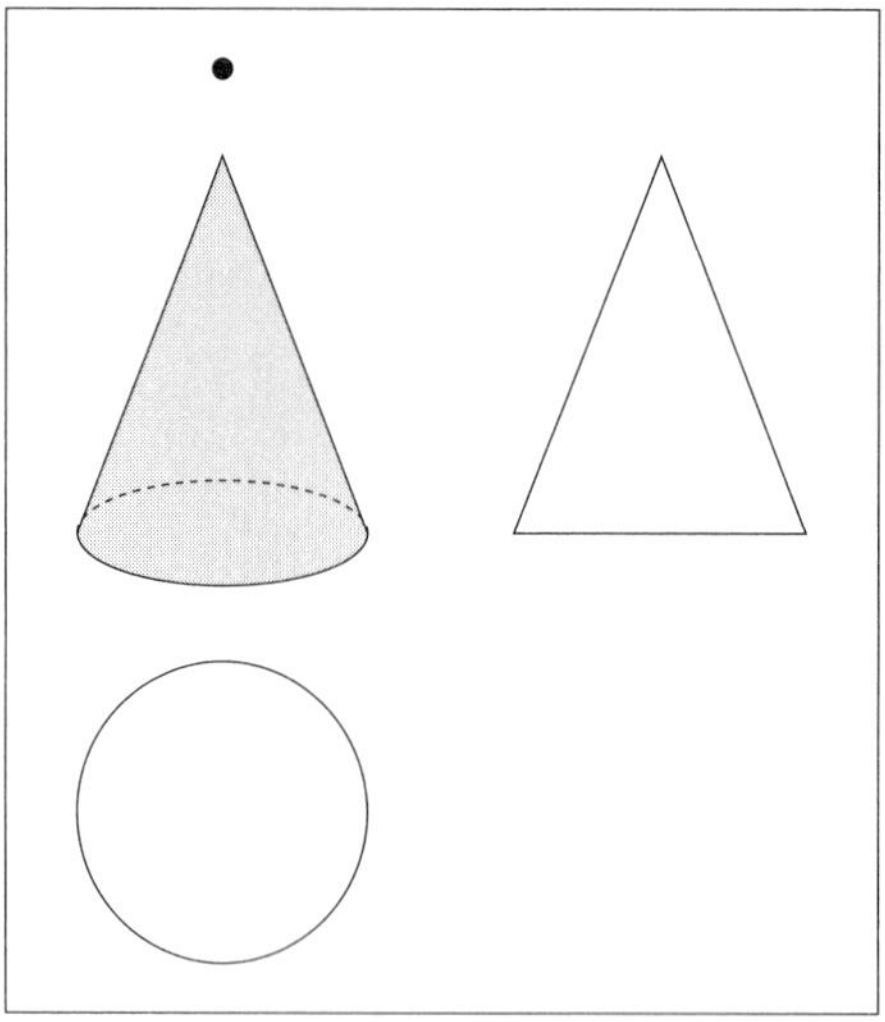

円錐を真上の視角から見れば、点です。
円錐を真横の視角から見れば、三角です。
円錐を真下の視角から見れば、円です。
さまざまな視角から見れば、さまざまな「相」が見えます。
いずれ（諸法）も、すべて、円錐の真実の相（実相）です。

それらの相のうち、どの相が**「実相」（真実の相）**といえるでしょうか（そのように考えることを仏教哲学は「分別」と批判します）。もちろん、すべての相が「実相」です。このことを法華経は「諸法実相」

というのです（「諸法」とは、ありとあらゆるものごと・森羅万象ということ）。

天台大師は、「諸法実相」をふまえて**「一念三千」**という教義を提示しています。私たち凡夫の「一念」をよぎる心には、仏界から地獄界まで、衆生の心から国土の相までの「三千の法界」が宿されていることが明らかにされています。

ところで、それら多様な相の中で、互いに相反する二つの相を取り上げたとき、その二つの相は極めて相反する相でありながら、いずれも真実の相であるということになりましょう。円錐のばあいでいえば真上から見た「点」の相と、真下から見た「円」の相、あるいは真横から見た「三角」の相とは、まったくちがう相として見えますが、いずれも円錐の「実相」（真実の相）なのです。

このように相反する**「二相」を「同じ一つのもの」と見る見方**は、たとえば**メビウスの輪**の表と裏の関係に似ています。まさに、表が裏であり、裏はそのまま表となるのです。

もう一つ、たとえを引きましょう。

「水は方円の器にしたがう」といいます。水は器により様々な姿（相）をとります。また自然の中の水の相は、たとえば鳴門の激しく渦巻く相もあれば、鏡のような静謐な湖面もありましょう。この相反する水の相のいずれが真実の相ということはありません。水というものの本性は、作用する力という条件如何によって様々に姿（相）を変えるところにあります。物理的にいえば、金属と違って水は分子間の結合力が弱いために条件（外からの力）次第で自在にその相を変えるのです。

仏教には現象と実在が「不二」であることを説く「水波《すいは》の喩《ゆ》」というものがあります。「水」がほかならぬ水であるところの性質、たとえば木とちがって物をしめらすとか、器の形（方円）に従うとか、それらの特性を「本性」あるいは「実性」といいます。「水」は、そのときどきの縁（条件）によって、渦巻いたり、波だったり、また、鏡面のようにしずまったりします。それが水の「相」なのです。現象のことを「相」ともいうが、「波」という現象（相）は、水の「性」をはなれてあるわけではありません。「水」の「性」は、何らかの現象（相）としてあらわれます。仏典は「水」の「性」と「相」のこの関係を、「心」と「迷」の関係の比喩として用います。つまり「水」は心の本性を示し、「波」は「迷」を表します。

ところで、賢治のように、一つの対象の様々な相のなかから、互いに相反する、あるいは相異なる「二相」を取り上げる理由はどこにあるのでしょうか。

「どんぐりと山猫」のばあいでいえば、作者は、山猫を表現するに当たり、どんぐりに対する態度と一郎に対する態度という互いに**相反する二相**を取り上げることで、山猫の「本性」をドラマチックに見事に造形し得たといえましょう。いわば円錐を、真下の視角からの「円」の相と、真横の視角からの「三角」の相という、互いに相反する二つの相において挟み撃ちにして認識・表現するという、いわば端的な、巧妙な、見事な、作家的「戦略」といえましょう。賢治が、二相ゆらぎの発想を選んだことは、童話の作家として、きわめておもしろい形で対象を認識・表現する、優れた「戦略」（創作法・虚構の方法）であったと考えられます。

「諸法実相」、「二相ゆらぎ」ということは、ひとり作家にとってのみならず、たとえば教師としても学ぶべき人間認識の本質的、且つ具体的方法でもあると思います。身近な学級の子供の例で考えてみましょう。

学級の子供たちの中に、やんちゃな暴れん坊の男の子がいたとしましょう。その子が、ある時ふと、しおらしく優しい態度を見せたとき、多くの教師は、どちらがその子の「本質」なのだろうと考え、迷うかも知れません。優しい態度は偶然的なことで、その子の本質は「やんちゃな暴れん坊」ということではないか、と多分考えるでしょう。**二元論的世界観・人間観に立つ二分法の論理で二者択一的に物事を考える人**は、どちらがその子の「本質」であるかと考えがちです。

しかし「諸法実相」の世界観・人間観に立つ者は、その子のすべての相が「実相」(真実の相)であると考えます。相反する二相をひとつのものの相反する二相(二面)として受け取るであろうと思います。この考え方は、**相補的・相依的・相関的世界観・人間観**に基づくものであり、西郷文芸学が拠ってたつ原理であるということです。「相補的」とは、わかりやすくいうなら、円錐形を「円でもあり、三角でもある」というとらえ方です(そもそも「円錐」という呼称自体が、「円」と「錐」という二相で、その本体を表現しているではありませんか)。

賢治が法華経の「諸法実相」という世界観に基づき、**「二相ゆらぎ」の方法によって作品を構想した**ことは、納得いただけたでしょうか。このことは別な言い方をすれば、作家賢治の、文芸創造における**「虚構の方法」**ということになりましょう。

それにしても、語数八万を数えるという法華経の経文の中から、ほかならぬこの「諸法実相」という一語に着目した賢治の慧眼は、さすがと思います。しかも、それを「相反する二相」において捉えたところに、対象を劇的に捉え描く(認識・表現する)作家としての見事な「戦略」を見ないわけにいきません。

## 作者の文体(書き方)の問題は、

### 実は、作者の世界観を具体的に表す肝心な指標

## 現実の相と非現実（幻想）の相の二相

あの奇妙な裁判のあと、一郎は黄金ぴかのどんぐりを土産にもらい、「ヤマネコ」の馬車で送られて帰ります。

馬車は草地をはなれました。木や藪がけむりのやうにぐらぐらゆれました。一郎は黄金のどんぐりを見、やまねこはとぼけたかほつきで、遠くをみてゐました。

馬車が進むにしたがつて、どんぐりはだんだん光がうすくなつて、まもなく馬車がとまつたときは、あたりまへの茶いろのどんぐりに変つてゐました。そして、山ねこの黄いろな陣羽織も、別当も、きのこの馬車も、一度に見えなくなつて、一郎はじぶんのうちの前に、どんぐりを入れたますを持つて立つてゐました。

それからあと、山ねこ拝といふはがきは、もうきませんでした。やつぱり、出頭すべしと書いてもいゝと言へばよかつたと、一郎はときどき思ふのです。

「ヤマネコ」の「表記の二相」は、この人物の本性に関わる「二相」です。しかし「ドングリ」の形容の二相（黄金ぴかと、茶色）は、**現実の相と非現実（幻想）の相の二相**を表しています。つまり、非現実の場面では、〈黄金いろ〉〈ぴかぴか〉と光って、みんな〈赤いずぼん〉をはいています。しかし〈馬車が進むにしたがつて、〉ということは、次第に一郎の領域、つまり日常（現実）の領域・場面に近づくにしたがって、どんぐりはだんだん光がうすくなって、まもなく馬車がとまったときは、〈あたりまへの茶いろのどんぐり〉に変わっていました。

どんぐりの相が、「黄金いろ」と「茶色」とまったく相反する・異なる相をしていますが、しかし、それは同じ一つのどんぐりの相反する二相なのです。違いは、現実の相と非現実（幻想）の相ということです。いずれもどんぐりの真実の相（実相）です。相の違いは、ただ条件の違いによるものです。

## 現実と非現実の二相

ところで、表記の二相は、「ヤマネコ」だけではありません。一郎が「ヤマネコ」を探して行く場面での、方角を表す言葉が、先に見たとおり「二相ゆらぎ」になっていますが、その場面に登場する生物や、草木などの表記も「二相ゆらぎ」となっています。〈栗鼠〉と〈りす〉、〈榧〉と〈かや〉、などの表記が二相ゆらぎとなっています。まさにこの表記の「二相」は、一郎が踏み込んだこの世界が、すでに現実と非現実（幻想）の二相の表裏一体となった世界であることを示しているものです。

一郎が谷川に沿った道を進んでいきますと、〈まつ黒な榧の木の森〉が、裁きの場所に来ますと、〈そこはうつくしい黄金いろの草地で、草は風にざわざわ鳴り、まはりは立派なオリーヴいろのかやの木のもりでかこまれて〉と変身します。まさにそこは、どんぐりの裁きの場所で、すでに非現実（幻想）の相を呈しているといえましょう。

ここで注意して欲しいのは、現実の世界と非現実（幻想）の世界と、二つの世界があるのではないのです。**一つの世界に現実の相と非現実（幻想）の相とがある**のです。しかもその二つの相は並立しているのではありません。相重なり、オーバーラップしているのです。賢治はそのことを**〈二重の風景〉**と呼びます。「二種の風景」ではありません。このことは**賢治のファンタジーの本質**に関わることですから、特に留意して欲しいのです。

この童話も、また賢治の多くの他の童話も、ファンタジーといわれるジャンルの作品といえましょう。西欧の文学理論では、一般的に、ファンタジーは「非現実の世界」といわれます。つまり現実の世界の他に非現実の世界があると考えます。互いに異質な別個の世界と考えています。従って、現実の世界と非現実の世界との間には何らかの「敷居」「境」「仕切り」があると想定します。たとえばファンタジーの古典といわれる『不思議の国のアリス』では、「兎の穴」の向こうにファンタジーの世界が展開する、というぐあいに、です。でも、筆者は、物語のはじめから終わりまで、現実でもあり、非現実（幻想）でもある世界と考えるのです。現実と非現実（幻想）の間に一線を劃すことは出来ません。西郷文芸学においては「ファンタジーは現実と非現実（幻想）の二相の世界」と定義しています。いわば、一つの世界の裏と表のようなものです。まさに**賢治のファンタジーは「現実と非現実（あるいは現実と幻想）の二相系の世界」**である、といえましょう。現実と非現実は、喩えれば紙の裏表のようなものです。一つのもの、一つの世界の二つの相反する「相」、**「夢現二相・一如の世界」**、**「現幻二相・一如の世界」**といってもいいでしょう。

賢治は、ファンタジーの世界を**〈二重の風景〉**（詩集『春と修羅』）と称しています。「二種の風景」というのではありません。「二つの世界の二相」という意味です。いわば、表裏の関係にあるものです。紙の表裏というのは、確かに「表」と「裏」は、その「面」が違います。しかし**「表裏は一体」**です。分けることは出来ません。一つのもの（紙）の、二つの面（相）です。

## 〈空〉と〈そら〉

冒頭の場面に、

・まはりの山は、みんなたつたいまできたばかりのやうにうるうるもりあがつて、まつ青なそらのしたにならんでゐました。

とあります。ところが、あの裁判の場面では、

・空が青くすみわたり、どんぐりはぴかぴかしてじつにきれいでした。

とあります。この〈空〉と〈そら〉という「表記の二相」は、この作品世界が「二相系の世界」つまり、現実でもあり、非現実（幻想）でもあるファンタジーの世界、つまり「現幻二相の世界」であることを示唆するものです。このような例は、他の多くの作品にも共通してみられるところです。先に取り上げた「よだかの星」のなかで、「ソラ」〈空〉・〈そら〉、〈星〉・〈ほし〉など。また、この後とりあげる童話のなかにも頻出します。

世界は天と地の間に広がるものであり、賢治は、この後とりあげる作品でも、天地を象徴するもの（たとえば、「天」を意味する空・太陽・月・星など、また「地」を意味する野原や木、草、道などを「表記の二相」「呼称の二相」）などにより、「ファンタジーの世界」であることを示唆しています。

## 「相」は視点・視角との相関関係による

「相」という概念は、視点との相関関係があります。たとえば、円錐という対象を、真横の視角から見

ると、三角形（相）に見えます。しかし、真下の視角から見ると円（相）に見えます。真上からでは点に見えるでしょう。まったく相反する二相です。しかし、どちらが本当というわけではありません。すべて（諸法）が真実（実相）です。ひとつのものの、相反する二相とは、そういうことです。

ところで「どんぐりと山猫」は、話者の視点が一郎に寄り添い語っています。そのような一郎の視角からの対象（山猫やどんぐりなど）を見ての「相」であるということです。

すべて「相」ということは、**視点と対象の相関関係における、対象の「相」**であることを忘れてはなりません。「どんぐりと山猫」において、二相系の形象は、対象人物の〈山猫〉〈別当〉と、〈どんぐり〉ということになります。語り手・話者と視点人物の一郎は、原理的に、二相系の人物にはなりえません（ただし視点人物が対象人物に相変移した場合は、その限りにあらず。「補説」参照）。

すべての物事は、他の物事との相関関係によって、無限の「相」を表します。円錐は、視点・視角のとりようで、さまざまな、無限の「相」を呈します。「二相」というのは、この無限に考えられる「相」のなかから、互いに相反する二つの「相」をとりあげるという「方便《ほうべん》」（法華経でいうところの便法）です。円錐のような単純な立体でも無限の「相」をもっています。それらの相のなかから「円」と「三角」という相反すると思われる「二相」で、円錐という物を代表させているのです。このような認識・表現の方法のことを法華経は**「方便」（便法）**というのです。

## この作品の思想

さて問題は、この作品が読者に考えさせたいこととは何かということです。つまり作品の思想は、ということです。

どんぐりたちがお互いに「自分がえらい」と比べあっている姿を、作者は風刺しています。この作品について、作者自身の言葉があります。童話集『注文の多い料理店』の「目次とその説明……」という文章に、この「どんぐりと山猫」に関して、**〈必ず比較をされなければならないいまの学童たちの内奥からの反響〉**、と書いています。一世紀近くも前に書かれた文章ですが、これは今日の教育現場にも、そのまま通じる言葉ではありませんか。今日の教育現場（いや、一般の社会でも）を毒しているものは「競争原理」です。「勝ち組」「負け組」という言葉が流行している現代です。この作品の風刺性は、いちじるしい格差を生じている今日、ますますその光彩を増してくるように思われます。

賢治の童話**『風野又三郎』**の中で、主人公又三郎のことばとして、

　自分を外のものとくらべることが一番はずかしいことになっているんだ。僕たちはみんな一人一人なんだよ。

というところがあります（ちなみに、題名が「風の又三郎」と題する童話がありますが、この作品の主人公高田三郎が、村の子供達の視角から見られた対象人物〈又三郎〉であるからです。つまり〈三郎〉と〈又三郎〉の「二相系の人物」ということです。三郎以外の人物達に「表記の二相」が見られぬのは、前述の視点論の原理からいって当然のことです）。

話を戻します。

賢治の童話の中には、「どんぐりと山猫」に通じる思想を持つ作品は少なからずあります。それは法華経を始め、その他の仏典でも共通して戒めていることです。宗教に戒律はつきものですが、仏教において

さない）、第二　不偸盗戒（盗まない）、第三　不邪淫戒（犯さない）、第四　不妄語戒（嘘をつかない）も「五戒」とかいう「十重禁戒」といわれるものがあります。「十重禁戒」というのは、第一　不殺生戒（殺

さない）、第二　不偸盗戒（盗まない）、第三　不邪淫戒（犯さない）、第四　不妄語戒（嘘をつかない）……など、という十戒があり、第七として「不自讃毀他戒」、つまり自慢をし人を非難しないというのがあります（ちなみに、童話「雪渡り」の幻灯会の場面に、この「十重禁戒」をそのまま「絵解き」したような場面があります）。これらの戒を冒すことを「悪」といい、「十戒」にたいして「十悪」といいます。

たがいに「おれが、おれが」と他と較べあい競いあうことを仏教が否定しているのは、比較ということは相対的なことであり、絶対的な判定基準がなく、しかも、真実の価値の確認にならないからでしょう。しかも「くらべあう」ということの結果生じるものは、劣等感か高慢心であって、それらは何のみのりももたらさないばかりか、真の自己を認識するためにはむしろ妨げにしかならないからでしょう。

童話「鳥箱先生とフウねずみ」のなかでも鳥箱先生がフウネズミを戒める言葉があります。〈お前は、また、そんなつまらないものと自分をくらべているが、それはよろしくない〉。〈なぜいつでも、そんなつまらないものとだけ、くらべるのだ〉。

童話「葡萄水」にも、〈お前はきょろきょろ、自分と人とをばかりくらべてばかりいてはならん〉、とあります。

このあとに取り上げる童話「注文の多い料理店」でも、二人の紳士の、紳士らしからぬ、鉄砲の自慢や犬の自慢をする場面が出てきます。また、最後にとりあげる「やまなし」について詳説する折にも兄弟の蟹の「泡くらべ」で問題となるところです（二八五頁参照）。

これらは、すべて賢治童話が、法華経を始め大乗仏教の思想を青少年に伝えたいための願いによるものであることはいうまでもありません。しかし、肝心なことは、それが所謂「お説教」にならず、優れた文

芸作品として結晶していることです。

「二相」ということを取り上げるとき、視点・視角のことが問題となります。賢治は、このことについて具体的に、いくつかの童話によって、具体的に示しています。まず「雪渡り」によって、さらに「村童スケッチ」と称される「谷」「鳥をとるやなぎ」「二人の役人」という三編の童話によって、話者、あるいは視点人物の年齢が問題になることを、示していると考えられます。

**まとめ**

詳しく検討してきたとおり童話「どんぐりと山猫」には、さまざまな「二相」が一通り出てきます。「表記の二相」「呼称の二相」をはじめ、特異な容貌、性癖、服装など一見して分かる外見の「描写の二相」まで、本書で問題にする予定の「二相」のほとんどすべてが出てきます。

だからこそ賢治はこの童話を童話集の巻頭に据えたのであろうと思われます。

ただし「譬喩と声喩の二相」は、さらに次の「雪渡り」において説明することにします。

## 4 「雪渡り」

「愛国婦人」大正十年十二月、大正十一年一月　発表後手入形

この作品の場合、所謂「表記の二相」「呼称の二相」は見られません。しかし「声喩の二相」「比喩の二

相」を見ることが出来ます。

## 現実と非現実（幻想）の二相ゆらぎの世界

小学生の兄妹が、凍てついた雪の野原をこちらからあちらへと渡ることで、狐たちとの心温まる出会いを体験する話です。

〈堅雪〉によって、畑や野原一面、〈すっかり凍って大理石より堅くなり〉〈いつもは歩けない黍の畑でも、すすきでいっぱいだった野原の上でも、すきなほうへどこまでもゆけるのです。平らなことはまるで一枚の板です〉。〈堅雪〉が人間のいる場から狐のいる場への境界を埋めつくし、そのことで人間と狐を隔てている境界を一つのものにならしてしまいます。ここでは現実と非現実（幻想）が、表裏一体の関係になります。一つの世界が、人間と狐が互いに別々に引き裂かれていたり、一つになったりと、まさに「二相ゆらぎ」の世界なのです。

この現実と非現実、あるいは現実と幻想。つまり「現幻二相のゆらぐ世界」を作者は、つぎのような「声喩の二相ゆらぎ」によって提示・示唆しているのです。

堅雪かんこ、しみ雪しんこ
堅雪かんこ、凍み雪しんこ
堅雪かんこ、凍み雪しんこ
凍み雪しんしん、堅雪かんかん
四郎はしんこ、かん子はかんこ

凍み雪しんこ、堅雪かんこ
凍み雪しんこ、堅雪かんこ
堅雪かんこ、凍み雪しんこ　　以下省略

堅雪は、人間と狐をつなぐもの、つまり現実と非現実とをつなぐものとしてあります。一方、凍み雪は両者を隔てるものとなります。ここにも「二相ゆらぎ」が見られます。

また、次の声喩表現が、連続して現れます。

キックキックトントントンキックキックトントン
キック、キック、トントン。キック、キック、トントン。キック、キック、キック、キック、トントントン。
キック、キック、トントン。キック、キック、トントン。キック、キック、キック、キック、キックトントントン。

キックキックトントントンキックキックトントン
キックキックキックキックキックトントントン
キックキックトントン、キックキック、トントン、
キック、キック、キック、キック、トン、トン、トン。
キックキックトントン、キックキックトントン。
キック、キックトントン、キックキックトントン。

キックキックトントン、キックキックトントン。
キックキッ〔ク〕トントン、キックキックトントン。　以下省略

ご覧の通り、まさしく声喩による「二相ゆらぎ」の世界なのです（じつは、この童話は、長いこと小学校の教材になっていましたが、この「二相ゆらぎ」について分析した教材研究は見られませんでした）。この「二相ゆらぎ」、また読点の打ち方の「ゆらぎ」は、この世界の「現幻二相のゆらぎ」を意味しているだけでなく、四郎とかん子の心（狐に対する「信と迷」）の動揺をも表現しているのです。

もちろん、この作品の思想は、これまでの研究が等しく主張している様に、仏教でいうところの「五戒」（五つのいましめ）を説いたものです。

「二相ゆらぎの声喩」は、賢治の作品にいくつかあります。その一つを声喩だけ次に紹介しておきます。

## 「十力の金剛石」の声喩

「声喩の二相」

・ポッシャリ、ポッシャリ、ツィツイ、トン。
・ポッシャリポッシャリ、ツイツイトン。
・ポッシャリ、ポッシャリ、ツイツイツイ。
・ポッシャンポッシャン、ツイ、ツイツイ。
・ポッシャン、ポッシャン、ポッシャン、シャン。
・ザッ、ザ、ザ、ザザッザ、ザザッ。

**このような「声喩の二相ゆらぎ」は、他の賢治作品でも多く見られるところです。**

## 比喩の二相

声喩だけでなく賢治の比喩も二相系であることを実感していただこうと思います。

「雪渡り」の筋の展開に沿って比喩を取り上げてみましょう。

・空も冷たい滑らかな青い石の板で出来てゐるらしいのです。
・お日様がまっ白に燃えて百合の匂を撒きちらし
・大きな柏の木は枝も埋まるくらゐ立派な透きとほった氷柱を下げて重さうに身体を曲げて居りました。
・銀の針のやうなおひげ
・赤い封〔蠟〕細工のほうの木の芽
・日光のあたる所には銀の百合が咲いたやう
・銀の雪
・林の中には月の光が青い棒を何本も斜めに投げ込んだやうに射して居りました〔。〕
・お星さまは野原の露がキラキラ固まったやうで

これらの比喩について解説するまでもないでしょうが、一言付言するならば、比喩する方と比喩される方とが互いに異質なもの同士であるということです。たとえば〈空〉を〈石の板〉という互いに異質な物同士によって譬喩しています。まさに「二相の比喩」というべきでしょう。

賢治の他の作品も、ほとんど「異質な比喩」「二相の譬喩」といっていいでしょう。「二相の譬喩」についての詳細は、「やまなし」の章を参照。

**概念・用語の整理（二相の種類一覧）**

ここで、これまでに出てきた本書に独自な概念・用語を、一応整理しておきたいと思います。賢治が、『童話集』の巻頭に「どんぐりと山猫」を据えたことは、恐らく「二相」に関わる様々なケースを一通り提出したかったのであろうと思われます。次に、これまで出てきた概念・用語の一覧表を掲げておきます。

・**二相**　一つの「もの・こと」（世界・人間・自然……）の互いに相反する、あるいは相異なる二つの相（筆者の定義）

・**表記の二相**　一つのことばを漢字表記と平仮名表記とに書き分ける

「カラス」を、〈烏〉と〈からす〉と、二様に書く

・**表記の二相ゆらぎ**　漢字表記と平仮名表記がアト・ランダムに出てくる

・**表記の二相形**　漢字と平仮名の「交ぜ書き」

〈夜だか〉、〈山なし〉、〈山ねこ〉

・**呼称の二相**　同一の人物や物の異なる呼称（呼び名）

〈男〉と〈別当〉、〈笛ふきの滝〉と〈ふえふき〉

このあとに取りあげる「気のいい火山弾」の〈火山弾〉と〈ベゴ石〉、〈苔〉と〈赤頭巾〉

**・声喩の二相　比喩の二相**

「どんぐりと山猫」のなかの別当の鞭の音の声喩

「雪渡り」のなかの声喩と比喩

**・描写の二相**　服装・容貌・持ち物の二相・性癖の二相

「山猫」の服装・容貌、別当の持ち物「革鞭」、「二人の役人」の服装

**・二相系の人物　二相系の事物**　表記や呼称が二相の人物・事物

「山猫」「どんぐり」「笛吹の滝」「榧の木」

**・二相ゆらぎの世界**　ここに取り上げる作品世界

〈空〉〈そら〉、〈野原〉〈のはら〉など天地を象徴するもの

このあと、『童話集』所収の童話を中心に、その他、新聞・雑誌などに発表された童話、さらに生前未発表の童話などを取り上げます。

賢治童話のなかで、いわゆる「村童スケッチ」と名づけられている童話群があります。その童話のなかから、まず「鳥をとるやなぎ」という童話を取り上げてみましょう。

## 5

# 「鳥をとるやなぎ」

生前未発表　大正十二年頃の執筆

この童話は、「慶次郎もの三部作」ともいわれます。賢治の盛岡中学時代の友人で、夭折した藤原健次郎がモデルです。「健」を「慶」ともじっています

尋常四年生の二学期頃の〈私たち〉は、鳥を吸い込むエレキの木があると聞き、楊《やなぎ》の林に出かけます。

### 〈楊〉と〈やなぎ〉、〈百舌〉と〈もず〉

冒頭の一節を引用します（傍線は筆者）。

「煙山にエレッキのやなぎの木があるよ。」

藤原慶次郎がだしぬけに私に云ひました。私たちがみんな教室に入って、机に座り、先生はまだ教員室に寄ってゐる間でした。尋常四年の二学期のはじめ頃だったと思ひます。

「エレキの楊の木？」と私が尋ね返さうとしましたとき、慶次郎はあんまり短くて書けなくなった鉛筆を、一番前の源吉に投げつ（け）ました。……（中略）……私は授業中もそのやなぎのことを早く慶次郎に尋ねたかったのですけれどもどう云ふわけかあんまり聞きたかったために云ひ出し兼ねてゐました。それに慶次郎がもう忘れたやうな顔をしてゐたのです。

けれどもその時間が終り、礼も済んでみんな並んで廊下へ出る途中、私は慶次郎にたづねました。
「さっきの楊の木ね、煙山の楊の木ね、どうしたって云ふの。」
慶次郎はいつものやうに、白い歯を出して笑ひながら答へました。
「今朝権兵衛茶屋のとこで、馬をひいた人がさう云ってゐたよ。煙山の野原に鳥を吸ひ込む楊の木があるって。エレキらしいって云ってたよ。」

冒頭から不思議な「エレキの楊の木」が登場します。表記が〈楊〉と〈やなぎ〉と「二相」になっています。呼称も微妙に違います。〈エレッキのやなぎの木〉〈エレキの楊の木〉〈やなぎ〉〈楊の木〉と微妙に揺らいでいます。作者が、ここにスポットを当てているのがわかります。こんな形で読者に注意を喚起しているのです。

ところで「楊」は、「柳」と違って河原に群生しているポプラの種類の灌木です。「楊」の「昜」は、柳とちがって、枝葉が「上がる」ところから「昜」がついたのです。楊枝は、文字通り「楊」の「枝」を削ってこしらえたものです。賢治の作品には、よく「楊」が登場します。

物語の後半になって、「鳥」が出てきます。〈百舌〉と〈もず〉と表記が「二相」となっています。印象的な場面を引用します。

そして水に足を入れた〔と〕き、私たちは思はずばあっと棒立ちになってしまひました。向ふの楊の木から、まるでまるで百疋ばかりの百舌が、一ぺんに飛び立って、一かたまりになって北の方へかけて行くのです。その塊は波のやうにゆれて、ぎらぎらする雲の下を行きましたが、俄かに向ふの五本目の大きな楊の上まで行くと、本統に磁石に吸ひ込まれたやうに、一ぺんにその中に落ち込みました。みんなその梢の中に入ってしばらくがあがあがあがあ鳴いてゐましたが、まもなくしいんとなってしまひました。

私は実際変な気がしてしまひました。なぜならもずがかたまって飛んで行って、木におりることは、決してめづらしいことではなかったのですが、今日のはあんまり俄かに落ちたし〔事〕によると、あの馬を引いた人のはなしの通り木に吸ひ込まれたのかも知れないといふのですから、まったくなんだか本統のやうな偽のやうな変な気がして仕方なかったのです……（後略）。

作者は「ヤナギ」と「モズ」にスポットをあて、その表記を〈楊〉と〈やなぎ〉、〈百舌〉と〈もず〉という風に、漢字と平仮名を、アト・ランダムにゆらぐ表現をしています。この**「表記のゆらぎ」は、視点と対象の相関関係の「ゆらぎ」を、作者が「表記のゆらぎ」として表した**ものです。「鳥をとるやなぎ」が現実のものか、それとも非現実（幻想）のものか、まさに「現幻一如」の「二相ゆらぎ」のものとしてあります。話者の〈私〉は今もって、そのことについて、現実か非現実（幻想）か、そのいずれとも決めかねている、というところで作品は閉じられます。

**「二重の風景」＝現実とも、非現実（幻想）とも**

鳥が楊に吸い込まれていくという幻想的な情景が、**情景描写の「ゆらぎ」**としても表現されています。また、途中の野や川などの情景描写が、現実ともとれ非現実ともとれるものとしてあります。これは話者の半信半疑の思いを作者が表記の揺らぎとして表現していると考えられます。賢治の言葉を借りていえば、文字通り〈二重の風景〉〈『春と修羅』〉ということであり、また〈二重感覚〉ともいえましょう。

## ファンタジーとは「現実と非現実（幻想）の二相ゆらぎの世界」（西郷文芸学の定義）

この作品は現実ともとれるし非現実（幻想）ともとれる相補的世界、つまりファンタジーの世界といっていいでしょう。一般に、西欧の文学論では、ファンタジーは非現実（幻想）の世界と定義されます。現実と非現実（幻想）とを二元論的に考える西欧諸国の文学理論は、現実に対して非現実（幻想）の世界をファンタジーと定義しているのです。しかし相補的世界観に立つ西郷文芸学は、「鳥をとるやなぎ」の世界を「現実ともとれるし、非現実（幻想）ともとれる世界」あるいは「現実と非現実（幻想）の二相ゆらぎの世界」つまり「ファンタジーの世界」であると考えるものです（このことは、ひとり賢治のファンタジーのみに当てはまる定義ではありません。筆者は、すべてのファンタジーを、このように定義したいと考えています）。

一つのもの（楊と百舌）が、また一つの風景が、現実とも思えるし非現実（幻想）とも思える、というように、この世界は「現幻二相・一如」「二相ゆらぎの世界」としてあります。つまり**ファンタジーの世界**ということです。

ところで、ここで注意していただきたい微妙な違いがあります。それは、次の二つの場合です。「どんぐりと山猫」は、現実でもあり、非現実でもある世界です。しかし「鳥をとるやなぎ」は、現実とも見えるし、非現実とも見える世界です。両者の傍線の箇所の微妙な表現の違いに気をつけてください（しかし、この両者は、微妙な違いはありますが、いずれもファンタジーの範疇に入れておきます）。

では、ここで「鳥をとるやなぎ」の中の、現実とも見え、非現実とも見える特徴的な「風景」を一つだけ引用しておきましょう。

権兵衛茶屋のわきから蕎麦ばたけや松林を通って、煙山の野原に出ましたら、向ふには毒ヶ森や南晶山が、たいへん暗くそびえ、その上を雲がぎらぎら光って、処々には竜の形の黒雲もあって、どんどん北の方へ飛び、野原はひっそりとして人も馬も居ず、草には穂が一杯に出てゐました。

……（中略）……

風がどうっとやって来ました。するといままで青かった楊の木が、俄かにさっと灰いろになり、その葉はみんなブリキでできてゐるやうに変ってしまひました。そしてちらちらちらちらゆれたのです。

現実の風景そのものでありながら、なにやら怪しい雰囲気を感じさせます。〈風がどうっと〉やってくると、賢治独特のファンタジーの世界に変貌するのです。まさに現実とも非現実ともとれる雰囲気です。これこそが賢治のいう「二重の風景」というものです。一つの風景が、互いに異なる二重の風景としてオーバーラップして見えるということです。

**情景描写――二重の風景**

ところで、鳥が楊に吸い込まれていくという幻想的な情景が、**情景描写の「ゆらぎ」**としても表現されています。また、途中の情景描写が、現実とも非現実（幻想）ともとれるものとしてあります。これは話者の半信半疑の思いを作者が表記の揺らぎとして表現していると考えられます。賢治の言葉を借りていえば、文字通り〈二重の風景〉（『春と修羅』）ということであり、また〈二重感覚〉ともいえましょう。

## 青い色彩

二相系の物である〈楊〉の〈青い〉色彩について、次のように描写されています。

・青い楊の木立

・さっき青いくしゃくしゃの球のやうに見えたいちばんはづれの楊の木の前まで

・いままで青かった楊の木が、俄かにさっと灰いろになり、その葉はみんなブリキでできてゐるやうに

色彩の変化が、現実から非現実（幻想）への転換と見合ったものとなっています。なおここで注意していただきたいのは、外ならぬ「青」という色彩が主調となっていることです。賢治の童話でも、詩でも、主調となる色は、多くの論者が言及しているとおり〈青〉〈碧〉〈あお〉……です。問題はこの「青」を主調とすることに、いかなる思想的な意味があるかということです。最後に取り上げる「やまなし」において詳しく論じたいと思いますが、この作品と関わって、一言だけ。

「青」という色彩だけが、「青白い」と「青黒い」の二相系の色であり、そのことによって賢治の二相系の世界を象徴する色になり得ているということです。また「青」は仏教哲学の根幹に関わる「空《くう》」の色でもあるということにも関わりがあるといえそうです。

## 話者の〈私〉の心のゆらぎ

話者の〈私〉は、この不思議な現象に半信半義で、まさに揺れ動く状態にあります。

・私はまさかさうでもないとは思ひながら……
・木に吸ひ込まれたのかも知れない
・どうだかと思ひながら
・どうもさうでもないと思ひながら
・鳥を吸ひ込む楊の木があるとも思へず……そんなことが全くないとも思へず
・けれどもいまでもまだ私には、楊の木に鳥を吸ひ込む力があると思へて仕方ないのです。

## ファンタジーとは「現実と非現実（幻想）の二相ゆらぎの世界」（西郷文芸学の定義）。

この作品は現実とも見られ非現実（幻想）とも見られる相補的世界、つまりファンタジーの世界なのです。一般に、ファンタジーは非現実（幻想）の世界と定義されています。現実と非現実（幻想）とを二元論的に考える西欧諸国の文学理論は、現実に対して非現実（幻想）の世界をファンタジーと定義しているのです。しかし相補的世界観に立つ西郷文芸学は、「鳥をとるやなぎ」の世界を「現実とも見え、非現実（幻想）とも見える世界」あるいは「現実と非現実（幻想）の二相ゆらぎの世界」つまりファンタジーの世界であると考えるものです。

この「現実と非現実の二相の世界」のことを略して「現幻二相」と略称します。賢治は〈空〉と〈そら〉という「表記の二相」によって、この世界が、〈なんだか本統のやうな偽のやうな〉世界、〈あるとも思へず〉〈全くないとも思へず〉という世界であることを示唆しているのです。

## 尋常四年生・十一歳という年齢の意味

先に引用した冒頭の場面に、話者の〈私〉は〈尋常四年の二学期のはじめ〉という設定になっていますが、ここに作者の考えがうかがえます。賢治は他の作品、たとえば童話「雪渡り」や「風の又三郎」においても、**十一歳という年齢**を特別なものとしています。**ファンタジーが成立する話者、あるいは視点人物の条件の一つ**として、この年齢をあげているのです。

「雪渡り」の中のその場面を次に引用します。子狐の紺三郎に幻燈会に招待された四郎が、入場券を五枚くれといったとき、

「五枚ですか。あなた方が二枚にあとの三枚はどなたですか。」と紺三郎が云ひました。
「兄さんたちだ。」と四郎が答へますと、
「兄さんたちは十一歳以下ですか。」と紺三郎が又尋ねました〔。〕
「いや小兄さんは四年生だからね、八つの四つで十二歳。」と四郎が云ひました〔。〕
するとと紺三郎は尤〔も〕らしく又おひげを一つひねって云ひました。
「それでは残念ですが兄さんたちはお断はりです。あなた方だけいらっしゃい。……〔後略〕」

そのあと、四郎たちが幻燈会に出かける時、兄の次郎が〈僕も行きたい〉というのに対して四郎は困って肩をすくめていいます。

「大兄さん。だって、狐の幻燈会は十一才までですよ、入場券に書いてあるんだもの。」
二郎が云ひました。
「どれ、ちょっとお見せ、ははあ、学校生徒の父兄にあらずして十二才以上の来賓は入場をお断はり申し候　狐なんて仲々うまくやってるね。僕はいけないんだね。仕方ないや。……（後略）」

狐の幻燈会という幻想的な世界への〈入場券〉を手に入れる資格のある者は〈十一才〉まで、ということです。ファンタジーの世界を、そっくりそのまま受け入れる年齢を賢治は十一歳以下と考えていたようです。

童話「鳥をとるやなぎ」の話者（語り手）の〈私〉を尋常四年生の二学期と設定したことは、非現実（幻想）をそのままには信じられないが、しかし、それでも、信じずにはいられないという年頃の「端境《はざかい》期」を示しているのでしょう。

じつは私事にわたりますが、私は尋常小学校三年生の頃、アラビヤンナイトに登場する「魔法のランプ」の物語にいたく心うばわれ、我が家の納屋に在る古ぼけたランプをこっそり持ち出し、奇跡を信じて、いやになるほどこすりましたが、いかなる奇跡も生じませんでした。多分まじないのことばを知らなかったからであろうとあきらめたものです。あの年頃の子供に共通な心理特性であろうと思います。

ちなみに、賢治は『注文の多い料理店』の「新刊案内」に、書いています。

この童話集の一列はじつに作者の心象スケッチの一部である。それは少年少女期の終わり頃から、アドレッセンス中葉に対する一つの文学としての形式をとっている。

〈アドレッセンス〉というのは、青年期、思春期（一般に男は十四～二十五歳、女は十二～二十一歳までをいう）をさしています。〈少年少女期の終わり頃から、アドレッセンス中葉〉ということは、「**作者によって想定された読者**」、いわゆる「**本来の読者**」といわれるものを明記しているわけです（「補説」参照。ちなみに本書を読んでいるあなたは「**現実の、生身の読者**」というわけです）。

中編童話「風の又三郎」では、人物の年齢（小学校の学年）の相違が作者によって考慮されています。年少（低学年）の子供と年長（高学年）の子供の、主人公に対する、つまりは現実・非現実（幻想）に対する態度の違いが、明確に具体的に、大変おもしろい形で区別された表現になっています。

**百舌というが……**

ところで、〈百舌〉とありますが、百舌という鳥は、猛禽類の生態として、この作品におけるように、百羽も二百羽も群れることはありません。「もずが枯れ木で鳴いている」という童謡にもあるとおり、一羽で枯れ木の頂点に止まって、周りを見張っています。育雛期、番いでいるとき以外は一羽でいます。従って、これは、たぶん椋鳥か何かの思い違いではないでしょうか。椋鳥なら群れて飛ぶことがあります（「もず」は東北方言で椋鳥のことという説もあります。しかし作者は〈百舌〉と書いています。これは、明らかに猛禽類の「もず」でしかありません）。

作者の賢治という人は自然について深く理解している人であり、百舌について知らぬはずはありません。しかし、他の作品、たとえば「めくらぶだうと虹」でも、群れて飛ぶ鳥のことを、〈もずが、まるで音譜をばらばらにしてふりまいたやうに飛んで来て、みんな一度に、銀のすゝきの穂にとまりました。〉と書いています。

いずれにしても、この問題は、今のところ決め手が有りません。読者のご教示をいただければさいわいです（実は、この種の「誤記」について私なりの仮説があるのですが、本書のテーマから外れますので、いずれ別の機会に）。

## 実話か創作か

作中の毒ヶ森や南晶山、また煙山の野原など、すべて実在の山野の名称です。また、時期も尋常四年生の二学期と特定されています。また相棒の藤原慶次郎も中学一年から寄宿舎で同室の親友（藤原健次郎）がモデルで、初期の作品（「二人の役人」、「谷」）などにも登場します。

つまり、すべて現実の世界のこととして「お膳立て」されているのです。にもかかわらず、あるいは、だからこそというべきか、この「鳥をとるやなぎ」の世界は**「虚実不二の世界」「現幻二相の世界」**なのです。現実か、非現実（幻想）か、そのいずれかと、二者択一的に考えてはならないのです。現実とも見え、非現実（幻想）とも見える世界、と考えるべきです（まさにそれこそが、賢治のファンタジーでもあるのです）。

# 6　「二人の役人」

生前未発表　「村童スケッチ」のなかの一つ

「鳥をとるやなぎ」の主人公の私と慶次郎は〈尋常四年の二学期〉、「谷」では、〈尋常三年生か四年生のころ〉という設定でした。が、この作品では、〈尋常五年生〉となっています（この年齢の違いが、三つの作品世界の違いを生み出すものとなっていますが、その問題は最後にふれます）。

さて、作品をざっと一通り読めば、何が「二相系の事物」か、おおむね見当がつくはずです。そこで、前例にならい、まず「表記の二相」、「呼称の二相」などに注意して読んで見てください。もちろん、「二相系の存在」とは、多分これこれのものであろうと、ほぼ見当がつくはずです（つまり「目の付け所」「着眼点」ということです）。

とりあえず、話者、視点人物は、原則として除いていいでしょう。「二相系の存在」というのは特別なケースを除き、対象人物と対象事物に限定されます。この作品の場合、対象人物の二人の役人に、まず目をつけるべきでしょう。しかし表記や呼称に「二相」が見いだせない場合、それらの人物を特定する服装とか持ち物など、さらには、特異な風貌、性癖などの描写も対象となります。さらに、これらの人物と密接な関わりのある事物に目をつけましょう。また、この物語の「場」と、それに直接関わる象徴的な「物事」などに着目すべきでしょう。と、こんな着眼点をもって文章を「走査」すると、次のような語彙が目にとまるはずです。つまり、表記とか呼称、などの表現形式や、また一見してすぐ分かる人物の服装や特異な容貌・性癖などは、目で見るだけで、つまり視覚的に容易にとらえることのできるものです。

・黒い服の役人　黒服の役人　黒服（薄いひげをひねり）
・紺の詰めえりを着た方の役人　紺服の役人　紺服の人　紺服の方の人　紺服（顔の赤い体格のい丶紺の詰めえりを着た方）（顔はまっ赤でまるで湯気が出るばかり殊に鼻からはぷつぷつ油汗が出て）

・はんのき　はんの木　なんという木かしらん
・野原　野はら（此処　ここ）
・路　みち
・立札　制札

・初蕈　初茸　蕈　きのこ（棄て　すて）
・メリケン粉の袋　メリケン粉のからふくろ　袋

一方、〈栗〉〈栗の木〉〈栗の実〉とか、〈萱〉、〈篭〉、などの表記は一定です。ということは、ある特定のものだけが表記と呼称が二相となっていることにより、前記のものが意図的なものであることが**反証**されます。まさに「表記」や「呼称」の「ゆらぎ」が**意図的であると断定**できるでしょう。では、このことにいかなる意味があるのでしょうか。

このように、表記や呼称などの二相に着目して、そこから分析をすすめるというのは、一般的にいって、作品研究としては、異例のことです。しかし、宮沢賢治の場合には、むしろ、ここから始めていいと考えます。いや、始めるべきといえましょう。少なくとも作者が読者に向けて、**あからさまに、作者自身の「意図」をこのような形で示唆**しているのですから。

もちろん、作者の意図に沿って解釈すべきである、と固執するわけではありません。しかし、わざわざ作者が自己の意図を「表記の二相」などによって示唆しているとすれば、まずは作者の意図がいかなるものであるかを踏まえた上で、分析・解釈を進めるべきでしょう。その上で、**読者自身の独自な解釈を提示**するということは、それはそれで、望ましいこと（作者にとっても）である、といえましょう。

まず「二相系の人物」としての二人の役人から、解明していきましょう。

**二相系の人物〈二人の役人〉**

彼らは、長官に対しては、ごますり、おべんちゃら、つまり媚びへつらう人種です。しかし、村童である〈私たち〉に対しては、居丈高で傲慢です。先に挙げた童話「どんぐりと山猫」の山猫と同類の人物といえましょう。彼らは、子供の〈私たち〉にとっては、怖い存在です。しかし、反面、彼らは、栗のことも蕈のことも何も知らない、所謂、世情に疎い、常識のない、村童たちからも笑いものにされるような存在でもあるのです。

つまり〈二人の役人〉は相反する二相を持った存在といえましょう。そのことを作者は「服装の二相」で示唆しているのです（「どんぐりと山猫」の山猫の服装が二相であったことを思い出してください）。ここには、〈役人〉というものの「本性」が具体的に「二相」として現れている、と考えられます（「諸法実相」の「性」と「相」の関係ということです)。

ところで〈東北庁〉〈東北長官〉というのが出てきます。一見、現実にありそうな役所であり、また役職に見えますが、そのようなものは現実にはありません。仮構のものです。この作品が一見、事実談のように見えても、仮構の物語であることが示唆されています(先に、「鳥をとるやなぎ」でふれたように、藤原慶次郎も、賢治の親友藤原健次郎がモデルとなっています)。ちなみに、「健次郎」を〈慶次郎〉と仮構することは「もじり」といいます。

## 二相系の物〈蕈〉・〈きのこ〉

村の子供たちである「二人」にとっては、自分たちの食材としての蕈も、二人の役人にとっては、長官のご機嫌を伺うための、媚びへつらうための、「ごますり」のいわば「賄賂」にもひとしい「物」に変貌してしまいます。つまり事物の意味・価値が、それぞれの人物にとって、まったく違ったものとしてあるということです。

また村童の私達たちにとって茸というものは、どんなところ、どんな風に生えるものか、先刻承知の対象です。しかし二人の役人にはそんな初歩的な知識さえなく、子供の私たちにさえ笑われる非常識なことを言ったりしたりします。つまり「キノコ」は、両者との相関関係において「二相系の事物」といえましょう。

## 〈はんの木〉・〈はんのき〉

「ハンノキ」の林は、子供たちにとっては、蕈の生えている場所です。ところが二人の役人は、はんの木を栗の木と勘違いしてしまうほどの「無知」をさらけだします。村童の〈私たち〉からも笑いものにされています。

なお、はんの木の生えている場所こそが、この物語の「場」であるということです。


**〈野原〉・〈のはら〉、〈路〉・〈みち〉、〈立札〉・〈制札〉、〈袋〉・〈ふくろ〉**


「ノハラ」は、村の衆や、子供たちにとっては、いわば「公共」の場所、みんなの暮らしに関わりのある場所です。村人みんなの楽しむ場所でもあります。

しかし役人たちにとっては、村人の迷惑もかまわず、己のよこしまな煩悩のままに、立ち入り禁止にしてしまう場所として、立札・制札をたてる所となります。

まさに「ノハラ」は「二相」的な存在といえましょう。

慶次郎がいいます〈こゝは天子さんのとこでそんな警部や何かのとこぢゃない〉。〈天子さんのとこ〉というのは、個人のものではないという意味でいっているので、まさにここは公共の場所であって、役人どもの勝手に振る舞える彼らの私有の土地ではない、ということを主張しているのです。

〈立札〉〈制札〉は、いわば、役人にとっての意味と、村人にとっての意味と、まさに相反する「二相」としてあります。役人の側からは、自分たちのよこしまな「わがまま」を村人達に押しつけるものであり、村人や〈私たち〉にとっては、立ち入り禁止にされ、まったく迷惑至極のものでしかありません。むしろ不届きな制札です。つまり〈立札・制札〉は「二相系の存在・事物」ということになりましょう。

もちろん、「ミチ」も、〈路〉〈みち〉の二相としてあります。天下の公道であるところが、通行禁止になるということで、これまた制札と同様「二相形のもの」であるといえましょう。

〈袋〉も、役人にとっては必要な物（上官に取り入るための物・栗を入れた袋）かもしれませんが、「ほうび」にやるといわれても、もらった〈私〉たちにとっては、仕方なくもらったものの、何にもならない、むしろ、ありがた迷惑な余計な物でしかありません。まさに「フクロ」も、これまた「二相系の物」というべきでしょう。

以上述べたことを要約すると、ある「もの」の「二相」とは、その「もの」が他の物・者との関係を対比してみるということになります。たとえば、図式化すると〈役人――〈制札・立札〉――私たち〉という形になるでしょう。

## 尋常五年生ということ

「鳥をとるやなぎ」の〈私たち〉は、尋常四年生の二学期頃でしたが、「二人の役人」の〈私たち〉は尋常五年生です。ということは、この世界は、五年生の二人にとっては、まったく現実的な世界で、「鳥をとるやなぎ」のように「現幻二相」、つまりファンタジーの世界ではありません。

つまり、話者、視点人物の年齢が、賢治童話における**ファンタジー成立の一つの主要な条件**となることがわかっていただけると思います。

# 7 「谷」

生前未発表「村童スケッチ」のひとつ

この作品も、〈私〉と〈慶次郎〉が主人公です。ただ、この作品の場合は、年齢が〈たしか尋常三年生か四年生のころです〉と、あります。現実と非現実がオーバーラップする年齢です。

例のごとく、「二相系の存在」を検出してみましょう。

・〈蕈〉〈茶いろ〉〈白い〉〈はぎぼだし〉（呼称の二相）
・〈谷底〉〈谷の底〉（呼称の二相）
・〈崖〉〈毒々しく赤い崖〉〈まっ赤な火のやうな崖〉〈まっ赤な崖〉（呼称の二相）
・〈空〉〈青ぞら〉（呼称の二相）
・〈日〉〈陽〉〈太陽〉（呼称の二相）

まず〈蕈〉と〈崖〉を問題にしましょう。

## 〈茶いろの〉〈白い〉〈きのこ〉〈蕈〉

茸が〈白〉と〈茶いろ〉と二相系の物として表現されています。茸について認識の浅い〈私〉は、理助に欺かれて、古い茶色の茸だけを採らされ、そのことで帰ってから兄に笑われます。茶色を子供にとらせ、自分は白いものをとるという行為は、〈私〉の兄が〈あいつはずるさ〉というとおり、理助という人物の狡猾さ（一見、親切ともとれる態度）を如実に表しています。

一見親切に見える理助の態度を裏返すと、相手（私）に、崖に対する恐怖を植えつけ、このあたり（蕈のあるところ）に再び近づかぬように企んでいます。

茸の「白」と「茶」の二相は、〈私〉という人間の、自然と人間に対する認識、つまり尋常三年か四年生の〈私〉の自然（きのこ）に対する価値認識の浅さ・甘さと、人間（理助）の本性（狡猾さ）に対する認識の浅さ・甘さとは、表裏の関係にあるといえましょう。

また自然（崖）に対して、この年頃特有の認識のありよう（つまり現実と非現実が錯綜し、「現幻一如」となる）が、最後の場面から読み取れてくるはずです。

## 〈毒々しく赤い崖〉〈まっ赤な火のやうな崖〉

まず崖の相は、冒頭において〈まっ赤な火のような崖〉といいながら、他方では〈毒々しく赤い崖〉というように、まがまがしいものとして「呼称の二相」で表現されています。さらに、それは最後の場面で、なんとも奇怪な相へと転化する伏線となっています。

最後の場面を引用します。谷のこちらの崖から向こう側の崖に向かって〈私たち〉が呼びかける場面です。

「帰らう。あばよ。」と慶次郎は高く向ふのまっ赤な崖に叫びました。

「あばよ。」崖からこだまが返って来ました。

私はにはかに面白くなって力一ぱい叫びました。

「ホウ、居たかぁ。」

「居たかぁ。」崖がこだまを返しました。

「また来るよ。」慶次郎が叫びました。

「来るよ。」崖が答へました。

「馬鹿。」私が少し大胆になって悪口をしました。

「馬鹿。」崖も悪口を返しました。

「馬鹿野郎」慶次郎が少し低く叫びました。

ところがその返事はたゞごそごそごそっとつぶやくやうに聞えました。どうも手がつけられないと云ったやうにも又そんなやつらにいつまでも返事してゐられないなと自分ら同志で相談したやうにも聞えました。


私どもは顔を見合せました。それから俄かに恐くなって一緒に崖をはなれました。

……（中略）……

遁れば遁げるほどいよいよ恐くなったのです。うしろでハッハッハと笑ふやうな声もしたのです。

初めのうちは〈こだまが返って〉とあります。つまり〈私たち〉にとって、〈こだま〉は、自然現象として認識・表現されています。ところが次第に〈返し〉、〈答へ〉、〈悪口を返し〉、〈返事〉と、まるで人間の言葉であるかのごとく認識・表現されてきます。最後には、〈自分ら同士で相談〉とか〈笑ふ〉と、まるで人間といっていい（というより、怪物そのもののような）表現になります。

もちろん、このように自然現象としての〈こだま〉から、人物の応答のように変化・発展・転化してくるプロセスは、〈私たち〉が、相手の崖に向かって、まるで人間に向かっているかのように呼びかけているからでもあろうと考えられます。まるで、これは、たがいに罵り合っている趣があります。〈三年生か四年生〉ぐらいの年頃の〈私たち〉にとっての特有な認識の有り様を示すものといえましょう。

これは、〈尋常三年生か四年生のころ〉の子供の〈私たち〉の視点からの〈崖〉の「相」です。それにしても、「現実」から「非現実」への移行（ゆらぎ）が、いささか不気味な、しかしユーモラスなものとして表現されています。

ここで、尋常三年生か四年生の頃の話者の〈私〉は、〈崖〉を人物（怪物のような）として捉えています。つまり非現実の物と認識しています。しかし作者、また読者である私たちは、〈崖〉は自然そのものと認識しています。従って、この〈崖〉は、読者にとっては、現実そのものであると同時に、話者によって認識されているような非現実・幻想のものでもある、という「現幻二相」的存在となるのです。

## 恐くもあり、可笑しくもある

**話者の話体**を捉えれば、読者は話者と同化して、ある不気味さ、怖さを感じるはずです。しかし、話者を離れて、**作者の文体**として捉えれば、可笑しみを感じるだろうと思います。この異質な相反するものが止揚される体験を「**文芸における美の体験**」というのです（話体と文体の関係については「補説」を参照）。

そもそも「二相」ということが「一つのものの相反する二相」ということですから、そのこと自体が文芸の美の構造となる条件をもっているといえましょう。**文芸における美とは、「異質な相反するものの止揚・統合の認識・体験と、その表現」（西郷文芸学における美の定義。**拙著『名詩の美学』『名句の美学』黎明書房刊参照）であるということに照らしてみれば、「ひとつのものの相反する二相」ということが、美の構造となる可能性がきわめて大きいことがうなずけましょう。

### 太陽・陽・日、空・青ぞら

世界を二相系のものとして、たとえば現実でもあり非現実でもあるというものとして表現するとき、つまり「天」と「地」を、賢治は、よく「空」「雲」「太陽」「星」など、また、「地」や「野原」「道」など、また、ある種の「木」「草」など、世界を包むものを、「二相」として提示することが通例です（この後、出てくる「山男の四月」、「鹿踊りのはじまり」、「インドラの網」など参照）。

この童話の場合は、〈太陽〉〈陽〉〈日〉などの呼称の「ゆらぎ」が見られます。

・日がてって秋でもなかなか暑いのでした。

・そして陽がさっと落ちて来ました。見上げますと白い雲のきれ間から大きな光る太陽が走って出てゐたのです。

「太陽」の「呼称の二相」は、また〈空〉と〈青ぞら〉の「呼称の二相」も、この物語の世界が、現実と非現実の二相の世界、つまり「現幻二相」の世界であることを暗示・示唆しているのです。

## 題名「谷」の意味するもの

冒頭において、〈谷底〉の〈こっち側〉と〈向ふ側〉とが出てきます。〈こっち側と向ふ側と昔は続いてゐたのでせうがいつかの時代に裂けるか罅れるかした〉のか、といわれるところです。〈こっち側の崖〉も切り立っていて、危なっかしいものとして〈私〉には感じられています。この不安感が、このあと向こう側の崖を奇っ怪なものに感じさせていく一つの前提条件になっているといえましょう。

ところで、〈こっち側〉に立つ〈私たち〉が、現実の場にあるとすれば、〈向ふ側〉の〈毒々しく赤い崖〉は、いわば非現実の〈崖〉として〈私たち〉に認識されています。まさしく題名ともなっている〈谷〉は、向こう側の〈毒々しく赤い崖〉を「二相系」のものに転化させ、賢治のいう「二重感覚」を引き起こすところの「二重の風景」へ変身させた、といえましょう。

なお、冒頭に、〈谷底〉と〈谷の底〉という「呼称の二相」が見られますが、賢治の作品世界の多くに、〈太陽〉と〈底〉という語が、互いに対応するものとして「二相ゆらぎ」の形で出て来ることが、少なからず見られます。

〈谷〉の世界を、「二相系の世界」として象徴しているものが「二相系のタイヨウ」といえましょう。つまり二相系の〈谷〉の世界が、「二相系のタイヨウ」の光によって照らし出されているのです。

ところで〈谷底〉と〈谷の底〉の〈底〉は、後に詳しく述べるように、作品の世界の「二相」を表すものです（詳細は、この後に出てくる「インドラの網」「やまなし」の章を参照）。

# 8 「寓話　猫の事務所……ある小さな官衙に関する幻想……」

「月曜」大正十五年三月

## 〈竈猫〉と〈かま猫〉

〈軽便鉄道の停車場のちかくに、猫の第六事務所がありました。ここは主に、猫の歴史と地理をしらべるところでした……〉という書き出しで始まるこの物語は、事務長の大きな黒猫を中心に四人の書記が居る事務所での物語です。一番書記は白猫、二番書記は虎猫、三番書記は三毛猫、そして四番書記が、この物語の主人公の〈竈猫《かま》〉です。

この竈猫が、二相系の人物であることは、表記が〈竈猫〉と〈かま猫〉という交ぜ書きの二相形によって、推定できます（もちろん、他の人物には「表記・呼称の二相」はありません）。このような形での「二相形」は、他にもいろいろな作品に見られれます。たとえば、よく知られた「ざしき童子《ぼっこ》のはなし」の童話は、〈ざしき童子〉と〈ざしきぼっこ〉の「二相形」になっています。もちろん、この人物・童子が、「現幻二相」の人物であることはいうまでもありません。

話をもどします。

この童話の初期形を見ますと、表記が〈釜猫〉と〈かま猫〉の二相となっていて、執筆当初から作者はこの人物を二相系の人物と目していたことが判ります。

では、一体、この〈かま猫〉が、如何なる意味において、「二相系の人物」といえるのでしょうか。

## 話者の視角からの「相」と、他の人物達の視角からの「相」

竈猫というのは、生まれつきではありません。夜、竈のなかにはいって睡る癖があるため、いつも体が煤だらけで汚いのです。ですから〈かま猫〉はほかの猫たちに嫌われています。しかし、一方〈かま猫〉仲間のみんな〔があんな〕に僕の事務所に居るのを名〔誉〕に思つてよろこ〉んでいるという面もあるのでした。

また事務長は、他の白猫や虎猫、三毛猫などと違って毛色の汚い〈黒猫〉であるためでしょうか、〈かま猫〉に目をかけ、とりたててくれています。しかし他の猫たちからは、〈汚らしい〉と、うとまれています〈ところが、その事務長も、あることが切っ掛けで「あてにならなく」なります〉。

一生懸命まじめにつとめている〈かま猫〉の仕事ぶりを、話者の〈ぼく〉は同情をこめて語ります。

みなさんぼくはかま猫に同情します〔。〕

〈かま猫は、何とかみんなによく思はれやうといろいろ工夫をしましたが、どうもかへつていけませんでした〉。たとえば、ある日、隣の席の虎猫が昼の弁当を出して食べようとして急に欠伸におそわれ、思いっきり両手を伸ばして大あくびをしました。いけないことに足を踏ん張ったため、テーブルがかしいで弁当が床に滑り落ちます。かま猫が、素早く立って、弁当を拾い虎猫にわたそうとしました。ところが虎猫は急に怒り出して、〈床の上へ落ちた辨当を君は僕に喰へといふのか〉と怒るのでした。

この場は、しかし、事務長の黒猫のとっさの機転で、有耶無耶に、一件落着します。

## 意見を表明する話者

ところで、このいきさつを語る話者〈ぼく〉は、わざわざ語りのなかに「顔」を出して、意見を述べます。

かま猫は、何とかみんなによく思はれやうといろいろ工夫をしましたが、どうもかへつていけませんでした。

みなさんぼくはかま猫に同情します〔。〕

あきらかに話者の〈ぼく〉は、かま猫の側に立って語っていることが判ります。つまり話者によって表現されるかま猫の人物像（つまり「相」）と、虎猫たちの側からの人物像（相）とは、対比的であることが明らかです。

ところで賢治は、話者を対象化して、その意見をいわせるという場合、「私」「わたくし」ではなく、〈僕〉〈ぼく〉として登場させるようです（たとえば「なめとこ山の熊」の〈私〉と〈僕〉の使い分け、など。まさにこの場合は、話者を「二相系の人物」として扱わないという慣例を破って、「二相」として扱っています。話者の〈ぼく〉が〈ぼく〉をも対象化して語っているのです）。

このあとも、いろいろな「いじめ事件」が起きます。話者は、そこでふたたび顔を出して語ります。

こんな工合ですからかま猫は実につらいのでした。

## 見方の二相

かま猫に対する話者の同情の念が、語りの隅々に感じられます。読者は、かま猫に対する他の人物達〈猫たち〉から見た「相」と、話者の見るかま猫の「相」という**相反する二つの相のドラマを共体験**することになります。

ところで、かま猫が風邪を引いて休んでいる間に、他の猫たちは、かま猫が預かっている原簿を取り上げ、かま猫が仕事の出来ないように意地悪します。

お昼になっても、かま猫は弁当も食べず泣いていました。それでも、みんなは一向に知らないふりして、おもしろそうに仕事をしていました。

この場面からも判るように、かま猫という一人の人物の、仲間の猫たちの視角からの「相」は憎々しいものに見え、話者の〈ぼく〉の視角からは、「気の毒」な「同情」すべき「相」としてあるという、たがいに相反する「二相」をなしています。

このようなことを「**見方の二相**」と呼ぶことにします。

## 〈ぼく〉は半分獅子に同感

その時です。猫どもは気が付きませんでしたが、事務長のうしろの窓の向ふにいかめしい獅子の金いろの頭が見えました。

獅子は不審さうに、しばらく中を見てゐましたが、いきなり戸口を叩いてはいつて来ました。猫どもの愕ろきやうといつたらありません。うろうろうろうろそこらをあるきまはるだけです〔。〕かま猫だけが泣くのをやめて、まつすぐに立ちました。

獅子が大きなしつかりした声で云ひました。

「お前たちは何をしてゐるか。そんなことで地理も歴史も要つたはなしでない。やめてしまへ。えい。解散を命ずる」

かうして事務所は廃止になりました〔。〕

ぼくは半分獅子に同感です。

ここで物語は閉じますが、最後に、またもや、話者〈ぼく〉が「顔」を出して、自分の意見をいいます。それにしても、なぜ話者は「半分、同感」なのでしょうか。獅子の取った態度・処置に対して、「半分は同感できない」と表明しているともいえましょう。

このことについて、ある論者は、作者が文中に「顔を出して評価」をすることは望ましくない、と批判がましいことを述べていましたが、ここには文芸理論的な誤りがあります。まずその間違いとは、この〈ぼく〉は、作者ではなく話者であるということです。話者も他の人物同様一人の作中人物なのです。人物である話者が作品のなかで意見をいうことは、他の人物同様、あり得ることであり、当然のことです。問題は、その意見を読者がどう受け止めるか、ということです。

つまり、作者は、こんな形で、読者に「問い」を投げかけているといえましょう。

読者によって、その問いに対する答え（解釈）は、多様に有りえると思います。ところで、筆者は、現代の「いじめ問題」の基本的な観点に基づいて、次のように考えるのです。

## いじめ問題について

「いじめ」ということについて、世間では、いじめる方はもちろん悪いが、いじめられる方にも問題があるのではないか、ということがいわれます。しかし、このような「喧嘩両成敗」的な解決は間違っていると考えます。いじめられる方にも、なにがしかの原因があるのではないか、という見方は、いじめ問題の本質を誤ることになります。たしかに、いじめられる側の「問題点」を見つけようとすれば、それなりに、いくらかは見いだすことが出来ましょう。しかし、その方向では、いじめ問題はぜったいに解決する可能性はありえません。これまでの「歴史」がそれを示しています。

農学校の教師でもあった賢治は、そのことをよく認識していたのではないでしょうか。作品「猫の事務所」は、半世紀以上も前に書かれた作品ですが、今日の教育現場の緊急な問題意識に答える今日性（アクチュアリティー）を持った作品といえましょう。

## 集団における相互批判

最後に、いじめ問題に関わって一言触れておきたいことがあります。集団による「いじめ」と、集団における「相互批判」とを混同する人があることです。集団の中での相互批判というものは民主的集団にとって必要不可欠のものです。適切な相互批判無くして集団の正常な発展は望めないでしょう。両者を混同してはなりません。

# 9 「革トランク」

生前未発表

## こんなことは実に稀です

冒頭の一節を引用します（傍線は筆者）。

斉藤平太は、その春、楢岡（筆者注──「盛岡」をもじったもの）の町に出て、中学校と農学校、工学校の入学試験を受けました。三つとも駄目だと思ってゐましたら、どうしたわけか、まぐれあたりのやうに工学校だけ及第しました。一年と二年とはどうやら無事で、算盤の下手な担任教師が斉藤平太の通信簿の点数の勘定を間違った為に首尾よく卒業いたしました。

（こんなことは実にまれです。）

卒業するとすぐ家へ戻されました。家は農業でお父さんは村長でしたが平太はお父さんの賛成によって　家の門の処に建築図案設計工事請負といふ看板をかけました。

すぐに二つの仕事が来ました。一つは村の消防小屋と相談所とを兼ねた二階建、も一つは村の分教場です。

（こんなことは実に稀れです。）

斉藤平太は四日かかって両方の設計図を引いてしまひました。

それからあちこちの村の大工たちをたのんでいよいよ仕事にかゝりました。斉藤平太は茶いろの乗馬ズボンを穿き赤ネクタイを首に結んであっちへ行ったりこっちへ来たり忙しく両方を監督しました。

工作小屋のまん中にあの設計図が懸けてあります。

ところがどうもおかしいことはどう云ふわけか平太が行くとどの大工さんも変な顔をして下ばかり向いて働いてなるべく物を言はないやうにしたのです。

大工さんたちはみんな平太を好きでしたし賃銭だってたくさん払ってゐましたのにどうした訳かおかしな顔をするのです。

(こんなことは実に稀れです。)

平太が分教場の方へ行って大工さんたちの働きぶりを見て居りますと大工さんたちはくるくる廻ったり立ったり屈んだりして働くのは大へん愉快さうでしたがどう云ふ訳か横に歩くのがいやさうでした。

(こんなことは実に稀です。)

平太が消防小屋の方へ行って大工さんたちの働くのを見てゐますと大工さんたちはくるくる廻ったり立ったり屈んだり横に歩いたりするのは大へん愉快さうでしたがどう云ふ訳か上下に交通するのがいやさうでした。

(こんなことは実に稀です。)

どうにも変な雰囲気で、何か曰くありげですが、このあと両方の工事がちょうど同じ日に終わります。

（こんなことは実に稀れです。）

斉藤平太は分教場の玄関から教員室へ入ろうとしましたがどうしても行けませんでした。それは廊下がなかったからです。つまり斉藤平太の設計図には廊下が無かったのです。大工達の変な態度もそのことだったのです。斉藤平太はがっかりして今度は消防小屋に行きます。下の方を検分して二階を見ようとしましたがどうしても二階に昇れませんでした。梯子がなかったからです。

（こんなことは実に稀です。）

斉藤平太は、乗馬ズボンのまま、渡しを越え町へ出ると東京へ遁げました。

一読、判るように、「斉藤平太」と「平太」というように、同じ一人の人物が呼称の二相として表現されています。当然、読者はそのことを意識にとどめて読むことになりましょう。ところで〈（こんなことは実に稀です。）〉という話者の「つぶやき」がくりかえされます。たしかに斉藤平太の性格とその行為は、常識では考えられないことです。本人はいたって大真面目にしていることでしょうが、傍の者の眼には何とも奇妙な、コミックなものにしか見えません。

### 大きな大きな革のトランク

東京に出た平太は、仕事にありつけずにいましたが、うちへ葉書を出します。

「エレベータとエスカレータの研究の為急に東京に参り候　御不便ながら研究すむうちあの請負の建物はそのまゝお使ひ願ひ候」

お父さんの村長さんは返事も出させませんでした。

平太は専門の建築の仕事にありつきます。平太はうちへ葉書を書きます。

「近頃立身致し候。紙幣は障子を張る程有之諸君も尊敬仕候。研究も今一足故〔暫〕時不便を御辛抱願候。」

お父さんの村長さんは返事も何もさせませんでした。

ところが平太のお母さんが少し病気になりました。毎日平太のことばかり云ひます。

そこで仕方なく村長さんも電報を打ちました。

「ハハビャウキ、スグカヘレ。」

平太はこの時月給をとったばかりでしたから三十円ほど余ってゐました。

平太はいろいろ考へた〔末〕二十円の大きな革のトランクを買ひました。けれどももちろん平太には一張羅の着てゐる麻服があるばかり他に入れるやうなものは何もありませんでしたから親方に頼んで板の上に引いた要らない絵図を三十枚ばかり貰ってぎっしりそれに詰めました。

（こんなことはごく稀れです。）

斉藤平太は故郷の停車場に着きました。

この後、平太は、この革の大きなトランクを抱えて我が家に向けて帰って行きますが、途中人力車の車夫、渡し場の船頭、村の子供ら、迎えにきた下男、といった者たちとの、革の大きなトランクとの「あれやこれやの」出会いが語られます。

平太と下男が、家の近くまで来たとき、〈村長さんも丁度役場から帰った処でうしろの方から来ましたがその大トランクを見てにが笑ひをしました。〉というところで物語は終えます。

## 表記と呼称の二相ゆらぎ

ここで、「表記の二相ゆらぎ」と「呼称の二相ゆらぎ」ということだけに焦点を絞り、筋の展開に沿って抜き書きしてみましょう。

(こんなことは実にまれです。)
(こんなことは実に稀れです。)
(こんなことは実に稀れです。)
(こんなことは実に稀です。)
(こんなことは実に稀です。)
(こんなことは実に稀れです。)
(こんなことは実に稀です。)
(こんなことは実に稀です。)

（こんなことはごく稀れです。）

以上のように並記すると、表記が微妙に揺れ動くのが見て取れましょう（もちろん、これが作者による意図的なものであることを、今や疑う読者はいないと思います）。ちなみに、賢治をよく知る花巻の人々の思い出話の中に、賢治の口癖に「希有《けう》な」（ごくまれな）という言葉があるそうです。宮沢清六『兄のトランク』の中に、

これは賢治の口調に従えば、

（こんなことは実に稀れです）

という一節がありますが、そのことを思い出させる一幕です。

法華経の中に「ああ有りがたや、稀《まれ》に人身《にんしん》を得、たまたま仏法に会えり」という文言があります。六道輪廻する中で、ごくごく稀に人間としてこの世に生まれることが出来、しかも法華経に出会ったということは極めて稀な、ありがたいことと考えよ、という意味のことです。まさに「有り難し」ということです。しかし、この作品における「ごく稀れ」は皮肉な意味を込めて使われていることはいうまでもありません。

なお、主人公の名前も「二相ゆらぎ」となっています。冒頭の場面のみを引用。

斉藤平太　斉藤平太　平太　斉藤平太　斉藤平太　平太　平太　平太　平太　斉藤平太　斉藤平太……

また物語の後半に出てくるトランクの呼称も「二相ゆらぎ」の様相を呈しています。

大きな大きな革のトランク　トランク　大トランク　大トランク　大トランク　大トランク　トランク

トランク　トランク　トランク　大きな革トランク　大トランク

題名は「革トランク」とあります。作者は主人公の〈斉藤平太〉の人物像と〈革トランク〉の像をいわばオーバーラップさせているのでしょう。見かけのりっぱな革の大トランクの中身は、何の役にも立たない〈要らない絵図〉です。そのような大トランクの「相」が、そのまま主人公の人物像（「相」）と、オーバーラップするといえましょう。

**中身と見かけの「二相」**

が、表記と呼称の二相として表現されているのです。

なお、ここに登場する人物達のトランクに対するイメージは、まさに人様々です。仏教哲学にいうところの「**一水四見**」（一つの水が、四人おれば四通りの見方がある）ということです。しかもそのいずれが真実の相であるかと「分別」してはならないのです。それらのすべてが真実の相です。つまり法華経にいうところの「諸法実相」です。

**作品に関わるエピソード**

息子の「中身」を〈お父さんの村長さん〉は、見抜いていたのではないでしょうか。息子に対する態度の中に、そのことが見事に表現されています。

・お父さんの村長さんは返事も出させませんでした。
・お父さんの村長さんは返事も何もさせませんでした。
・村長さんも……その大トランクを見てにが笑ひをしました。

余談になりますが、筆者はこの作品を読み返すたびに、作者である賢治にちなむあるエピソードを思い起こすのです。それは、賢治が大正十一年一月における突然の上京と、同九月頃妹トシの病気の報に接し、帰郷するまでの間に精力的に書きためた童話の原稿をびっしり詰め込んだ大きなトランクをかかえて帰りました。また、そのトランクを託された弟の清六氏が出版社を尋ねたことなどが清六氏のエッセイ『兄のトランク』に書かれています。もちろん、トランクの中身は、平太のそれとはまったく違うものではありますが。それにしても、作者は、自身と父の像を、この作品の村長である父と息子平太に重ねながら、書いていたのではないでしょうか。作品の末尾に父である村長が〈その大トランクを見てにが笑ひをしました。〉という件りに、作者自身「苦笑い」していたであろう姿が浮かんできます。

ある意味で、この童話の主人公は、いわば作者その人の戯画（カリカチュア）とも考えられます。己をも戯画化できるところに、この作者の「あそびごころ」と、強靱な主体性を私は見たいのです。

# 10　「毒もみのすきな署長さん」

生前未発表

## 〈大きな〉・〈巨きな〉てふざめ

ある年、プハラの町の川に〈大きなてふざめが、海から遁げて入って来たといふ、評判〉が立ちます。〈けれども大人や賢い子供らは、みんな本当にしないで、笑ってゐました。第一それを云ひだしたのは、剃刀を二梃しかもってゐない、下手な床屋のリチキで、すこしもあてにならないのでした。けれどもあんまり小さい子供らは、毎日てふざめを見やうとして、そこへ出かけて行きました。いくらまじめに眺めてゐても、そんな巨きなてふざめは、泳ぎも浮かびもしませんでした……〉

〈てふざめ〉が〈大きな〉と〈巨きな〉と「表記の二相」となっています。つまり、この〈てふざめ〉は、現に居るものやら居ないものやら定かでない二相のものとしてあります。

〈大人や賢い子供ら〉は、〈剃刀を二挺しかもってゐない、下手な床屋のリチキ〉の言い出したことなので〈みんな本当にしない〉で、笑っています。でも〈あんまり小さい子供ら〉は、〈すこしもあてにならない〉にもかかわらず、〈毎日てふざめを見やうとして、そこへ出かけて〉行くのです。もちろん、そんな〈巨きなてふざめは、泳ぎも浮かびもしませんでした〉が。

「子供」でも〈賢い子供ら〉と〈あんまり小さな子供ら〉とは、リチキに対して、また〈てふざめ〉に対して、まったく相反する態度を取っています。〈小さな子供ら〉のそんな態度は、いわば常識外れの態度といえましょう。でも、見たいものは見たい、ただ、それだけの動機なのです。

さて、この町に新しい警察署長が赴任してきます。

### 「服装の二相」「特異な容貌」（署長さん）

この署長さんの容貌は、〈どこか川獺に似てゐました。赤ひげがぴんとはねて、歯はみんな銀の入歯でした〉。服装といえば、〈立派な金モールのついた、長い赤いマントを着て、毎日ていねいに町をみまはりました〉。

賢治は、二相系の対象人物の登場に当たって、ほとんどの場合、まず、その特異な風貌なり性癖を紹介します。「どんぐりと山猫」の〈山猫〉と〈別当〉の登場の場面を想起してください。

ところで、この国では〈毒もみ〉で魚を捕ることを禁じていました。さて、新しい署長がきて間もなく、なぜか魚が釣れなくなり、川のあちこちで、死んだ魚が浮き上がったりしました。

職務に忠実で、何かと町の人々に親切に尽くしている署長ですから、誰一人署長を疑うものはありませんでした。が、なにかと詮索好きの子供達は、おとなのような「常識」がありませんから、好奇心から、あれこれと署長の行為を詮索します。

実は、〈毒もみ〉の犯罪を取り締まる立場にあるはずの署長の犯行であったのです。〈黒い衣だけ着て、頭巾をかぶって〉いる姿として子供達に見られてしまいました。

法によって裁かれ、署長は死刑になりますが、最後に署長はいいます。〈あゝ、面白かった。おれはもう、毒もみのこととときたら、全く夢中なんだ。いよいよこんどは、地獄で毒もみをやるかな〉。

「法を守る立場の人間が、実は法を破る人間であった」、というわけです。そのような意味において署長は相反する二相を持った「二相系の人物」といえましょう。

### 署長〈僕〉〈私〉〈おれ〉

署長は自分のことをあるときは〈僕〉、あるときは〈私〉、また最後の死刑の場面では〈おれ〉といいます。その何れも「実相」であり、その何れを実相と特定することは出来ません。「諸法実相」とはそういうことです。署長の「相」は場面により、条件により、見る者の視角により様々ですが、その「性《しょう》」は一つです（「性」と「相」の関係）。

### 署長も子供達も

署長も「二相系の人物」ですが、同様に子供達も「二相系の人物」として作者は「表記の二相」〈子供〉〈こども〉）によって示唆しているのです。

ところで、この両者は、まったく異なる立場にあり、性格も違いますが、にもかかわらず、何れも、常識にとらわれず（ということは非常識に、ということ）、「したいことは、何であろうと、したいようにする」という意味では同類といえましょう。つまりおなじような「性分」のものであるということです。もちろん、署長のしていることは、悪いことには違いありませんが、どこか子供じみたところのある憎めない存在ではあります。（「性」と「相」の関係に注意）。

余談になりますが、作者賢治は、この署長のような人間に「好意」を持っていたのではないかと推察されます。賢治の弟、清六氏も書いています「署長さんや床屋や登場者達の性格は、その単純化があまりにひどく行われているので、初めて読む人には可笑しく感ぜられる程かもしれないが、実はこの人達のようなのが賢治の好きでたまらなかった人間の型であったようだ」（創元文庫「解説」）。

たしかに床屋のリチキも、署長や、子供達のような「性分」の人間といえましょう。

## 〈エップカップ〉〈両・銭〉

ところで、プハラの国では、〈水の中で死ぬこと〉を〈エップカップ〉という、とあります。これも賢治特有の言葉遊びに類する表現ですが、どこか、深刻なイメージを打ち消すような笑いを感じさせる語感を持っています。

なお、この作品が、仮構のものであることを示すものとして、床屋のリチキの収支計算書に〈二十両七十銭〉とあります。江戸時代の〈両〉と、明治以後の〈銭〉とを混ぜて使っています。童話「二人の役人」のなかの〈東北庁〉と同じ発想の仮構の表現（「もじり」）といえましょう。


賢治の童話を幾篇か取り上げて、「二相」という観点から分析を進めてきましたが、このことの根底にあるのは、法華経の「諸法実相」という世界観であることは、いうまでもありません。ところで、対象を「二相」として捉えるということは、賢治の童話の分析・研究に限られたものではありません。私たちが、現実の様々な事象を見るときにもきわめて有効な観点であると考えます。その意味で、一つだけその実例を次に挙げておきます。

「薬毒同源」

最近出版された舟山信次著『毒と薬の世界史』(中公新書)をとりあげて、「毒」と「薬」についての著者の考えを箇条的に引用、紹介します。

・適量のアルコールの摂取は体によいといわれ、所謂「百薬の長」であるが、飲み方を誤ったり、適量を超したりすると、場合によっては正気を失う代物となったり、さらには命までも失ったりすることもある。すなわち、酒は用いられ方によって「毒」にも「薬」にもなるという典型である。

・ここに挙げた化合物はすべてアルカロイドといわれる化合物である。これらの化合物は、私たちの体内で重要な役割を果たしたりあるいは有毒物質として名を馳せたり、またあるいは病気の治療に役立ったり、さらには社会的な問題を惹き起こしたりしている。

・著者は巻末の「おわりに」で、次のようにまとめています。「毒と薬は不可分である。(中略)毒を毒としてだけ見ていては見えないものが、毒を薬の側から、また、薬を毒の側から見ると、それまでに見えてなかったことがよく見えてくることを示したつもりである。(中略)使う側の人間に、そのものを薬として生かすか、または、毒として害をなすものにさせるかの選択権と責任があるということである。

著者の「薬毒同源」という考えは、まさしく「諸法実相」の思想の薬学上の具体的な現れといえましょう。「とりかぶと」は、江戸の時代から「附子《ぶす》」とよばれ「狂言」の外題にもあるほどの著名な猛毒ですが、一方では優れた薬としても用いられているのです。

私のいう「二相」というのは、「一つのものの相反する二つの現れ」と定義しておきましたが、相反する二つの相とは、この場合、一つの物質が、毒と薬という二つの相反する「相」として現れるということです。

私たちはともすれば、物事の一面しか見ないでいますが、反面・裏面ということをも見る必要がありましょう。毒も薬となる、ということです。

「毒もみのすきな署長さん」の主人公は、一面においては自分の職務を懇切丁寧につとめています。反面、彼は毒もみという悪業にこっている人物です。どちらが彼の本性というのではありません。まるで子供のように、何事にも熱中してしまうところが彼の「性分」なのです。子供達も、そうです。〈てふざめ〉にこってしまうかと思えば、毒もみの犯人探しに躍起となる。何時の時代にも、何処の国でも、子供というものは、いろんなことに熱中するものです。結果は、ごらんの通り、まさしく「二相」ということです。

## 11 「狼森と笊森、盗森」

『童話集』所収　一九二一・十一

「どんぐりと山猫」の後に続く『童話集』二番目の童話がこの作品です。

〈小岩井農場の北に、黒い松の森が四つあります。いちばん南が狼森で、その次が笊森、次は黒坂森、北のはづれは盗森です〉とありますが、その位置と名前とは現実のものです。

つづく一節に〈この森がいつごろどうしてできたのか、どうしてこんな奇体な名前がついたのか、それをいちばんはじめから、すつかり知つてゐるものは、おれ一人だと黒坂森のまんなかの巨きな巌が、ある日、威張ってこのおはなしをわたくしに聞かせました〉と、あります。**〈巨きな巌〉は、〈おはなし〉の話主（話し手）で、この物語の話者（語り手）は、〈わたくし〉です**（混同しないこと）。

〈ずうつと昔、岩手山が、何べんも噴火しました〉。〈噴火がやつとしづまると〉やがて草が生え、柏や松も生え四つの森が出来ます。するとある秋、四人の百姓が、この森に囲まれた小さな原にやってきます……と、いう形で物語が始まります。

先頭の百姓が「森は近いし、きれいな水も流れている。それに日あたりもいい。ここを開いて畑にしよう」といいます。もう一人が、「地味はどうかな」といいながら、かがんで一本のすすきを引き抜き、その根の土を、しばらく指でこねたり、ちょっと嘗めてみたりしてからいいました。〈地味もひどくよくはないが、またひどく悪くもないな〉。

こうして、四人の百姓は、この地を開墾します。かやをかぶせた小さな丸太の小屋も建てました。森は冬の間、北からの風を防いでくれました。〈それでも、小さなこどもらは寒がつて、赤くはれた小さな手を、自分の咽喉にあてながら、「冷たい、冷たい。」と云ってよく泣きました〉。

春になって、小屋が二つになりました。蕎麦と稗とがまかれました。その年の秋、穀物がよくみのり、畑もふえ、小屋も三つになったとき、皆はうれしさのあまり、大人までがはね歩きました。物語は、人間（百姓）と自然（森）のいわば交渉史とでもいえましょうか。ここでは、その「歴史」などについては、他の研究文献に譲り、本書のテーマに従い、二相系の人物に焦点を絞り、見ていくことにしましょう。

ところが、土の堅く凍つた朝でした。九人のこどもらのなかの、小さな四人がどうしたのか夜の間に見えなくなつてゐたのです。

みんなはまるで、気違ひのやうになつて、その辺をあちこちさがしましたが、こどもらの影も見えませんでした。

狼森の奥で〈子供ら〉を発見します。

狼が九疋、くる〳〵、火のまはりを踊つてかけ歩いてゐるのでした〔。〕

だん〳〵近くへ行つて見ると居なくなった子供らは四人共、その火に向いて焼いた栗や初茸などをたべてゐました。

狼はみんな歌を歌つて、夏のまはり燈籠のやうに、火のまはりを走つてゐました。

……（中略）……

みんなはそこで、声をそろへて叫びました。

「狼どの狼どの、童しやど返して呉ろ。」

狼はみんな〔び〕つくりして、一ぺんに歌をやめてくちをまげて、みんなの方をふり向きました。

すると火が急に消えて、そこらはにわかに青くしいんとなつてしまつたので火のそばのこどもらはわあと泣き出しました。

狼は、どうしたらい丶か困つたといふやうにしばらくきよろ〳〵してゐましたが、たう〳〵みんないちどに森のもつと奥の方へ逃げて行きました。

そこでみんなは、子供らの手を引いて、森を出やうとしました。すると森の奥の方で狼どもが、

「悪く思わないで呉ろ。栗だのきのこだの、うんとご馳走したぞ。」と叫ぶのがきこえました。みんなはうちに帰つてから粟餅をこしらへてお礼に狼森へ置いて来ました。

（ここに、〈子供〉〈こども〉〈童《わら》し〉と「表記と呼称の二相ゆらぎ」が見られます。しかし、この問題は今は触れません。あとで、取り上げたいと思います）。

春になりました。子供も十一人になりました。秋の実りも豊かでした。ところがある朝、仕事に出ようとすると、どの家も農具が一つもありません。

じつは、笊森の山男が、粟餅が欲しくて隠していたのでした。みんなは笑って、うちへ帰ると、粟餅をこしらえ、狼森と笊森に持っていってやりました。

次の年、平らなところはみな畑です。うちには木小屋がついたり、大きな納屋ができたりしました。馬も三疋になりました。その秋の取り入れのみんなの喜びはたいへんなものでした。

今年こそは、どんな大きな粟餅をこさえても、大丈夫だとおもったのでした。そこで、やっぱり不思議なことが起こりました。ある朝、納屋の中の粟がみんな無くなっていたのです。

その犯人が誰か、疑いが盗森にかかります。その場面を引用します。

……みんなも、

「名からしてぬすと臭い。」と云ひながら、森へ入つて行つて、「さあ粟返せ。粟返せ。」とどなりました。

すると森の奥から、まつくろな手の長い大きな大きな男が出て来て、まるでさけるやうな声で云ひました。

「何だと。おれをぬす〔と〕だと。さふ云ふやつは、みんなたゝき潰してやるぞ。ぜんたい何の証拠があるんだ。」

〈名からしてぬすと臭い〉というのは、事実による判断ではなく、誤った先入観からの決めつけた独断です。また見るからに「盗人猛々しい」ようすに、百姓たちは、てっきり犯人は盗森と思いこみ〈さあ栗返せ〉と迫ります。根拠のない独断に基づく、百姓たちの、これは行き過ぎた行為です。あとで犯人が盗森であることが、判明したとしても、この時点では、たんなる憶測に過ぎません（このようなことは、私たちの日常においても、よくあることです）。

実は、後で判明するのですが、百姓の粟を「盗んだ」のは、やはり盗森だったのです。しかし彼は食料としての粟を「盗んだ」というより、自分で粟餅を作ってみたかっただけなのでした。そんな子供っぽい他愛ない動機で、こっそり百姓の納屋から粟を持ち出したのでした。粟を自分のものにしたかったわけではありません。だからこそ盗森は、「盗んだ粟」をそっと元の納屋にもどしておいたのでした。その場面を引用します。

……家に帰つて見ましたら、粟はちやんと納屋に戻つてゐました。そこでみんなは、笑つて粟もちをこしらえて、四つの森に持つて行きました。

中でもぬすと森には、いちばんたくさん持つて行きました。その代り少し砂がはいつてゐたさうですが、それはどうも仕方なかつたことでせう。

さてそれから森もすつかりみんなの友だちでした。そして毎年、冬のはじめにはきつと粟餅を貰ひました。
　しかしその粟餅も、時節がら、ずゐぶん小さくなつたが、これもどうも仕方がないと、黒坂森のまん中のまつくろな巨きな巌がおしまひに云つてゐました。

まずは、めでたし、という感じで作品は終わります。

## 〈盗森〉と〈ぬすと森〉

この最後の場面で、〈ぬすと森〉と、表記が「交ぜ書き」の二相形になっています。盗森の、恐ろしげな相と、憎めない愛嬌のある相は、一見、相反する相でありながら、しかし、その本性は一つ、他愛ない子供のような木訥な人物であるということでしょう。

だからこそ、百姓たちは〈笑つて〉、〈ぬすと森〉に粟餅を〈いちばんたくさん持つて〉行ったのでした。「罪のない」子供のような人柄といえましょう。

この作品では、四つの森の内、〈盗森〉のみが、物語の最後の場面で、はじめて〈ぬすと森〉という形で〈ぬすと〉という平仮名と〈森〉という漢字の「交ぜ書き」で現れ、二相系の人物として登場します。このような表記法は、先の「どんぐりと山猫」の場合でも、随所に〈山ねこ〉という**「交ぜ書き」の二相形**で出てきました（〈山なし〉や〈山ねこ〉のように一つの単語が漢字と平仮名の「交ぜ書き」になっている場合、「二相形」と呼ぶことにします。一般的には「交ぜ書き」は、正規の表記法とはされていません。作者はもちろん、それを承知の上で意図的にしていることと考えられます）。

「やまなし」の場合は、ただ一カ所だけ交ぜ書きで〈山なし〉という二相形が出てきます。この表記法が「うっかりミス」などではなく、意図的なものであろうということは、ほぼ間違いないように思われてきたのではありませんか（「やまなし」については、本書の最後で詳しく述べる予定です）。

ところで、「やまなし」にしても、この作品にしても、ただ一カ所だけが二相形になっているというのは、〈やまなし〉や〈盗森〉が作品の中に登場するのが、物語の最後の場面でしかない、という特殊な事情によるものでもありましょう。もちろん先行する作品「どんぐりと山猫」で、「表記の二相形」をふんだんに出しましたから、読者は、そのあとでは「表記の二相」ということに眼ざとくなるであろうという作者の「計算」もあったのでは、とも考えられます。「やまなし」の場合は童話「注文の多い料理店」などの童話の書かれた後ですから、なおさらそのように考えられるのです。

それにしても、この作品において、四つの森の中で、なぜほかならぬ〈盗森〉の表記だけが二相形であるのか、作者がそこにスポットをあてているであろうことは、これまでの作品同様、予想できるところです。なおそのことから、作者の意図も推察できるでしょう。最後の場面を読み進めるなら、その理由は明らかです（実は、先に触れたように〈子供〉〈こども〉という「表記の二相ゆらぎ」もありますが、〈盗森〉と事柄的には特に関係は見られません。しかし意味的には、この後述べるように、両者はある対応関係があるのではないかと思われます）。

## 〈子供〉と〈こども〉

物語の前半（はじめの引用場面）で、〈子供〉と〈こども〉という「表記の二相ゆらぎ」が、頻繁に現れることを指摘しておきました。ここで、そのことを考えてみたいと思うのです。

先に、盗森という人物を二相系の人物として捉えましたが、それとの対応で、〈子供〉と〈こども〉という二相系も同じように意味づけられるのではないでしょうか。「コドモ」の「表記の二相ゆらぎ」が頻出する場面は、四人の子供たちが突然姿を消し、百姓たちが大騒ぎして、森の中を探す場面です。なんと子供たちは焚き火で栗や初茸を焼いて食べていました。が、驚いたことに、その周りを九疋の狼たちが囲んでいるではありませんか。子供というものは、ただ自分がしたいことを後先のことも考えずにするものです（「毒もみのすきな署長さん」の〈子供達〉もそうです）。そんなところが、盗森と、そっくりではありませんか。いや、盗森の方が子供たちにそっくりというべきかも知れません。

子供というものは、自分のしたいことをしたいようにするものです。悪意でもなく、故意でもありません。しかし、えてしてそれは大人に取っては、大変に困ったことであるのです。同じ一つの行為が、まさに「二相」のものとしてあるのです。盗森の場合も、まったく同様です。

ところで、盗森と子供たちは、いわゆる**「対応する形象」**といわれるものです。作品の中で同じような役割・性格、意味を持った人物は、同じ観点で扱える「対応形象」と名づけています（毒もみのすきな署長さんと子供達も対応形象です）。

### この作品の思想　自然と人間

賢治は、この童話についての自注に「人と森との原始的な交渉で、自然の順違二面が農民に与えた長い間の印象です」と書き、森が子供らや農具をかくすたびに、みんなは〈さがしに行くぞお〉と叫び、森は〈来お〉と答えましたと、述べています。

まさしく**「順違二面」**とは、「○○に順《したが》う、○○に違《たが》う」という意味で、ここでは自然が、人間に順う、人間に違うと考えられます。逆に、人間が自然に順い、自然に違うということでもあります。まさしく私のいう「正反・表裏二相」のことです。**ひとつのものの相反する二つの相**ということです。紙に**「表裏二面」**あるように、ものごとには、**裏面とか反面**というものがあります。つまり盗森という人物を、相反する二面性においてとらえ描いているのです。否、他の人物をも相反する二面性において捉えているのです。ただ、そのことを盗森に代表させているということです。

この童話は自然と人間の関係を、「人と森との原始的な交渉」として物語ったものです。賢治は、両者の関係を「順違二面」において認識・表現しています。つまり「プラス・マイナス」の「二相」において捉えているといえましょう。

なお、〈空〉と〈そら〉の「表記の二相」は、この物語が「現幻二相の世界」（ファンタジー）であることを意味することはいうまでもないでしょう。

次に、賢治のファンタジーの特徴を見事に形象化している「水仙月の四日」（童話集『注文の多い料理店』より）をとりあげてみましょう。この童話は、自然の「順違二面」を感動的に形象化した珠玉の名品です。

## 12 「水仙月の四日」

『童話集』所収　一九二二（大正十一）年一月一九日

賢治文学の最高傑作の一つとされ、長いこと中学国語の定番教材の一つとして知られた作品です。気象学にも通じていた科学者賢治の一面を見事に見せてくれる作品の一つといえましょう。「我が国の雪嵐をえがいた文学作品として当然最高のもの」（寺田透）と評価されています。もちろん、法華経の「諸法実相」を具現したものであることはいうまでもありませんが、そのような評価は、いまのところ皆無です。

## 科学と芸術の統合

「水仙月の四日」は盛岡地方の晩冬・初春の特殊な気象条件を実にリアルにふまえ、その気象条件をそっくりそのまま生かしながら、実に劇的な物語を立ち上げている作者の手腕に驚異さえ感じさせられます。西から日本海をわたって、シベリヤ寒気団が張り出し、その一部が奥羽山脈の切れ目をぬけ、盛岡地方の局地気象を急変させる状況がまざまざと肌に感じ取れるように活写されています。作品の冒頭は、午前中の、明るく晴れて穏やかな、とてもこの後、天候が急変するなど予想もつかぬ状態が描写されています。だからこそ父親は、子供を一人で帰らせたのでしょう。しかし、山の天候は思いもかけぬ時に急変します。今日でも冬場になると、天候の急変で遭難事故を起こすことは稀ではありません。

この後、気象の変化と、それにともなう人物たちの動きを追ってみましょう。もちろんこの作品のばあい、気象が、人物として造形されています（これらの人物は、気象と人間の複合形象です）から、人物の動きそのものが、気象の動きそのものでもあるという面が多々あります。逆にいえば、気象の動きがそのまま人物の動きでもあるということです。従って登場する人物は子供をのぞいてすべて**人間と気象の複合形象**であることを念頭において読み進めることです。

私は、岩手大学で文芸学についての特別講義の折、元盛岡気象台の技師で、当時農学部の非常勤講師をされていた方（元宮古測候所長・工藤敏雄氏）に、「風の又三郎」と「水仙月の四日」の中の気象に関わるところについて、いろいろとおたずねしたことがあります。氏は、盛岡地方の気象についての賢治の知識が、実に詳しく且つ正確であることに驚いておられました。賢治が、盛岡高等農林の優秀な卒業生であり、また農学校で教師として気象についても教えていたことを考えれば、当然のことかもしれません。賢治は、しばしば測候所（現在気象台）を訪れ、盛岡地方の気象について研究していたということが、当時の測候所関係者の思い出話に出てきます。

伊藤七雄あての賢治の手紙の下書き（一九二八年・七月はじめ）に、「水沢へは十五日までには一ぺん伺います。失礼ながら測候所への序でにお寄りいたしまして、（後略）」という文面があります。賢治が、たびたび測候所を訪れていたことが窺われます。

話が横にそれましたが、作品に戻りましょう。

シベリヤ寒気団が、西から日本海を東へ、そして奥羽山脈の切れ目から張り出してくると、盛岡地方の局地気象がそれに支配影響され、突然、天候が急変、大雪嵐になることがあります。この作品の雪婆んごはシベリヤ寒気団を、雪童子は局地気象を人物化したもので、雪狼は吹雪の人物化と考えられます（これらは、すべて自然と人間の複合形象であり、人物です。「複合形象」ということは「補説」参照）。

**雪童子と子供（対応する人物）**

登場人物は、雪婆んごと雪童子、雪狼、それに子供です。

これらの人物の風貌を作者は、その登場にあたって次のように表現しています。

・雪婆んご——猫のやうな耳をもち、ぼやぼやした灰いろの髪をした雪婆んごは、

・雪童子——白熊の毛皮の三角帽子をあみだにかぶり、顔を苹果のやうにかがやかしながら、雪童子がゆっくり歩いて来ました。
・子供——ひとりの子供が、赤い毛布にくるまつて、しきりにカリメラのことを考へながら、
・雪狼——二疋の雪狼が、べろべろまつ赤な舌を吐きながら、

これらの人物の内、「ユキワラス」と「コドモ」だけに表記の二相がみられます（〈雪童子〉〈雪わらす〉、〈子供〉〈子ども〉〈こども〉）。しかし雪婆や雪狼の表記は一定しています（つまり、雪童子と子供だけが「二相系の人物」ということです）。このことは、明らかに作者の意図的なものであることを示しています。**作者がこの二者（雪童子と子供）にスポットをあてているといえます。**いわば、この両者が**対応する人物**であり、かつ**中心的人物**である（もちろん、対象人物でもある）ということです。作者が懇切にも、「表記の二相」をとることで、この二人を矛盾を孕む存在として特に目を向けるよう読者に示唆しているのです。なお、この二人が二相系の人物であることは、雪童子の持つ「ムチ」の、〈革鞭〉〈革むち〉〈鞭〉という表記の「ゆらぎ」に見られます。また子供の「ケット」も〈赤い毛布〉〈赤毛布〉〈毛布〉〈けっと〉と表記と呼称が「ゆらぎ」ます。

作中、最も劇的な場面を引用してみましょう（傍線は筆者）。

「ひゆう、ひゆう、なまけちや承知しないよ。降らすんだよ、降らすんだよ。さあ、ひゆう。今日は水仙月の四日だよ。ひゆう、ひゆう、ひゆう、ひゆうひゆう。」
そんなはげしい風や雪の声の間からすきとほるやうな泣声がちらつとまた〔聞〕えてきました。雪童子

はまつすぐにそつちへかけて行きました。雪婆んごのふりみだした髪が、その顔に気みわるくさわりました。峠の雪の中に、赤い毛布をかぶつたさつきの子が、風にかこまれて、もう足を雪から抜けなくなつてよろよろ倒れ、雪に手をついて、起きあがらうとして泣いてゐたのです。

「毛布をかぶつて、うつ向けになつておいで。毛布をかぶつて、うつむけになつておいで。ひゆう。」雪童子は走りながら叫びました。けれどもそれは子どもにはただ風の声ときこえ、そのかたちは眼に見えなかつたのです。

「うつむけに倒れておいで。ひゆう。動いちやいけない。ぢきやむからけつとをかぶつて倒れておいで。」雪わらすはかけ戻りながら又叫びました。子どもはやつぱり起きあがらうとしてもがいてゐました。

「倒れておいで、ひゆう、だまつてうつむけに倒れておいで。今日はそんなに寒くないんだから凍やしない。」

雪童子は、も一ど走り抜けながら叫びました。子どもは口をびくびくまげて泣きながらまた起きあがらうとしました。

「倒れてゐるんだよ。だめだねえ。」雪童子は向ふからわざとひどくつきあたつて子どもを倒しました。

「ひゆう、もつとしつかりやつておくれ、なまけちやいけない。さあ、ひゆう」

雪婆んごがやつてきました。その裂けたやうに紫な口も尖つた歯もぼんやり見えました。

「おや、おかしな子がゐるね、さうさう、こつちへとつておしまひ。水仙月の四日だもの、一人や二人とつたつていゝんだよ。」

「えゝ、さうです。さあ、死んでしまへ。」雪童子はわざとひどくぶつつかりながらまたそつと云ひました。

「倒れてゐるんだよ。動いちやいけない。動いちやいけないつたら。」

狼どもが気ちがひのやうにかけめぐり、黒い足は雪雲の間からちらちらしました。

「さうさう、それでいゝよ。さあ、降らしておくれ。なまけちや承知しないよ〔。〕ひゆうひゆうひゆうひゆう、ひゆひゆう。」雪婆んごは、また向ふへ飛んで行きました。

子供はまた起きあがらうとしました。雪童子は笑ひながら、も一度ひどくつきあたりました。もうそのころは、ぼんやり暗くなつて、まだ三時にもならないに、日が暮れるやうに思はれたのです。こどもは力もつきて、もう起きあがらうとしませんでした。雪童子は笑ひながら、手をのばして、その赤い毛布を上からすつかりかけてやりました。

「さうして睡つておいで。布団をたくさんかけてあげるから。さうすれば凍えないんだよ。あしたの朝までカリメラの夢を見ておいで。」

雪わらすは同じとこを何べんもかけて、雪をたくさんこどもの上にかぶせました。まもなく赤い毛布も見えなくなり、あたりの高さも同じになつてしまひました。


ごらんの通り、〈子供〉と〈こども〉〈子ども〉、〈雪童子〉と〈雪わらす〉が、表記の二相となっています。つまり、この両者が「二相系の人物」として設定されていることは明らかです（他の人物、〈雪婆んご〉〈雪狼〉は、表記が一定している）。

## 「雪・氷」の二相

雪というものは、激しく吹きつけると人体の体温を奪い、果ては人を凍死に追いやります。しかし、雪や氷というものは、熱の伝導を阻む、いわばすぐれた「断熱材」とも考えられています。たとえば、北極圏のイヌイットを例にとれば、彼らは氷の家に住んでいます。断熱材としての氷が人間の体温を外に逃がさないのです。氷の家の中にいると、汗ばむほどであるといわれます。我が国でも東北地方では子供達が、正月の行事として、雪の家「かまくら」を作って遊ぶ習わしがあります。雪を固めてこしらえた「かまくら」の中は、熱を外に逃がさないために温かいのです。

冬山の遭難で、いたずらに吹雪の中をさまようことは凍死を招くと堅く戒められています。雪の洞を作り、赤い布などを棒にさして目印とし、そこに籠もって救助の手を待つのが賢明とされています。

## 矛盾する行為・劇的行為

雪童子が子供を激しく吹き倒します。それは雪婆んごの厳命に従う行為ではあります。しかし、その意地悪くにも見える激しさ、厳しさは、じつは、子供の命を守ってやるための優しさ・慈悲の行為であるのです。雪童子の厳しさという姿（相）は、そのまま裏返せば、思いやり・やさしさということの現れ（相）なのです。雪童子の一つの行為の、厳しさとやさしさという相反する二つの相ということになります（たとえば不動明王という仏の、火焔に包まれ、破邪の剣をかざした憤怒の相は、じつは、衆生済度の慈悲の相であるのです。また賢治にとって、修羅も、二相の存在といえましょう）。

他方、子供の、立ち上がって歩きだそうとする行為は、助かりたいための姿・行為（相）でもありますが、裏返すと、自らを死に追いやる姿・行為（相）でもあるといえましょう。これも一つのものの相反する二つの相ということです。

これらの相反する行為は、言葉を換えて表現すれば「矛盾する行為」といえましょう。さらにいうならば、この場合「劇的行為」といってもいいでしょう。

**相補的認識・表現**

このように、**「〇〇でもあり、××でもある」という相反するとらえ方が両立する見方・考え方のことを、「相補的認識・表現」**といいます。一九二〇年代、「光は波動であるか、粒子であるか」という当時世界中の物理学者が真っ二つに割れて論争していた難問に対して、この原理を主張したコペンハーゲン大学のニールス・ボーアは、この両者がともに両立することを強調しました（ちなみにアインシュタインは光電子現象により光の粒子説を証明、ノーベル賞を受賞しました）。まさに賢治の世界は、相補的原理を具現した文芸世界といえましょう。つまり、相補的世界観とは、現代の量子論をささえる先進的な世界観であり、しかも、じつは、もっともふるい大乗仏教の世界観（依正不二）でもあるのです。しかし、いまだに二元論的世界観からぬけだせぬ論者たちは、二分法の論理に拠って二者択一的にしか考えないため、雪童子と子供を前述のように、**二相系の人物**として見ようとしないのです（なお、雪童子と子供は、**対応する形象・対応する人物**といいます）。

雪童子は、子供に向かって、地面に伏しているように叫びますが、〈子どもにはただ風の声ときこえ、そのかたちは眼に見えなかったのです〉。つまり子供は、自然の声を聞き分ける耳を持たないのです。そのために、まかりまちがえば、自らを死に追いやることになりかねない行動を、それと知らずにとっているのです。いくら吹き倒されても、立ち上がって歩きだそうともがきます。この必死に生きようとする行為は、しかし、逆に、自分自身を凍死に追いやる矛盾した行為でもあるのです。このような子供の行為は、まさに**矛盾をはらんだ「二相ゆらぎ」の行為**といえましょう。

子供の姿は、自然の声に耳傾けぬ人間の姿を象徴するものといえましょう。

## やどりぎ・カリメラ・電気菓子の意味するもの

〈やどりぎ〉のことが出てきますが、宿り木というものは、その蔓はなかなかちぎれないものです。それを吹きちぎるほどの突風が一瞬、吹くということは、じつは、**大雪嵐を知らせる前兆**ではないでしょうか。いわば、自然自身が、自分自身を「語って」いるのです。ただ経験の浅い子供には、それがわからないだけです。遭難というものは、冬山というものに対する認識不足、自然を甘く見ることから惹き起こされるものであるといわれます。

なお、〈カリメラ〉とか〈電気菓子〉というものが出てきますが、これらはいずれも**二相系（液相と固相）**のものです。じつは、さりげない形で、作者は、この作品が二相系の世界であることを、じつは**ほのめかして（暗示して）**いるのです（ちなみに、詩「永訣の朝」のなかで、〈霙〉を作者は「雨と雪の二相系」と表現しています。また同様、〈アイスクリーム〉も二相系のものです）。

「どんぐりと山猫」でも「水仙月の四日」でも、スポットを当てた対象の表記が「二相ゆらぎ」となっていますが、話者（語り手）は、いずれの場合も、区別することなく語っているのです。しかし作者はそれを書くときに、わざと表記を漢字と平仮名とに振り分けて書いているのです。そこには紛れもなく作者の隠された意図があるといえましょう。つまり作者は、そんな形で、読者に対して注意を促しているのです。これらの人物を二相系の存在としてとらえなさいと**「示唆」**しているのです。ただ多くの読者が表記の二相に気づかずに読み飛ばしたり、たとえ気づいても、その意味するところを捉えようとせず、あるいは捉えきれずにいるだけなのです（まるでそれは、自然・雪童子が語りかける言葉を理解しようとしない子供とかわりません）。

もちろん、賢治の信奉する法華経の世界観（諸法実相）を知る読者なら「二相ゆらぎ」の意味がよくわかるはずです。

## 台風の「順違二面」

賢治は盛岡高等農林学校を優秀な成績で卒業しました。農学校の教師として、気象学についても教えていました。盛岡や水沢、宮古の測候所（現在の気象台）をも、たびたび訪れていたといいます。詩「月天子」に〈盛岡測候所の私の友達は〉とかでてきます。賢治は水沢測候所とは縁が深く、そこで得た経験が、いくつかの童話にも生かされています。

賢治の気象に対する認識は、きわめて深く、たとえば台風のような自然の猛威をふるう姿に対しても、賢治は〈順違二面〉（「狼森と笊森、盗森」の作者注）あることを認識し、童話『風野又三郎』の中でじつに的確に表現しています（〈順違二面〉とは、自然が人間に順う、自然が人間に違う、という意味です）。

私も、台風に関する文献を十数冊、目を通してみましたが、どの本の著者（気象学者）も、台風のもたらす甚大な風水害について具体的に数字を挙げて縷々述べています。確かにその通りなのですが、反面、台風は水資源として（生活用水として、また農業・工業用水として）、私たちの生活にとって不可欠な膨大な水を恵んでくれるものでもあるのです。台風の少ない年、日本は水不足で、大騒ぎします。もし台風が南方の海洋から水を運んでくれないとすれば、火山列島といわれる日本列島は、たちまち「沙漠」となっていたことでしょう。

なぜなら、世界地図を一覧すれば判然としますが、日本列島が位置する緯度（二〇〜四〇度）付近は、沙漠地帯が多いのです。沙漠といえば、赤道直下に多いと考えられがちですが、じつは、赤道付近はむしろ、熱帯雨林といわれる雨量の多い地帯なのです。

なぜそうなるのか、かいつまんで説明しておきましょう。

熱帯地方の海洋では、熱せられた海面から水蒸気が盛んに蒸発します。しかし上昇するにつれて気圧が低下することで断熱膨張し、急速に冷却され、含まれた水蒸気は大量の雨となってどっと降り注ぎます。この多量の雨により、赤道直下には、いわゆる熱帯雨林が形成されます。ところが水分を失って乾燥しきった大気は、やがて緯度二〇度から四〇度付近で下降してきて、地上をからからに乾しあげ、いたるところを沙漠化してしまうのです。かくて北半球も南半球も中緯度付近には広範な沙漠地帯が形成されます。アフリカでも赤道付近には森林地帯がありますが、他は広漠たるサハラ沙漠などです。有名なアジアのゴビ沙漠などもこのようにして形成されたのです。火山列島である日本列島もこれらの砂漠と同じ中緯度にありますから、本来ならば、不毛の沙漠になるはずですが、幸い、モンスーン地帯のため、梅雨と、たびたびの台風のおかげで、風水害のマイナスと引き替えに、「山紫水明」の地となっているのです。私たち日本人は、台風に対して、一方的に悪者扱いする前に、一応は「感謝」すべきかもしれません。

ところが、以上のことについて、具体的に解説した気象学の専門書は、私が読んだ二十数冊のうち、唯一冊でした（大西晴夫『台風の科学』ＮＨＫブックス）。これは、認識論、いや世界観の問題です。いまだに二元論的な世界観の影響下にある日本の科学界の傾向の一つといえましょう。

ここで考えるべきことは、物事はすべて一面的にのみ見てはならないということです。〈もの・こと〉

には、反面、裏面というものがあります。そのことを賢治は〈順違二面〉と呼んでいます。賢治の『風野又三郎』は、台風というものの、まさに〈順違二面〉、「二相」をみごとに形象化したものです（童話「水仙月の四日」も、具体的に気象というものの「二相」〈順違二面〉を見事な文芸的形象として造形したものといえましょう）。

『風野又三郎』で、台風を否定的に見る村童達に対して又三郎が説得します。

・お前たちはまるで勝手だねえ、僕たちがちっとばかしいたずらすることは大業に悪口云っていいとこはちっとも見ないんだ。

・僕たちのやるいたずらで一番ひどいことは日本ならば稲を倒すことだよ。……けれどもいまはもう農業も進んでお前たちの家の近くなどでは二百十日のころになど花の咲いている稲なんか一本もないだろう。

・それに林の樹が倒れるなんかそれは林の持ち主が悪いんだよ。林を伐るときはね、よく一年中の強い風向を考えてその風下の方からだんだん伐って行くんだよ。

・僕だっていたずらはするけれど、いいことはもっと沢山するんだよ……稲の花粉だってやっぱり僕らがはこぶんだよ。それから僕らが通ると草木はみんな丈夫になるよ。悪い空気も持って行っていい空気も運んで来る。

親や教師が子供を見るときに、「二相」のうちのいずれか一面（相）のみを、その子の本質としてとらえがちです。教師の居るときの面（相）と居ないときの面（相）とあるのです。また学校で見せる面

（相）と家庭で見せる面（相）が、必ずしも同一とはいえません。人間には相反する反面、裏面もあるということ、物事には反面、裏面があるということを、これらの童話から教訓として学びとる必要があります。

**大雪嵐に到る気象の推移（その的確な描写）**

筋の展開に沿って、次第に気象条件が推移するさまを順次、抜き書きしてみましょう。（　）内は筆者の注。

・雪婆んごは、遠くへ出かけて居りました。……（中略）……雪婆んごは、西の山脈の、ちぢれたぎらぎらの雲を越えて、遠くへでかけてゐたのです。（シベリヤ寒気団は、まだ西方遙かにあり、現地の気象は平穏そのものです。）

・お日さまは、空のずうつと遠くのすきとほつたつめたいとこで、まばゆい白い火を、どしどしお焚きなさいます。

・一疋の雪狼は、……（中略）……いきなり木にはねあがつて、その赤い実のついた小さな枝を、がちがち噛ぢりました。……（中略）……枝はたうたう青い皮と、黄いろの心とをちぎられて、いまのぼつてきたばかりの雪童子の足もとに落ちました。（突然の突風です。大雪嵐の、いわば前兆ともいえましょう。）

・（しかし、情景はいたって平穏そのものです。）雪童子は……（中略）……美しい町をはるかにながめました。川がきらきら光つて、停車場からは白い煙もあがつてゐました。

・すると、雪もなく研きあげられたやうな群青の空から、まつ白な雪が、さぎの毛のやうに、いちめんに落ちてきました。……（中略）……しづかな奇麗な日曜日を、一さう美しくしたのです。
・そして西北の方からは、少し風が吹いてきました。
・もうよほど、そらも冷たくなつてきたのです。東の遠くの海の方では、空の仕掛けを外したやうな、ちいさなカタツといふ音が聞え、いつかまつしろな鏡に変つてしまつたお日さまの面を、な〔にか〕ちいさなものがどんどんよこ切つて行くやうです。（雲行きが怪しくなってきました。）
・風はだんだん強くなり、足もとの雪は、さらさらさらさらうしろへ流れ、間もなく向ふの山脈の頂に、ぱつと白いけむりのやうなものが立つたとおもふと、もう西の方は、すつかり灰いろに暗くなりました。
・雪童子の眼は、鋭く燃えるやうに光りました。そらはすつかり白くなり、風はまるで引き裂くやう、早くも乾いたこまかな雪がやつて来ました。そこらはまるで灰いろの雪でいつぱいです。雪だか雲だかもわからないのです。

（後略）

この後、激しく狂ったように吹きあれる猛吹雪のリアルな描写と相まって、雪婆んごと雪童子、子供の三つ巴の劇的葛藤が展開します。

全編を通して風と雪の吹き荒れる描写と、間もなく何事も無かったように静まりかえる天地の気配の描写に、老気象技官は、観察・描写の正確さ、繊細さに「ほう、ほう！」と感嘆の声を漏らしておられました。

佐藤隆房氏の著書『宮沢賢治―素顔のわが友―』に興味深い記載があります。

賢治さんは、農学校の教師時代に、五人ばかりの生徒を連れて、盛岡の測候所を見学したことがあります。その後もたびたび出かけました。

賢治さんは、はじめは整った服装で測候所に行きましたが、農民生活に入った桜の時代には古ぼけた背広、鳥打帽子にゴム靴という粗末なかっこうで出かけるようになりました。

昭和元年には、気候不順による不作の苦杯をなめたため、昭和二年にはしばしば気象の調査に測候所に行きました。（八九「測候所」一九一頁）

童話「水仙月の四日」は、科学者でもあり、詩人でもあり、法華経の信奉者でもある賢治の本領の見事な結実といえましょう。

賢治の詩集『春と修羅』を読み驚愕した詩人草野心平が自分の編集している詩雑誌『銅鑼』の同人になるよう賢治に依頼の手紙を出したとき、賢治は「承知」の返事と原稿を送り、それに次のような言葉が特徴のある文字で書かれていたといいます。

「わたくしは詩人としては自信がありませんが、一個のサイエンテイストとしては認めていただきたいと思います。」

科学者としての自負が窺われます。

また、賢治自身が書き残している詩句があります（小岩井農場　パート九）。

明確に物理学の法則にしたがふ
これら実在の現象のなかから
あたらしくまたやりなほせ

科学者でもある賢治は、〈物理学の法則〉と法華経の教義とを重ねて、これらの作品を書き上げたであろうことが窺われます。賢治は『風野又三郎』について、教え子に「この童話は一つの気象学なのだよ」と説明していたそうです。

## 「水仙月の四日」とは?

題名ともなっている「水仙月の四日」が如何なる月の如何なる日なのか、研究者の間でも論議が錯綜しています。東北地方での水仙の開花時期との関係をふまえ四月四日とする恩田逸夫氏の「説」があります。もっとも東北地方で四月のこの頃水仙は咲かないという反論もあります。歳時記などには春の荒天として四月初めの七日を「寒のもどり日」としていますが、全国的に低気圧がもたらす荒れ模様の天気と関連づける説もあります。また、現実界の暦の上に求めることに異論を唱える方もあります。その他、あれやこれやの「謎解き」がなされるなど、諸説紛々として、定かでありません。

それぞれ一理あるように思われます。しかし私は、作品外に論拠を求める前にまずは、作品内に論拠を求めるべきであろうと考えます。

まず、この一語は、雪婆んごという人物の科白の中にしか出てこないことを押さえておくべきです。話者〈語り手〉の語りにも、また他の人物の科白(話)にも出てきません〈雪婆んご〉は話主・話し手であって、話者・語り手ではありません。要注意)。

〈水仙月〉というのは、いわば「雪婆んご達の言語」とでもいいましょうか。人間の言葉ではないということです。〈水仙月の四日〉という特定の日は、雪童子達には、それが何を意味しているか先刻承知のものといえましょう。私たち人間には、いわば外国語のようなものです。しかし、この言葉が雪婆んごによって話される文脈、状況を押さえれば、この言葉が何を意味するか了解できるはずのものと考えます〈さあしつかりやつてお呉れ。今日はここらは水仙月の四日だよ。さあしつかりさ。ひゆう〉〈おや、おかしな子がゐるね。さうさう、こつちへとつておしまひ。水仙月の四日だもの、一人や二人とつたつていゝんだよ〉)。

つまり、作中に具体的に描写されたような、先に私が物語の展開に沿って引用したような、大雪嵐の吹きまくる日であり、そのため不慮の遭難者が出て死者の一人や二人は出るかも知れない、まさにそのような日である、といえましょう。じつに具体的に作者が筆をついやして描写・叙述してくれていることを読み取るだけで十分です。この場合、作品をはなれて、作品外に「論拠」をさぐることは、いかがなものでしょうか。

賢治の作品には、時にこの種の「意味不明の言葉」が出てきて読者を煙に巻きます。たとえば、あとで詳しく触れますが、「やまなし」の中に出てくる蟹の言葉〈クラムボン〉〈イサド〉など、意味不明の蟹語が出てきます。しかし、賢治が拠って立つところの仏教哲学をふまえるならば、これらのことばは、仏教哲学にいうところの「仮名《けみょう》」と呼ばれる類のものであると考えられます。この仮名については、このあと「やまなし」について詳しく論ずるところで、改めて問題にしてみたいと考えています。

**〈空〉〈まつ青なそら〉〈群青の空〉〈桔梗いろの空〉〈そら〉、〈野原〉〈のはら〉**

最後になりましたが、この童話においても、〈空〉と〈そら〉の「表記の二相」があります。これも「どんぐりと山猫」同様、「現幻二相」の世界であることを示唆するものです。

また〈野原〉〈のはら〉という「表記の二相」も、「空」の「二相」と相俟って、天地を象徴するものとして、この世界が「現幻二相」の世界であることを示唆しているのです。なお、〈日光〉〈お日様〉という「二相」も、同様の理由によるものです。これは、「現幻二相の世界」には必ず出てくる問題です。後ほど詳しく解明したいと思います。

# 13　「鹿踊りのはじまり」

『童話集』大正十三年

**話者と話主と視点人物**

冒頭の一節に、〈わたくしが疲れてそこに睡りますと、ざあざあ吹いてゐた風が、だんだん人のことばにきこえ、やがてそれは、いま北上の山の方や、野原に行はれてゐた鹿踊《しおど》りの、ほんたうの精神を語りました〉とあり、結末の場面に、〈わたくしはこのはなしをすきとほつた秋の風から聞いたのです〉とあります。

この語りを受けて、〈風〉を語り手・話者ととる論者がありますが、それは誤りです。〈わたくし〉という話者（語り手）が、〈風〉という話主（話し手）の「はなし」をもとに語った「物語」です。**話者と話**

**主の違いと関係**を明らかにすべきです（多くの論者にこのことでの混乱が見られます）。ちなみに、賢治の童話には、この形式のものが、いくつか見られますので注意が必要です。

話者は、嘉十という人物の目から見た鹿の群れの様子を語ります（ちなみに〈嘉十〉という名は、「仏の十力を嘉《よ》みす」という意味であろうと考えます）。

ここでの嘉十にとっての鹿は、まるで人間同様の存在です。したがって読者にとっては対象事物の〈鹿〉が、嘉十にとっては対象人物としての〈鹿〉ということになります。

つまり、〈鹿〉は、「しか」（動物）であると同時に、「しし」（人物）でもあるという「二相系の存在」として読みをすすめることになりましょう。

**（注）** 角川文庫の童話集『注文の多い料理店』には、以下の編集部の注記があります。「本書は、著作権継承者の了解を得て、現代表記法により、原文を新字・新かなづかいにしたほか、漢字の一部をひらがなに改めた。」

角川文庫版では、すべての〈鹿〉に「しか」とルビがふってあります。

賢治の作品の場合、これまで述べてきたとおり、「表記の二相」という観点から、表記については原典通りにすべきであると考えます。

本書では、筑摩書房版『新・全集』に基づいて論述することにします。

『新・全集』では、冒頭において一カ所だけに〈しゝ〉とルビを振ってありますが、その後は結末まで〈しか〉とルビが振られています。

## 自他一如の世界

作者は『童話集』の序文に次のように述べています。

ほんとうにもう、どうしてもこんなことがあるようでしかたないということを、わたくしはそのとおり書いたまでです。

〈わたくし〉という作者の目からは、世界は、どうしても、このようにしか見えないのです。「相」とは、特定の視点との相関関係において成立するものであるのです（ここでは嘉十の視角との相関ということになります）。

現実が、「裏返す」と、そのまま非現実となる世界です。一つの世界が現実と非現実の「表裏」二相をとっているのです。賢治のファンタジーとは、そのような世界です。〈嘉十はもうほんたうに夢のやうにそれに見とれてゐたのです〉とあります。まさに「夢現一如」といっていい世界です。人と鹿がひとつのものの表裏のようなものとしてあることを、嘉十は〈じぶんまでが鹿のやうな気がして〉と感じています。「自他が一如の世界」です。

鹿のそれぞれが、極めて個性的に語られています。それぞれは大まじめに行動しているのです。しかし読者の目からは、おのずからなるユーモアとして感じられます。それぞれの鹿を**「差別相」**において捉えると同時に、すべての鹿を**「平等相」**においても捉えるという「二相」において認識したいと思います。

## 鹿《しか》でもあり、鹿《しし》でもある

鹿の習性として群れをなしていますが、得体のしれないものが有ると、興味を持って近づこうとします。生物にとって未知の物は、安全な物か、危険な物か、あるいは食べられるものか、食べられないものか、が関心の有りようです、その生物としての鹿の姿がそのまま、人間のグループのある種の集団行動として見えてくる、とでもいいましょうか。いわば現実と非現実の表裏一体となった世界です（それをファンタジーという）。鹿の世界がそのまま嘉十とおなじ人間の世界となる。いわば「二重写し」の世界です。〈鹿《しか》〉でもあり〈鹿《しし》〉でもある世界です。まさに相補的世界ということです。

## 手拭百態

嘉十の落とした〈白い手拭〉は、読者にとっては只の手拭に過ぎません。したがって、表記は一貫して〈手拭〉となっています。しかし手拭という物を初めて見た鹿達にとっては、〈生きもの〉に見えるらしいのです。それも得体の知れぬ怪しげな物として見えるのです。おっかなびっくりで、こわごわ近づいて正体を見極めようとする鹿達の様子が何ともユーモラスです。

仏教哲学に **「一水四見」** と有ります。一つの水でも四人の者が見れば四通りに認識されるということです。認識・表現は主観と客観の相関であるということです。同じ一つの手拭が、まさに鹿達にとっては「手拭百態」としてあります。手拭というものの「差別相」がじつに興味深い形で表現されています。

## 栃の団子・栃のだんご

この分析・解釈は読者にゆだね、次へ進みます。

**「現幻二相」の〈はんの木〉と〈はんのき〉、〈野原の黒土の底〉〈のはら〉**

さらに〈はんのき〉に着目してください。

（はじめの場面）

・太陽はもうよほど西に外れて、十本ばかりの青いはんのきの木立の上に、少し青ざめてぎらぎら光つてかかりました。……（中略）……嘉十はだんごをたべながら、すすきの中から黒くまつすぐに立つてゐる、はんのきの幹をじつにりつぱだとおもひました。

・あのはんのきの黒い木立がぢき近くに見えてゐて、

・太陽が、〔ち〕やうど一本のはんのきの頂にかかつてゐましたので、その梢はあやしく青くひかり、まるで鹿の群を見おろしてぢつと立つてゐる青いいきもの〔の〕やうにおもはれました。

・（嘉十は自分までが鹿のような気がしてきます）太陽はこのとき、ちやうどはんのきの梢の中ほどにかかつて、少し黄いろにかゞやいて居りました。

（鹿達のうた）

「はんの木《ぎ》の……」

「はんの木《ぎ》の……」

（最後の場面）

・北から冷たい風が来て、ひゆうと鳴り、はんの木《き》はほんたうに砕けた鉄の鏡のやうにかゞやき、かち

　　んかちんと葉と葉がすれあつて音をたてたやうにさへおもはれ、

鹿の科白の中ではすべて〈はんの木《ぎ》〉となっていますが、話者の語る地の文では、はじめのうちは〈はんのき〉とあり、最後の場面で、〈はんの木《き》はほんたうに砕けた鉄の鏡のやうにかゞやき〉とあるように、ここだけが、〈はんの木《き》〉となっています。

表記の上で、〈はんのき〉と〈はんの木〉と「二相」となっています。もちろん、これは「どんぐりと山猫」のところで具体的に解明したとおり、この世界が、現実的な場面と非現実的な場面との交錯する「現幻二相」のイメージを示唆したものと考えるべきでしょう。夕日をあびて、〈その梢はあやしく青くひかり、まるで鹿の群を見おろしてぢつと立つてゐる青いいきもの〔の〕やうにおもはれました〉とあります。まさに〈はんのき〉は、「現幻二相の存在」なのです。

なお〈野原〉〈のはら〉という「表記の二相」と〈野原の黒土の底〉という独特な表現があります。また鹿の歌の文句に〈すすぎ（薄）の底〉とあります。〈野原〉〈のはら〉は、これまで、いくつかの作品で説明してきたとおり、この世界が「現幻二相」の世界であることを示唆しています。〈……の底〉については、「インドラの網」のところで詳しく説明するつもりですが、結論だけ述べれば、この世界が地上であるとともに〈気圏の底〉でもあるという賢治独自の世界観に基づくものです（詳細は「インドラの網」と「永訣の朝」参照）。

### 〈わたくしのおはなしは、みんな……〉

結末の場面に、〈わたくしはこのはなしをすきとほつた秋の風から聞いたのです〉とあります。これは童話集の「序」の次のことばと関連しています。

これらのわたくしのおはなしは、みんな林や野はらや鉄道線路やらで、虹や月あかりからもらってきたのです。

どうしてもこんなことがあるやうでしかたないといふことを、わたくしはそのとほり書いたまでです。

賢治は、「法華経」の説く「諸法実相」とは、あらゆる存在（諸法）がそのまま真実の姿（実相）をあらわしていると考えていました。この考え方は、古くは、北宋の有名な詩人蘇東坡が賦した詩にも見られます。

渓声便是広長舌　　谷川の音はそのまま仏の説法
山色無非清浄身　　山の色はすべて仏の清浄身

蘇東坡は、山や川のような情意をもたない自然界が説法するという「無情説法」について、その前日、師より教えを受けていたのです。だからこそ、谷川の音が仏の説法として聞こえ、山の姿がそのまま仏身に見えたのでしょう。

詩人北原白秋も八連よりなる長編詩「落葉松」の終連において、

世の中よ、あはれなりけり。
常なけどうれしかりけり。
山川に山がわの音。
からまつにからまつの風。

と歌いました。「山がわの音」も「からまつの風」も、すべて、仏の声である、というのです。「法華経」は、「観世音菩薩門品」のなかで「梵音海潮音」と述べています。この世にはすばらしい音声、妙なる調べが充ち満ちている、それを聴きとる耳を持たねばならないというのです。

道元禅師も「正法眼蔵」のなかの「渓声山色」の章の題名を、あの蘇東坡の詩から取っているのです。山も川も、日夜、法を説いている。ただ私たちが、それを聞く耳を持たないだけであるというのです。賢治は、そして、その主人公嘉十は、自然（風・鹿）の声を聴き取ることの出来る人であったということです（ちなみに、先に取り上げた「水仙月の四日」の子供は、自然の声を聞けない子供でありました）。

次に、これまでの「表記の二相」や「呼称の二相」とは違う別種の「二相」が問題となる「山男の四月」を取り上げましょう。

## 14

# 「山男の四月」

『童話集』所収　初稿の執筆は大正十一・四・七
なお、若干の欠落を含む初期形草稿が現存する

大正十三年童話集の近刊予告にあたって表題作として記されているところを見ると、作者の自信作と思われます。しかし賢治研究者の評価は、あまり高くはないようです。ここでは作品評価の問題はさておき、本書のテーマである「二相」という観点で究明していきたいと思います。

**すべては夢であった**

冒頭の場面を引用します。（……）は、筆者による省略（傍線は筆者）。

山男は、金いろの眼を皿のやうにし、せなかをかがめて、にしね山のひのき林のなかを、兎をねらつてあるいてゐました。

ところが、兎はとれないで、山鳥がとれたのです。

それは山鳥が、びつくりして飛びあがるところへ、山男が両手をちぢめて、鉄砲だまのやうにからだを投げつけたものですから、山鳥ははんぶん潰れてしまひました。

山男は顔をまつ赤にし、大きな口をにやにやまげてよろこんで、そのぐつたり首を垂れた山鳥を、ぶらぶら振りまはしながら森から出てきました。

そして日あたりのいゝ南向きのかれ芝の上に、いきなり獲物を投げだして、ばさばさの赤い髪毛を指でかきまはしながら、肩を円くしてごろりと寝ころびました。

どこかで小鳥もチツチツと啼き、かれ草のところどころに……

山男は仰向けになつて、碧いああをい空をながめました。……

山男がこんなことをぼんやり考へて……なんだかむやみに足とあたまが軽くなつて、逆さまに空気のなかにうかぶやうな、へんな気もちになりました。……どこといふあてもなく、ふらふらあるいてゐたのです。……化けないとなぐり殺される。……どうやら一人まへの木樵のかたちに化けました。……まだどうも頭があんまり軽くて、からだのつりあひがよくないとおもひながら、のそのそ町にはいりました。

山男は、どこという当てもなく、ふらふらと歩き出します。いつか町中にやってき、そこで怪しい支那人に出会います。それは人間を騙して六神丸にしてしまう男で、山男は、詐術に乗せられ六神丸の箱にされてしまいます――そこには、同じような運命で丸薬にされた者どもが居て、元の人間に戻ることの出来る丸薬を教えてくれます。最後に山男は、支那人の手から逃れて、そこで現実に戻ります。すべては夢であったのです。その最後の場面を引用します。

**結末の場面**

「助けてくれ、わあ、」と山男が叫びました。そして眼をひらきました。みんな夢だつたのです。

雲はひかつてそらをかけ、かれ草はかんばしくあたたかです。

山男はしばらくぼんやりして、投げ出してある山鳥のきらきらする羽をみたり、六神丸の紙箱を水につけてもむことなどを考へてゐましたがいきなり大きなあくびをひとつして言ひました。
「え丶、畜生、夢のなかのこつた。陳も六神丸もどうにでもなれ。」
それからあくびをもひとつしました。

### 夢と日常

通常、夢というものは、日常・現実に対して、何の意味もない、ただの「妄想」に過ぎないと考えられています。意味がないからこそ、「夢占い」ということが流行するのであろうと思われます。

しかし、文芸作品における夢の場面は、たとえ当の人物にとっては意味がないと思われる場合でも、すべて、作者により何らかの意味づけがなされているはずのもの、ということが出来ます。ということは、夢もまた人物にとっては、日常と同等の意味と価値を持つ人生の一部であるといわざるを得ません。

この童話の構造を分図にしますと上のようになりましょう。

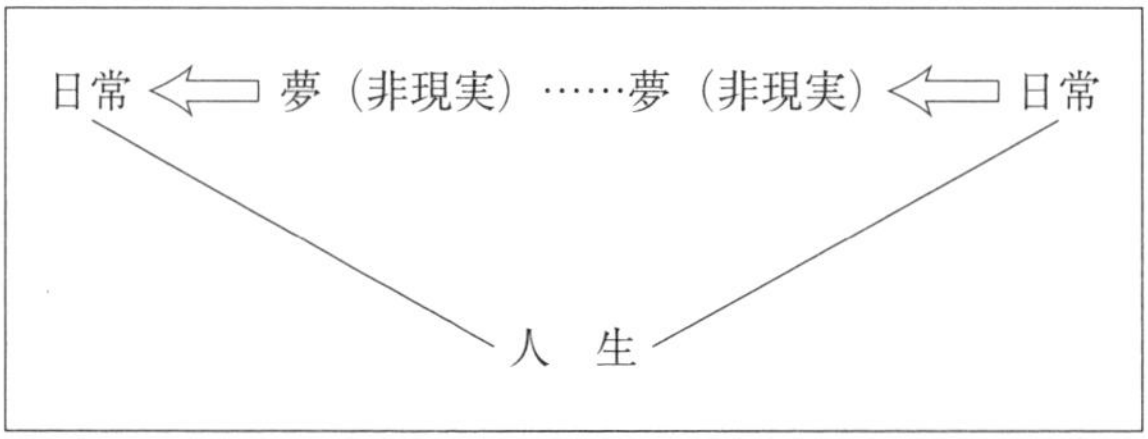


山男にとって、彼の見たあの長い悪夢も、実は彼の人生にとって抜きさしならぬその一部であるはずです。しかし、山男は、〈夢〉に見たことは、単なる〈夢〉に過ぎないとしてすべて切り捨ててしまいます。

……いきなり大きなあくびをひとつして言ひました。

「え丶、畜生、夢のなかのこつた。陳も六神丸もどうにでもなれ。」
それからあくびをもひとつしました。

〈夢〉の中の体験といえども、すべては彼の人生の一部であるはずです。いや、そのように捉えなおしたとき、それを無下に投げ捨ててしまえるものでしょうか。彼が〈夢〉で体験した理不尽な、なんの必然性もない「死」を、不条理な「死」を、無かったこととして、切り捨てていいものでしょうか。

問題は、たとえ夢の中のことであれ、夢の意味するものが、彼の人生にとって、何であるか、ということです。いや、彼にとってというより、読者である「私」にとって如何なる意味を持つかということです。たとえば、私たちは、お芝居を見たり、映画を見たりします。また小説や物語を読みます。芝居を見終わって、また小説を読み終わって、あれはただの絵空事、自分の人生に何の関係もないと切り捨ててしまう人もあるでしょう。しかし、たとえ虚構の世界であっても、そこに自分自身にとっての意味を見出すならば、それは自分の人生の意味ある価値ある一部となるでしょう。読書体験を，観劇体験を、また夢の体験を、虚構のものとして、いかに意味づけ価値づけるか、そこが問われているのです。

山男は、一羽の山鳥をじつに無造作に扱いました。ひとつの生命にたいするこのぞんざいな扱いは、じつは山男自身が受けた体験でもあったのです。山男にとって殺されなければならない理由は何もありません。まさにそれは「理不尽な死」、「不条理の死」です。にもかかわらず山男は、その「体験」を単なる〈夢〉として、無造作に切捨て、そこから何の意味も引き出すことをしませんでした。自分がしたことと自分がされたこととを重ねあわせてみれば、〈夢〉を〈どうにでもなれ〉と切り捨てることは、できなかったはずです。

一般に、夢は「夢に過ぎない」として看過されてきました。しかし文芸作品や演劇・映画の世界、つまり虚構の世界において、夢は現実と「同格」であり、「等価」です。光が生みだす「もの」の相も「かげ」の相も文芸作品（虚構世界）においては等価です。つまり作者によって意味づけられているのです。しかし、現実の世界においても、夢の出来事が、意味において、日常と「等価」と考えられているばあいがあります。たとえば栂尾《とがのお》の明恵上人における「夢日記」も、島尾敏雄の「夢の中での日常」における「夢と日常」も、いずれも夢が日常、現実と「等価」と考えられています。

しかし、虚構の世界を離れて、現実の世界にあっても、私は、日常も、夢も、等しく自分の人生であると考えます。ひとつのもの（人生）の相反する二つの相（日常の相と非日常・夢の相）といえましょう。

すでにその理《ことわ》りを、道元禅師は、次のように説いています。

これは譬喩ではない。夢のなかのできごとも、眼ざめているときのできごとも、ともに真実（実相）である。目ざめている世界にも、発心・修行・菩提・涅槃があり、夢の世界にも、発心・修行・菩提・涅槃がある。夢も覚醒も真実である。どちらが本物、どちらが上等、ということがない。（『正法眼蔵』）

夢は夢なりに、覚醒（現実）は覚醒なりにそれぞれ真実である、と断言します。覚醒を夢と同等視することは、覚醒を儚いものとすることではありません。覚醒を真、夢を偽とする分別がそもそも誤りなのです。覚醒が真なら、夢もまた真、覚醒が偽なら、夢もまた偽といわねばなりますまい。まさに「諸法実相」です。

**夢と現実が文芸において「同格」「等価」**であることの賢治における典型的な例の一つが「山男の四月」

といえましょう。まさに「夢現一如」「現幻一如」です。

最後に〈夢〉から覚めた山男が叫びます。〈夢のなかのこつた〉〈どうにでもなれ〉。山男は〈夢〉のこととして、切り捨てたのです。しかし、たとえ〈夢〉とはいえ、いまさら〈どうにでも〉なるものではありません。〈夢〉であろうとなかろうと、山男の、そして読者の経験した出来事の意味は〈どうにでもなれ〉といって、すますわけにはいかないのです。

山男の〈夢〉での経験は、山男にとってはまさに「不条理の死」です。山男自身にとっては「理不尽の死」です。しかし顧みて、山男が山鳥に対する振る舞いは何であったでしょうか。まさに山鳥にとっては不条理の死ではありませんか。山男にすれば、自分が他者にしたと同じことを〈夢のなかではあるが〉他者からされているのです。そのことの認識が山男には欠如しているのです。いや、山男が問題ではありません。読者が、山男の〈夢〉を山男同様に単に〈夢〉として切り捨ててはならないということです。

私は、文芸教育において**「典型を目指す読み」**ということを主張してきました。物語や小説の世界をただ他人事だとして切り捨てるか、そこに自分にとっての意味を見出すか、否か、その両者には天地の差が生じます。

明恵正人は、夢をも深い意味を持つものとしてとらえた、というよりも、むしろ深い意味づけを出来るものとして主体的に夢に対峙したというべきでしょう。

それは「夢の中での日常」の作者島尾敏雄の態度でもある、といえましょう。

### 「夢現二相」の世界を示唆する「表記の二相」

この作品では、主人公の山男を二相系の人物としては表現されてはいませんが、主人公の生きた世界が「夢現二相」の世界であることを、さりげなく示唆する表現があります。

冒頭の場面。

どこかで小鳥もチツチツと啼き、かれ草のところどころにやさしく咲いたむらさきいろのかたくりの花もゆれました。

山男は仰向けになつて、碧いああをい空をながめました。お日さまは赤と黄金でぶちぶちのやまなしのやう、かれくさのいゝにほひがそこらを流れ、すぐうしろの山脈では、雪がこんこんと白い後光をだしてゐるのでした。

（飴といふものはうまいものだ。天道は飴をうんとこさえてゐるが、なかなかおれにはくれない。）

山男がこんなことをぼんやり考へてゐますと、その澄み切つた碧いそらをふわふわうるんだ雲が、あてもなく東の方へ飛んで行きました。

結末の場面。

雲はひかつてそらをかけ、かれ草はかんばしくあたたかです。

主人公の山男の生きた「夢現二相の世界」を、作者は「天地」を象徴する〈空〉と〈そら〉、〈天道〉と

〈お日さま〉、それに〈草〉と〈くさ〉の「表記の二相」「呼称の二相」によって表現しているのです。

作品の世界が、「夢現二相」あるいは「現幻二相」の世界であることを賢治が、このような形で表現することは、珍しくありません。ただ注意深い読者でなければ、うっかり読み飛ばしてしまうところです。この種の二相は、冒頭場面と結末場面に多く見られることに着目してください。「インドラの網」その他のいくつかの童話において、冒頭あるいは結末の場面で、あるいは首尾両面においで、天地を意味する語（たとえば〈空〉と〈そら〉、〈草〉と〈くさ〉）を「二相」とする例は少なくありません。何れもその世界が「現幻二相」あるいは「夢現二相」の世界であることを示唆しているものです（なお、〈海の底の青いくらいところ〉という表現が出てきますが、これは、修羅の世界を意味するもので、このあと「インドラの網」などにおいて詳しく説明するつもりです）。

賢治は、「判じ絵」ならぬ「判じ字」とでもいいたいようなことを、さりげなくするような、茶目っ気なところのある人でした（このような例は「枚挙にいとま無し」です）。

ところで表記の「二相ゆらぎ」という問題について、これもよく知られた童話「気のいい火山弾」について、若干述べておきたいと思います（私はこの童話を教材として滋賀県の小学六年生に、四日間、数時間の授業を試みたことがあります。その全記録が『授業記録・気のいい火山弾』明治図書刊に収録されています）。

# 15

# 「気のいい火山弾」

大正十年頃と推定。生前未発表

ある死火山の裾野の柏の木の陰に〈ベゴ〉とあだ名される大きな黒い石があった。周りの〈稜のある石〉達からからかわれても怒ったことがない。柏の木やおみなえし、またベゴ石の上に生えたこけにまで馬鹿にされる。ある日、四人の学者が現れ、火山弾の典型と認め、東京帝国大学校に連れて行きます。

デクノボー像を描いた童話として「虔十公園林」とならべて論じる論文が二、三見られますが、私は「諸法実相」の観点から、「二相ゆらぎ」を究明してみようと思います。

**「表記の二相」と「呼称の二相」**

冒頭の一節を引用します（傍線は筆者）。

ある死火山のすそ野のかしはの木のかげに、「ベゴ」といふあだ名の大きな黒い石が永いことぢぃっと座ってゐました。

「ベゴ」と云ふ名は、その辺の草の中にあちこち散らばった、稜のあるあまり大きくない黒い石どもが、つけたのでした。ほかに、立派な、本たうの名前もあったのでしたが、「ベゴ」石もそれを知りませんでした。

主人公は、一方では（地質学者には）、〈火山弾〉という〈立派な、本たうの名前〉もあるのですが、〈稜のある石〉たちには〈ベゴ〉〈ベゴ石〉〈ベゴ黒石〉、〈黒助〉と渾名で呼ばれています。このことを**「呼称（呼び名）の二相」**といいます。また〈稜のある石〉も、他方では〈角のある石〉とも呼ばれます。

また、冒頭に〈かしはの木〉が出てきますが、そのあと〈柏〉とあり、さらに〈かしは〉、〈柏の木〉、と表記がアト・ランダムにゆれています。

さらに〈苔〉は、〈赤頭巾〉、〈赤づきん〉というかたちで、**「呼称の二相」**として表現されています（「呼称の二相」とは、〈苔〉と〈赤頭巾〉というように、渾名（ニックネーム）を含めて、同一人物の異なる呼び名のことです）。

ところで、〈ベゴ〉と〈柏〉とは、**「対応する人物」**であり、また〈ベゴ〉と〈赤頭巾〉が、いずれも**「二相系の人物」**であることが、「表記の二相」、「呼称の二相」ということから、想定できるはずです。とすれば、この三者がまずは考察の対象となることが、作者によって示唆されている、といえましょう。

## ベゴ石と稜のある石と柏

〈ベゴ石〉は、噴火で噴き出して天空高くきりきり回転することで形成された火山弾ですが、他の多くの〈稜のある石〉達は自分たちと違うというだけの理由で〈ベゴ石〉を差別し、笑いものにします。

稜のある石は、一しょに大声でわらひました。その時、霧がはれましたので、角のある石は、空を向いて、てんでに勝手なことを考へはじめました。

ベゴ石も、だまって、柏の葉のひらめきをながめました。

それから何べんも、雪がふったり、草が生えたりしました。かしはは、何べんも古い葉を落して、新らしい葉をつけました。

ある日、かしはが云ひました。

「ベゴさん。僕とあなたが、お隣りになってから、もうずゐぶん久しいもんですね。」

「えゝ。さうです。あなたは、ずゐぶん大きくなりましたね。」

「いゝえ。しかし僕なんか、前はまるで小さくて、あなたのことを、黒い途方もない山だと思ってゐたんです。」

「はあ、さうでせうね。今はあなたは、もう僕の五倍もせいが高いでせう。」

「さう云へばまあさうですね。」

かしはは、すっかり、うぬぼれて、枝をピクピクさせました。


ごらんのとおり、〈柏〉〈かしは〉と表記が二相となっています。いったい「カシワ」の木は、いかなる意味において「二相系の人物」でしょうか。まずは、そのことから考えてみましょう〈稜のある石〉〈角のある石〉も「表記の二相」です)。

**ベゴ石の陰で育った「柏」、その「柏」の陰でそだった「苔」**

柏の種が落ちたのはベゴ石の傍であったのです。この偶然が結果として柏の成長に大きくプラスしたのです。「お陰さまで」という挨拶の言葉があります。文字通り、幼い柏の木は、大きなベゴ石のお陰で、火山灰に覆われた曠野の中で、強い日差しや雨風や豪雪から守られて無事育ちました。にもかかわらず、柏の木にはその認識が無く、一人で大きくなったようなうぬぼれがあります。

もちろん大きくなった柏の木は、今度は、苔のために日陰を作り、適当なしずくを垂らして苔の成長を助けることになります（ただ、本人は勿論、苔の方にも、そのことの自覚はありませんが、読者はそのことを認識すべきです）。

まさに、このような意味において、柏の木は、〈他者の庇護を受けている面と、逆に他者を庇護している面との〉**相反する二相**のものとしてあります。もちろん、柏の木自身は、そのように自覚してはいません。

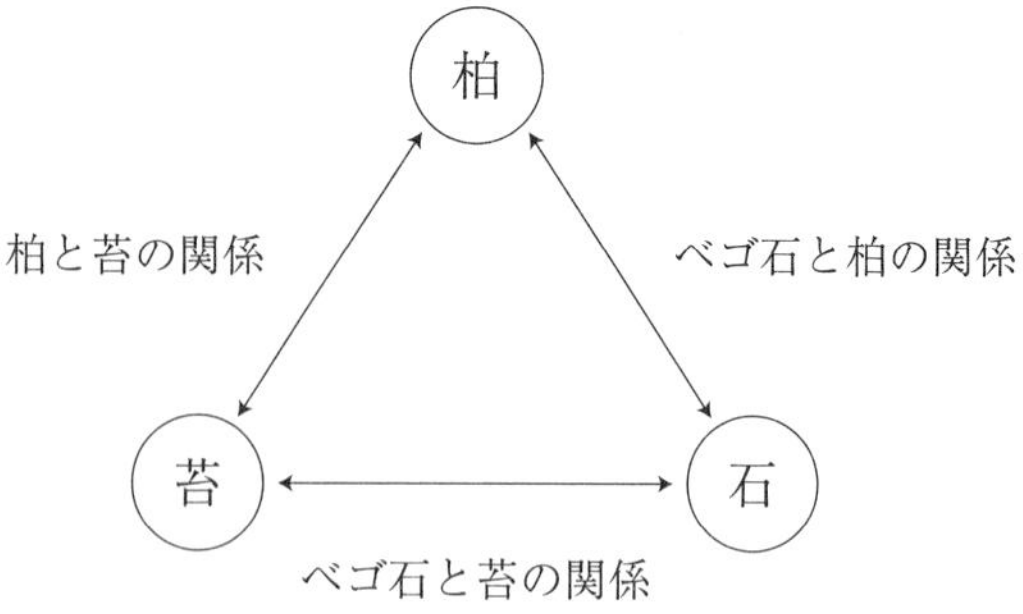


## この世界に「かわらないもの」はない

苔はベゴ石を〈千年たっても……万年たっても黒助〉のままで変わらない、変わり映えのせぬ存在とあざけります。しかしベゴ石の表面が風化して変化したからこそ苔はその石の上に生え育つことができたのです。また柏のおかげで適当な日陰と葉末からしたたる滴を受けて育つことが出来たのです。苔にはべご石をからかっている自分の言葉が、自分で自分を否定していることが判らないのです。

そもそもこの世に不変のものは、あり得ないのです。仏教は、そのことを**「諸行無常」**といいます。

## この世界に「むだ」なものはない

すべてのものが、互いに関わり合って生きています。柏の木・ベゴ石・苔・おみなえし・蚊などのすべてのものが網の目のように互いに関わり合って生きています。しかも「互いに持ちつ持たれつの関係」の中に生きています。作中に書かれているように、この世界に〈むだなものはない〉のです。華厳経にいうところの「一即一切」「一切即一」の世界です。仏教では「インドラの網」のたとえで、そのことを表しています。すべてのものが網の目のように互いに関わり合い、網の結び目にある宝石が互いに映発し合って燦然と輝いている、それが世界であるというのです（「インドラの網」参照）。

## 正反二相の評価

もちろん、主人公の〈ベゴ〉も、二相系の人物であることはいうまでもありません。ベゴは周りの稜のある石たちからは〈ベゴ〉〈黒助〉と軽蔑され、疎まれています。しかし地質学の学者達からは、逆に〈火山弾の典型〉として尊重されます。おなじ「黒い石」ということが**「正反二相の評価」**を受けているのです。

改めて、注意を喚起しておきますが、「相」とは、客観的なものではありません。誰の視点・視角からのものであるかということです。また条件によるということです。〈ベゴ〉という呼称と相は、稜のある石達の視角からのものであり、〈火山弾〉という呼称と相は、地質学の学者の視角からのものです。もちろんいずれも、主人公の真実の相・実相です。

**〈黄金のかんむり〉〈苔のかんむり〉〈赤づきん〉〈赤い小さな頭巾〉〈赤頭巾〉**

〈おみなえし〉と〈べご石〉との対話のなかで、〈おみなえし〉が黄色い花を咲かせたことを、自分の頭に〈黄金のかんむり〉をつけているとうぬぼれています。

〈おみなえし〉は、〈べご石〉の上に最近生えた苔が赤い胞子をつけたのを見て、〈苔のかんむり〉とはいわず、〈赤い小さな頭巾〉、〈赤頭巾〉と蔑視しています。

頭にかぶる物で、相手を見下している〈おみなえし〉の差別意識を作者は、〈かんむり〉に対して、〈赤い小さな頭巾〉という卑称とで対比的に表現しているのです。この「呼称の二相」が、〈おみなえし〉の差別意識を具体的に表現しているのです。

**対の二相・対の人物**

べご石と稜のある石とは、その日その日の天候に対して、まったく相反する態度（相）を取る「対の二相」といえましょう（じつは、〈稜のある石〉は〈角のある石〉とも表現されている**「二相系の人物」**なのです）。

〈深い霧がこめて、空も山も向ふの野原もなんにも見えず退くつな日〉と感ずる〈稜のある石ども〉は、だからといって〈霧が晴れて、お日様の光がきん色に射し、青ぞらがいっぱいにあらはれ〉ると、〈みんな雨のお酒のことや、雪の団子のことを考へはじめ〉るのです。しかしべゴ石は〈しづかに、まんまる大将の、お日さまと青ぞらとを見あげ〉るのです。

雨になれば、角のある石は、つまらないと思い、だからといって霽れれば霽れるでつまらないとぼやく。それに対してべゴ石は、**「日々是好日」**とよろこぶ。まさに禅家にいうところの**「随処作主」**（処に随って主人公となる〉です。

この二者のあり方の**対比的な二相が「対の二相」**ということです。この両者を**「対の人物」**といいます。

**〈おみなえし〉〈蚊〉**

〈おみなえし〉と〈蚊〉は表記にも呼称にも「ゆらぎ」は見られません。つまり「二相系の存在」ではありません。そのことは、逆にベゴ石や柏や稜のある石が二相系の存在であることの反証となっています。〈おみなえし〉は、外見にとらわれ、蚊は、此の世に無駄な物が多すぎるという間違った狭い考え方をすることで、逆に主人公の考え方の正当性を裏づける役割をしていることになります。

**〈空〉〈おそら〉〈青ぞら〉〈そら〉**

ところで、この作品でも他の多くの作品同様、〈空〉〈おそら〉〈青ぞら〉〈そら〉という「表記・呼称の二相」が見られます。これは、この世界そのものが「二相系の世界」であることを意味しています。「ソラ」について、詳細は、この後の「インドラの網」を参照。

なお〈東京帝国大学校〉とありますが、これは「東京帝国大学」をもじった名称で、この世界が仮構ものであることを示唆しています。前に取り上げた「二人の役人」の〈東北庁〉〈東北長官〉などのネーミングも同様、その世界が仮構のものであることを示唆しています。

**題名の意味するもの**

題名の**「気のいい火山弾」**という呼称について。〈火山弾〉というのは学者達との関係における呼称で、

〈気のいい〉というのは「石達」との関係についての、作者からの呼称（つまり意味づけ）です。〈角のある石〉たちは、雨が降れば降ったで愚痴をこぼし、霽れれば霽れたで不満を漏らす。いわば愚痴っぽい人物達です。しかし主人公は、晴れの日もよし、雨の日もまたよし、という人物です。作者は禅でいうところの「随処作主」（随処に主と作《な》る）、「日々是好日」の精神で生きている主人公を意味づけて〈気のいい〉と名づけたのです。

「題名」とは、繰り返しますが、話者（語り手）の語る物語に対する、また主人公に対する、**作者の側からの意味づけ**であるのです。島崎藤村の長編小説『夜明け前』は、話者の語る曲折の物語に対して、作者が意味づけたものが題名であり、前近代の暗さも、まもなく近代の夜明けを迎えるであろう、という作者の思いの表現されたものといえましょう。

## デクノボーか？

この主人公を「デクノボー」と評するむきがありますが、この人物を、常不軽菩薩をモデルにしたと考えるより、むしろ、これまで私が分析・解釈してきた人物像が、作者の意図にも沿ったものであり、すんなり受け入れられそうに思いますが、いかがでしょうか。

## 諸法実相＝法華経の世界観

私は、この数年、試行錯誤の末、ようやく賢治作品における表記の「二相ゆらぎ」は、大乗仏教、特に法華経の世界観と密接不可分の関係があるに違いない、と確信するに到ったのです。この結論に到ったものが何か、そのことについて、このあとさらに具体的に解明していきたいと思います。

法華経の中に、重要な教えとして**「諸法実相」**ということがあります。「方便品《ほうべんぼん》第二」のはじめに説かれた「諸法実相」は、「仏陀の法界」においては、あらゆる存在の真実のすがたが認識されるという趣旨です。その部分のみを引用しておきます。

仏の成就せる所は、第一の希有《けう》なる難解《なんげ》の法にして、唯、仏と仏とのみ、乃《よ》く諸法の実相を究め尽くせばなり。

謂う所は、諸法について説明を求める仏弟子に対して釈迦は「第一希有《けう》難解の法なり」といいます。つまり「唯、仏と仏とのみ」が「究尽」(究め尽くす)しうるほどの極めて甚深な、難解な教義であるというのです。

参考までに岩波の『仏教辞典』から「諸法実相」の項を引用しておきます。

**すべての事物(諸法)のありのまま(自然)の姿、真実のありよう**をいう。言語・思弁を超えた真実の世界は、仏の方便によってのみ我々に知られるとして、その意義は多様に説かれるが、『大智度論《ちど》』が、般若波羅蜜《はんにゃはらみつ》をもって観ずる世界、すなわち畢竟《ひっきょう》空(究極絶対の空)をいうことからも判るように大乗仏教を一貫する根本的思想である。法華経方便品に「唯《ただ》仏と仏とのみ乃《いま》し能《よ》く諸法の実相を究尽したまへり。所謂《いわゆる》諸法の如是《にょぜ》相・如是性・如是体・如是力・如是作・如是因・如是縁・如是果・如是報・如是本末究竟等なり」(羅什《らじゅう》訳)と説かれている。如是相などは十如是と呼ばれ、事物の生起やあり方を十の型に分類したものである。(以下略)

その「実相」の内容というのが「十如是」のことです。

「諸法」とは「諸《もろもろ》の法」のことで、すべての存在・現象のことです。十界の正報（主体）と依報《え》（客体・環境）、つまりすべての衆生とその環境世界のことです。つまり森羅万象、あらゆる物ごとや現象のことです。

「実相」とは「実なる相」の意で「真実ありのままの姿」のことです。具体的には、諸法の相・性・体・力・作・因・縁・果・報・本末究竟などの「十如是《にょぜ》」であるといいます。

十如是とは、

如是相＝外に現れた姿・感覚で認識できる現象・外面的特徴
如是性《しょう》＝内なる性質・内面的性質
如是体＝相・性をあわせた全体・本体
如是力《りき》＝潜在的な能力
如是作《さ》＝力が外に向かって働きかける作用・顕在的な活動
如是因＝物事の起こる直接的原因
如是縁＝因を助ける間接的原因や条件
如是果＝因と縁によって生じた結果
如是報＝結果が事実となって外に現れ出ること・報い
如是本末究竟《ほんまつくきょう》＝第一の相から第九の報までが関係し合って一貫していること・本と末とが究極的に等しいこと

このうち相・性・体の三如是は「諸法の本体」といわれます。力・作・因・縁・果・報の六如是は、諸法の働きをあらわします。そして、この相から報までの九如是の一貫していることを本末究竟《ほんまつくきょう》というのです。

それぞれに「如是」（是くのごとき・このような）という語がついているように、本来は言葉で言い表しがたい仏の知見を、「敢えて言い表すとこのように表現できる」ということです。

一般の読者には、難解な文章といえましょうが、砕いて説明しましょう。

法華経のいわば序曲に当たる『無量義経』に「無量義者、従一法生」（無量の義は一法より生ずる）と有りますが、「一法」とは「諸法実相」の教えを指します。つまり**「諸法実相」の教えが無量の義（深い意味）を生ずる**というのです。

「諸法」（ありとあらゆるものごと・森羅万象、つまりすべての衆生とその環境）は、いずれもすべて「実相」（真実ありのままのすがた）である、という教えです。

「気のいい火山弾」の〈柏〉という人物について考えてみましょう。広い葉を一杯に茂らせている姿は、「諸法」である「柏」の「如是相」です。外には直接には見えませんが、〈柏〉の心の中をのぞけば「うぬぼれ」という性格・性分、つまり「如是性」があります。この如是相と如是性から成り立っている柏の全体が「如是体」です。そして、柏の生命は様々な力を持っていて、それが外に向かってさまざまな働き（如是作）を起こします。

〈柏〉の存在が原因（如是因）となり、内外の如是縁（太陽の光や雨風など）により、〈ベゴ石〉に適当な日差しと湿りを与え、苔の成長を助けるという「如是果」「如是報」が現れます。

しかもこの九つのものが一貫して欠けることなく、〈柏〉という生命と周りの〈べゴ石〉や〈苔〉などの環境を織りなしている（「如是本末究竟」）のです。これが〈柏〉の「十如是」です。

人間も自然もすべてこの「十如是」というあり方で存在しているのです。路傍に咲く一輪の花にも、美しき相があり、性があり、その体があります。また力・作・因・縁・果・報の、どれ一つ欠けることはありません。そして全体として花という生命を織りなして一貫しているのです。

太陽も月も星も、海も山も、目の前の石ころも、町も村も、ビルも車も……人も犬も猫も、ありとあらゆるもの・存在が「十如是」という様式で存在しているのです。

古来どれだけの人が、目の前に落ちる林檎を見てきたでしょうか。しかし偉大な科学者ニュートンは木から落ちる林檎を見て万有引力の法則を発見したといわれています。落果する林檎（諸法）を見て、宇宙のすべての物に引力が働いているという真理（実相）を見出したのです。

ちなみに、夏目漱石は『吾輩は猫である』の主人公が垣根をくぐる場面で、次のようにいわせています。

空気の切売りが出来ず、空の縄張が不当なら地面の私有も不合理ではないか。如是観により如是法を信じている吾輩はそれだからどこへでも這いって行く。

「吾輩」は、法華経を信じている人物（漱石でもあり、猫でもある複合形象）として、その語るところを理解してください。

## 法華経と道元・明恵

法華経を根本教典としてあがめた曹洞宗の開祖道元禅師は、『正法眼蔵』に「諸法実相」という章をもうけ、法華経の方便品の言葉を引用しつつ、独創的な解釈を施しつつ「諸法実相」を強調しました。「此経の心を得れば世の中の売買《うりか》う声も法を説くかな」と詠みました。世の中のありとあらゆる、たとえば頑是無い童の遊びにさえ、すべて仏の道につながると教えているのです。汲めども尽きぬ無限の意味がこの一法にこめられていることが示されています。

**「諸法」は、一面から見れば差別相であり、反面から見れば平等相**です。いずれか一つに執着してはならないのです。実は一つのものの両面であるとみるのが中道実相観です。これは個をはなれて全はなく、全をはなれて個はない、すべての存在は**相依《そうえ》・相補・相関的**なものである、これが、諸法の実相なのです。

『華厳《けごん》経』は、「一微塵のなかに大千の経巻がある」といいます。どんなにつまらないものとされるものにも無限の教えが現れているというのです。栂尾《とがのお》の明恵《みょうえ》上人が縁先に咲く可憐なすみれの花房に、宇宙いっぱいの神秘を見て感嘆するのも、その一例です。「一事が万事」といいます。よろずのことは、この一事に尽きる、というのです。今、ここに現れている一つのことが、今の私に現れている世界の全体である、というのです。『華厳経』は「一即一切」「一切即一」ともいいます。

『摩訶《まか》止観』に、「一色一香、無非中道」（一色一香も中道に非ざるは無し）とあります。見るもの、聞くもの、すべてのものごとは、本来、善いも悪いもないはずである。あるものはあるべくしてそこにある、というほかないであろう。しかし人間は、人様々に善悪をいい立てる、というのです。

『法華玄義』に「開時一切都妙、無非実相」（開く時は、一切都《すべ》て妙にして、実相に非ざるは無し）とあります。蓮華の花が開く（仏の妙法に照らされると）、一切のものが、その真実を表す、というのです。

これら仏教教典の教えるところを、現代哲学の概念・用語に平易に「翻訳」するならば、「すべて現象するものは、本質である」、とでもいうことになりましょうか。

くだけて私流にたとえれば、「春」といえば「桜」、「秋」といえば「紅葉」というのが世間の常識です。しかし「春」は、見るもの聞くもののすべてが「春」なのです。「秋」も、「紅葉」だけが「秋」ではありません。たとえ「秋らしく」ないと思われるものでも、秋の季節に見聞するものすべては、「秋」なのです。

山田さんのいうこと、すること、すべてが山田さんの「ほんとうのすがた」、つまり「実相」なのです。山田さんらしいところとか、山田さんらしくないところとか、分別（分けて考える）してはならないのです。これが私流に理解した「諸法実相」という法華経の世界観・人間観といえましょう。

『十不二門』という中国、唐の時代の本に、「色心不二」とあります。体（色）と心は別のものとは考えない。西欧の思想（たとえばデカルトの『心身二元論』では、精神と身体は別次元のものと考える）は、二元的に考えます。しかし仏教哲学は心身を表裏一体のものと考えます。**相補的・相関的世界観・人間観**ということです。

この世界観・人間観から導かれるものとして、**一つの世界・物事・人間のさまざまな相のうち、相反する相（現象）、つまり「二相」は、結局は一つの本質の相反する二つの相である**ということになります。**「二《に》而《に》不《ふ》二《に》」**ともいいます。まさに**「二にして二にあらず」**ということです（このこと、この後、作品に即して詳しく具体的に論述することになります）。

この世界観・人間観に基づき、賢治の童話・詩作品の分析・解釈を進めてみましょう。ちなみに、この世界観は西欧諸国の二元論的世界観とは全く相容れぬものであるということです。しかし、だからといって、一元論といってしまえば、意を尽くせません。正確に表現すれば**相補（相依《そうえ》とも）原理に基づく世界観、人間観**というべきです（「相補・相依原理」については、この後、随所で触れることになるはずです）。

## 良寛辞世の句

先ほど良寛のことに触れましたが、越後生まれの良寛は、若いとき、備後（岡山県）倉敷の曹洞宗の寺、円通寺で修行しました。道元に私淑した良寛は法華経を専心学び、『法華讃』という著作もある学僧です。各地を遊行、故郷の越後に帰ります。和歌や俳句をたしなみ、また書を能くしました。その良寛の辞世の句と伝えられるものに、つぎのようなものがあります（貞心尼の聞き書きと伝えられています）。

うらを見せ表を見せて散る紅葉

「うら」も「表」もみな「紅葉」です。どちらがほんとうの紅葉か、ということはありません。「うら」の面と、「表」の面は互いに相反する「相」（すがた・ようす）をしています。しかし、それは同じ一つの紅葉というものの、相反する二面ということなのです。「うらを見せ表を見せ」、転々、曲折の人生を、丸ごとそのまま受け入れる人生観、つまり「諸法実相」ということです。

この辞世の句は、五・七・五という俳句の定型**（表現形式）**をふまえたもので、その**表現内容**は、たんに紅葉が、葉の裏表をひらひら翻して散るさまを説明した散文（表現形式）ではありません。自分の人生を紅葉に喩え、裏を見せたり、表を見せたりしながら一生を生きてきたと述べているのです。裏も表も、みなすべて「自分」である、というのです。

ここで肝心なことは、裏も表もすべてが「我」であり、どちらが本当の「我」であるということはないのです。まさに「二相ゆらぎ」の人生なのです。

法華経の教義（世界観・人間観）に**「諸法実相」**とあります。森羅万象、もろもろの物事（諸法）のすべての相（姿・現象）は、それがそのまま真実である、というのです。まさに人生も**裏も表も真実の相であると**いうことです。紅葉の葉がひらひら翻りながら落ちていくように、まさに人生も「二相ゆらぎ」というべきでしょう。

なおこの句の表記が「うら」を平仮名、「表」を漢字としたのは、表記の上でも、「二相ゆらぎ」ということなのでしょう（文献によっては「裏」も「表」も漢字表記というのもありますが、私は、「二相ゆらぎ」の観点から「うら」「表」の表記を取りたいと考えます）。

ところで、五・七・五という俳句の表現形式を変え、たとえば散文形式によって、「紅葉がひらひらと裏を見せ、表を見せて、散っていく。」と、表現してしまうと、紅葉の散る様子を説明しただけのものとなり、良寛の辞世の句の、あの深遠なる思想はかすんでしまうでしょう。まさに**法華経の「諸法実相」の世界観・人間観**は、この場合、この五・七・五の俳句という文芸的表現形式によってこそ、象徴しえたといえましょう。

## 表現形式と表現内容の相関

良寛の辞世の句について述べたことは、「表現形式と表現内容の相関」の問題といいます。賢治の作品における「表記の二相ゆらぎ」とは、表現形式ということであり、それは表現内容と密接不可分の関係にあります。

表現の形式と表現の内容との関係を、容器と中身に喩える論者があります。赤ワインはワイングラスに注いでも、茶碗に移しても、赤ワインは赤ワイン、中身は変わらないというわけです。しかし文芸（一般的に芸術）にあっては、表現形式を変えると表現内容も変質するのです（赤ワインも白ワイン、あるいは唯の水になってしまう）。まさしく、漢字と平仮名の表記の違いという些細に見えることでも、ないがしろには出来ません。まして、賢治の童話や詩において、表現形式（この場合は表記や呼称など）は、些細なことと見過ごしには出来ないことを思い知るべきです。

賢治の「表記・呼称の二相」は、そのまま「表現の内容」（世界観・人間観）と密接に関わる、まさに表裏一体を意味する「表現の形式」であるということです。

## 未完成、これ完成

法華経の「諸法実相」について、考えるとき、萩原昌好氏の名著『宮沢賢治「修羅」への旅』（朝文社刊、一五二頁）の以下の文章を是非熟読していただきたいと思うものです。

賢治は、ある時空の一点で感じたものをスケッチして遺しているが、それらは賢治心証そのものの発展と変化の様相に応じて無数のバリエイションを示す。そのうちのどれかが、もし文字言語化されるとすれば、それがその時点での「決定稿」である。

すると私達は、賢治の最終稿を以て決定稿とする先見を捨てて、そのどれもが決定稿であると同時に未定稿である、とせねばならない。

「諸法実相」という考え方に立てば、第一稿も、第二稿も、第三稿も、すべてその時点、その時点に於ける賢治の思想の結実であり、最終稿を決定稿と見なす世間の常識の方が間違っていると考えます。「そのどれもが決定稿であると同時に未定稿である」という萩原昌好氏の主張は、賢治自身の「永遠の未完成、これ完成」という言葉をも踏まえた卓見といえましょう。まさに「うらを見せ表を見せて散る紅葉」という良寛辞世の句の精神そのものです。

このあと、さらに二三の童話を引き合いにして、さらに「二相」ということの、さまざまな有り様を見てみたいと思います。

## 16 「セロ弾きのゴーシュ」

生前未発表　昭和六年〜八年頃の執筆か

羅須地人協会時代の音楽活動を背景にした創作と考えられます。作者晩年の、芸術に寄せる思いが端的に示されたものといえましょう。

**「セロ弾きのゴーシュ」〈ゴーシュ〉〈セロ弾き〉**

表記や呼称の二相ということで作品を通読すると、ゴーシュと、ゴーシュの所に出入りする人物たち

〈猫やかっこう鳥、狸の子、野鼠など〉が、「二相系の人物」であることが判ります。しかし何よりも重要なところは、ゴーシュと三毛猫の出会いの場面でしょう。

猫の登場する場面に来て、主人公の呼称が、これまで〈ゴーシュ〉だけであったものが、このあと〈セロ弾き〉と〈ゴーシュ〉の「二相」の変転（ゆらぎ）となります（ちなみに題名は両者を一つにして「セロ弾きのゴーシュ」となっています）。また〈三毛猫〉と〈猫〉、〈ねこ〉という表記と呼称の二相が見られます。明らかに作者は、ゴーシュと三毛猫を主要な「二相系の人物」として示唆しています。では、そのことの意味するところは何でしょうか。「ゴーシュと三毛猫」の場面に絞って考察を進めてみましょう。

ゴーシュは、猫の態度に腹を立て、本気になって〈印度の虎狩〉の曲を弾きはじめました。その演奏は、猫を撃退するという怒りの表現です。一般的には怒りは「暴力」であらわしますが、ゴーシュの場合は、それをセロの演奏であらわしたのです。裏返しにいえば、相手の猫を演奏の力で撃退してしまった、まさに演奏力であるといえましょう。つまり、ゴーシュのこの行為（演奏）は、一面からいえば、猫に対する怒りの表現であるわけですが、、それは反面、はからずも怒りの感情のこもった熱演ということになります。まさに一つの行為の相反する二つの「相」ということです。

これまでのゴーシュに欠けていたものは何であったか。もちろん、楽器のセロ自身にも欠陥はありました。基本的なドレミファの演奏の未熟さもあります。またリアリズムの問題もあります〈〈かっこう〉や〈狸の子〉なども「二相系の人物」ですが、ここでは省略します〉。しかし何よりも、演奏・芸術表現に肝心なことは、その曲のテーマに思いを込めるということでしょう。これまでのゴーシュの弾き方には、それが欠けていたのです。そのことについて楽長は、いいました〈表情といふものがまるでできてない。怒るも喜ぶも感情といふものがさっぱり出ないんだ〉。

猫を腕力ではなく、演奏そのものの迫力で撃退したところに、「印度の虎狩」の曲の演奏の成功の秘密が隠されていたといえましょう。その場面を作者は次のように描写しています。

「どこまでひとをばかにするんだ。よし見てゐろ。印度の虎狩をひいてやるから。」ゴーシュはすっかり落ちついて舞台のまん中へ出ました。

それからあの猫の来たときのやうにまるで怒った象のやうな勢で虎狩りを弾きました。ところが聴衆はしいんとなって一生けん命聞いてゐます。ゴーシュはどんどん弾きました。猫が切ながってぱちぱち火花を出したところも過ぎました。扉へからだを何べんもぶっつけた所も過ぎました。

聴衆が心打たれたのはまさに演奏の迫力ということでしょう。単なる小手先の技巧ではないのです。

## 17 「虔十公園林」

未発表作品

この作品は、小・中学校の文芸教材としてよく知られた作品です。賢治研究者の間では、主人公の虔十は「デクノボー」をモデルとしたもので、〈虔十〉という名前も、作者「賢治」の名前をもじったものと考えられているようです。

「デクノボー」というのは、法華経の常不軽菩薩を意味するといわれ、賢治の手帳に記された詩「雨ニモマケズ」のなかで、賢治は、「デクノボー」のような人間になりたいと願っていることが分かります。

しかし私は、この後詳しく論述する理由に拠って、むしろ主人公の〈虔十〉という名前の由来は、「仏の十力を虔む（うやまい、つつしむ）の意」ではないかと思うのです。先の「鹿踊りのはじまり」の〈嘉十〉も、「十力を嘉《よみ》す」の意にとりたいと思います。

では、いったい、「十力」とは、具体的には何を意味しているのでしょうか。それは、この作品のテーマにかかわるところで、後ほど、詳しくふれたいと思います。

## 虔十の風貌・性癖＝描写の二相

冒頭に、主人公虔十の特異な風貌・性癖についての詳しい描写があります。賢治は、これまでの作品で説明してきたとおり、「二相系の人物」を示唆するために、その人物の特異な風貌・性癖などについての描写をおこなっています（たとえば、「よだか」、「山猫」や「別当」、「毒もみの署長さん」など）。いわゆる「描写の二相」ということです。

虔十の特異な風貌・態度、性癖についての描写が冒頭の場面に集中していますので、まず、その場面を引用しましょう（傍線は筆者）。


　虔十はいつも縄の帯をしめてわらって杜の中や畑の間をゆっくりあるいてゐるのでした。

　雨の中の青い藪を見てはよろこんで目をパチパチさせ青ぞらをどこまでも翔けて行く鷹を見付けてははねあがって手をたゝいてみんなに知らせました。

　けれどもあんまり子供らが虔十をばかにして笑ふものですから虔十はだんだん笑はないふりをするや

うになりました。

風がどうと吹いてぶなの葉がチラチラ光るときなどは虔十はもううれしくてうれしくてひとりでに笑へて仕方ないのを、無理やり大きく口をあき、はあはあ息だけついてごまかしながらいつまでもいつまでもそのぶなの木を見上げて立ってゐるのでした。

時にはその大きくあいた口の横わきをさも痒いやうなふりをして指でこすりながらはあはあ息だけで笑ひました。

なるほど遠くから見ると虔十は口の横わきを掻いてゐるか或ひは欠伸でもしてゐるかのやうに見えましたが近くではもちろん笑ってゐる息の音も聞えましたし唇がピクピク動いてゐるのもわかりましたから子供らはやっぱりそれもばかにして笑ひました。

おっかさんに云ひつけられると虔十は水を五百杯でも汲みました。一日一杯畑の草もとりました。けれども虔十のおっかさんもおとうさんも仲々そんなことを虔十に云ひつけやうとはしませんでした。


引用した文章のほとんどが、虔十の特異な風貌・性癖・行動の描写といえましょう（このような人物像は、「デクノボー」というより、むしろ「自然児」というべきではないでしょうか）。ありのままの自然そのものを、そのままに愛してやまぬ人物です。その人物の行為が「カシコイ」世間の人間の目から見ると、まったく「馬鹿げた」ことに見えるという物語なのです。しかし、世間の人間からは「馬鹿げて見える行為」が、じつはすばらしい結果を産むことになるという物語であるのです。この後、具体的に引用する主人公の行為が「バカ」と「カシコイ」の互いに相異なる、相反する「二相」として認識できることに注意してください。

**〈野原〉〈あそこは杉植ぇでも成長らなぃ処〉**

虔十の家の後ろの大きな運動場ぐらいの野原が、まだ畑にもならず残っていました。そこに虔十は杉苗七百本植えつけたいといい出します。しかし、その野原は、不毛の土地で虔十の兄さんは〈あそこは杉植ぇでも成長らなぃ処だ〉といいます。しかしお父さんは虔十がこれまで〈何一つだて頼んだごとぁ無ぃがったもの。買ってやれ〉といいます。不毛の土地に、虔十は、兄さんに教えられたとおり杉苗を植えます。

すると、野原の北側に畑を持っている平二が、

〈やぃ、虔十、此処さ杉植るなんてやっぱり馬鹿だな。第一おらの畑ぁ日影にならな。〉

と、難癖つけます。虔十を笑ったのは平二だけではありません。〈あんな処に杉など育つものでもない、底は硬い粘土なんだ、やっぱり馬鹿は馬鹿だとみんなが云って居りました〉。

まったくその通りで、七、八年たってもやはり丈が九尺ぐらいでした(注)。

**(注)**　宮城一男・高村毅一『宮沢賢治と植物の世界』によれば、この野原が村人のいうように、底は硬い粘土層であれば、たしかに杉苗にとって問題です。粘土層であれば、そのうえの土は、「軽埴土」または「強埴土」といって粘土質になります。ところが、杉は、肥沃な砂壌土（砂が多く、粘土の少ない土）または埴壌土（粘土がおおくなるが、まだ砂が混じっている土）をこのむ植物です。杉の根が粒子の細かい粘土の層にぶつかると、それ以上伸びないということになります。もちろん、樹の丈も伸びないということになります。

ある朝、虔十が林の前に立っていますと一人の百姓が冗談に〈枝打ぢさないのか〉といいます。しかし虔十の杉は、とても建築用材になる物ではありませんから、枝打ちそのものも無意味なのです。でも虔十は、片っ端から下枝を払い始めます。

がらーんとなった〈小さな林〉は、おかげで、村の子供達にとっては格好の遊び場になります。でも虔十は笑ってそれを喜んでいました。

ある朝、平二が自分の畑が日陰になるから杉の林を切り払えと虔十を脅します。しかし虔十は〈伐らない〉とさからいます。〈実にこれが虔十の一生の間のたった一つの人に対する逆らひの言だったのです〉。ここには、冒頭に描写された普段の虔十の姿「相」とは似ても似つかぬ姿「相」があるといえましょう。まさに「描写の二相」ということです（「デクノボー」的人物像とはいえません）。

ところで、じつは、杉林は、むしろ南からの強い風を防いでくれていたのでした。つまり虔十のしたことは、結果的には、平二の畑をも生かすものであったのです。

〈ところが平二は人のいゝ虔十などにばかにされたと思ったので〉いきなり虔十の頬をなぐりつけます。

ここまでのところだけでも、〈馬鹿〉〈ばか〉という「表記の二相」がたびたびくりかえされていることが分かります。また、虔十の「態度の二相」が見られます。これは、この後、アメリカ帰りの博士の科白にでてくる〈あゝ全くたれがかしこくたれが賢くないかはわかりません〉という言葉とも照応しているのです。この「照応」の意味については、この後、問題にしましょう。

## 〈野原〉〈此処〉〈あんな処〉〈芝原〉〈小さな林〉〈虔十の林〉……〈虔十公園林〉

〈あんな処〉といわれた〈野原〉、〈芝原〉、〈此処〉は、〈小さな林〉になり、チブスで虔十や平二が無くなった後も、林は、子供達の楽しい「遊び場」として〈虔十の林〉と呼ばれます。

やがて、村に鉄道が引かれ、田畑もつぶされ家が建ち並びます。でも虔十の親たちは〈虔十の形見〉として、この土地を売ることなく、子供達のすばらしい遊び場になりました。

ところで、この作品でも、他の多くの作品と共通して、〈青ぞら〉と〈空〉の二相、また、〈お父さん〉〈おとうさん〉、〈お母さん〉〈おっかさん〉の「表記・呼称の二相」が見られます。父も母も、虔十の常識はずれた要求を受け入れた結果、役に立たぬ野原がすばらしい公園となったのです。つまり父母の愛も結果的に生かされたというわけです。

ところで、〈青ぞら〉〈空〉の二相は、他の作品同様、この世界が、この後に具体的に説明するように「二相の世界」であることを示唆しています。

## 〈虔十公園林〉となる

虔十の植えた杉は建築用材にはなりませんでした。その意味では村人が〈馬鹿〉というように、無駄なことをしたことになるでしょう。しかし、杉の価値・意味は、建築用材に限りません。別の意味・価値もあるはずです。まさしく、この杉林は、子供達のすばらしい遊び場となったのです。新しい意味と価値が生まれたといえましょう。これまで荒れ地で捨ておかれた草原も、結果的には、子供達のすばらしい遊園地として生まれ変わりました（ここでは、杉の価値が問題になっていますが、子供という人間の教育の問題でもあります。一人ひとりの個性を生かすというのではなく、すべての子供を一つの型・一つの価値観にはめてしまう、今日の教育への「批判」にもなっているといえましょう)。

荒れ地も、杉も、子供達も、すべてが虔十の行為によって、結果として、それぞれに「生かされた」のです。

この村の出身でアメリカの大学の博士が、帰国して、小学校で講演をします。少年時代の虔十のことにふれて、語ります。

その虔十といふ人は少し足りないと私らは思ってゐたのです。いつでもはあはあ笑ってゐる人でした。毎日丁度この辺に立って私らの遊ぶのを見てゐたのです。この杉もみんなその人が植えたのだそうです。あゝ全くたれがかしこくたれが賢くないかはわかりません。たゞどこまでも十力の作用は不思議です。こゝはもういつまでも子供たちのうつくしい公園地です。どうでせう。こゝに虔十公園林と名をつけていつまでもこの通り保存するやうにしては。

〈十力〉とは、仏のもつ十種の智力のことで、凡てを生かす力と考えられます。この作品に即していえば、荒れ地も、杉も、子供達も、また虔十をはじめ、凡ての人々を生かし、幸せをもたらす、いわば仏の慈悲といえましょう。〈虔十のうちの人たちはほんたうによろこんで泣きました〉。

法華経は、人や生き物だけでなく、国土も、山川草木、すべてが成仏すると教えます。この「仏の十力」のはたらきにより、杉も、不毛の土地も、すべて生かされたのです。〈十力の作用は不思議です〉とは、まさにそのことではないでしょうか。

作者は最後に、この〈月光色の芝生がこれから何千人の人たちに本統のさいはひが何だかを教へるか数へられません〉と述べています。

作者は、〈馬鹿〉と〈ばか〉、〈かしこい〉と〈賢い〉の「表記の二相」、また「態度の二相」によって、虔十の行為が「二相」として、つまり世間の多くの人からは「ばかげた行為」と見られ、しかし心ある人からは「賢い」「凡てを生かす行為」つまりは「仏の十力の作用」として見られるという、まさに「二相」として認識するよう示唆しているのです。

常識的な生き方を「賢い」といい、非常識的な生き方を「馬鹿」という世間の考え方に対して、虔十の生き方と、そのもたらした結果について、作者はそこに、すべてを生かす「仏の十力の作用」を見ているといえましょう。

「表記・呼称・態度の二相」また、「描写の二相」に託されたこのような作者の意図を尊重した上で、まず分析・解釈をするべきでしょう。つまり、虔十の行為は世間の「カシコイ」人々からは「バカ」とののしられました。しかし結果として虔十の行為は、人々に〈さいはひ〉をもたらしたのです。真の意味で、それは「カシコイ」行為であったといえましょう。

作者の示唆したところに従って分析・解釈すれば、右のようになるのではないでしょうか。

作者がわざわざこのように具体的に示唆しているのですから、まずは、そこから出発するべきと考えます。その上で、さらに他の観点から異なる意味づけを試みるということなら、それはそれとして、意義あることと考えます。しかし、まったく作者の意図するところを無視しての恣意的な分析・解釈はいかがなものでしょうか。

「デクノボー」精神に拠ってこの作品を解釈する前に、「二相ゆらぎ」の世界観・人間観による解釈を提示しました。識者のご批判、ご教示を願っておきます。

# 18

# 「注文の多い料理店」

『童話集』所収　大正十三年十二月

『童話集』の書名にもなっている童話で、作者の自信作でもあるのでしょう。まずは、本書のテーマに沿って、見ていきましょう。「表記の二相」、「呼称の二相」の他に、今までにない「二相」が有るのですが、おそらく眼につかぬであろうと思います。しかし、じつは、意外なところに有るのです。

## 二相系の人物

話者は、〈二人の紳士〉により添い語っていきます。つまり〈二人の紳士〉は視点人物であり、〈山猫〉が対象人物ということになります（といっても、初読の段階では料理店の主人が何者であるかは、読者には判りません）。さて、この作品において、これまで問題にしてきたような意味での二相系の人物といえば、まずは対象人物ということになります。つまり初読の段階では分かりませんが再読の段階では、対象人物は〈山猫〉であることが分かります。しかも原理的にいって、「二相系の人物」は対象人物ですから、〈山猫〉がそれに相当することは、いうまでもありません。しかも、この作品では視点人物である〈二人の紳士〉が、再読の段階では、批判さるべき対象人物に転化することで、〈二人の紳士〉も「二相系の人物」となるのです。そのことが、〈二人の紳士〉の科白に〈僕〉と〈ぼく〉と「表記の二相」で示唆されます。さらに〈一人の紳士〉と〈もひとりの紳士〉という「表記の二相」によって示唆されています。また〈山猫〉のことは、二人の科白のなかで〈偉い人〉〈偉いひと〉と〈えらいひと〉と「表記の二相」で同様に示唆されています。何故それらが「二相」として示唆されているかは、追々明白になっていくはずです。

ここで〈二人の紳士〉を作者は、対象人物としても扱っていることが、冒頭の一節に「二人」の特異な風貌を《外の目》から描写していることからも推察できましょう。そこを引用します。

・二人の若い紳士が、すつかりイギリスの兵隊のかたちをして、ぴか〳〵する鉄砲をかついで、白熊のやうな犬を二疋つれて、

この二人のいでたちは、まさしく当時の成金紳士の唾棄すべき軽薄な風体といわざるを得ません。

## 扉の文章＝書き手の意図・読み手の解釈

始め、ほとんどの読者が気づかずにいる「二相」があります。それは、「表記の二相」でもなく、「呼称の二相」でもない、これまで取り上げたことのないたぐいの、しかも繰り返し現れる「二相」ということです。それは次々と二人の前に差し出される扉の文章です。そこには、書き手〈山猫〉の意図と、読み手〈二人の紳士〉の解釈という「二つの文章の意味の二相」があるのです。扉の文章が書き手の側からの意味と、読み手の側からの意味という、つまり一つの文章が、互いに相反する・互いにずれた二つの意味がある、という「二相」が問題になってくるのです。この場合、書き手の意味（意図）と、読み手の意味（解釈）とのずれということが、まずはこの作品の劇的面白さを生み出すもととなっています。ここで文

章を二、三具体的に取り上げてみましょう。まさに作者の意図と、読者（二人の紳士）の解釈が相反する意味を持ってくる、「二相系」ということが実感できましょう。

二つ目の開き戸に金文字でこう書いてあります。


「ことに肥つたお方や若いお方は、大歓迎いたします」


文章の書き手〈山猫〉の意図は、肉として料理して食べるうえで、たとえば鶏であれば肥った若鶏がいいに決まっています。二人の若い肥った紳士は、〈山猫〉の期待にぴったりの対象（食材）です。にもかかわらず〈二人の紳士〉は、自分たちが客として歓待されていると思いこんでいるのです。しかし、一般的（常識的）にいうなら料理店というものは、すべての客を歓迎するものであり、特定の肥った若い客だけを歓迎するはずは無いのです。本来ならば、常識で考えてこのおかしさがすぐに解るはずのものです。しかし欲望（煩悩）に目のくらんだ〈二人の紳士〉には、真実が見えなくなっているのです（仏教では「煩悩により、人は無明の闇にさまよう」という）。

この後の扉の文章も、同様です。ひとつの文章が、すべて二つの相異なる意味（二相）としてあります。

もう一つ、とりあげてみましょう。

扉の裏側には、

「ネクタイピン、カフスボタン、眼鏡、財布、その他金物類、ことに尖つたものは、みんなこゝに置いてください」

と書いてありました。扉のすぐ横には黒塗りの立派な金庫も、ちやんと口を開けて置いてありました。鍵まで添えてあつたのです。

「ははあ、何かの料理に電気をつかふと見えるね。金気のものはあぶない。ことに尖つたものはあぶないと斯う云ふんだらう。」

「さうだらう。して見ると勘定は帰りにこゝで払ふのだらうか。」

「どうもさうらしい。」

「さうだ。きっと。」

書き手の〈山猫〉の意図としては、二人を料理して食うのに、金気の、特に尖ったものは、喉に刺さってあぶないので、出来れば二人が自分たちで、そんなあぶないものは全部、外してここに置いて貰いたい、というわけです。

ところが読み手の〈二人の紳士〉は、まったく見当違いの解釈をしているのです。料理店の店主が、客の自分たちの安全を心配してくれていると善意に受け取っているのです。財布を預ける、というのは、帰りにここで支払いをせよ、ということと解釈しています。しかし考えても見てください。何処の世界に、客に財布を預けろと要求する店があるでしょうか。

ネクタイピンやカフスボタンを外したら、それこそみっともない姿になってしまいます。ネクタイやワイシャツの袖がスープの中に垂れ込むではありませんか！

どう考えても、そんな非常識な店の主人があろうとは思えません。書き手の意図と読み手の解釈との、まったく途方もない食い違いといわざるを得ません。一つの文章というものの、まったく相反する「二つの相（意味）」ということです。

## 扉と文字の「ゆらぎ」

ところで、扉の文章が、次々と変わるだけでなく、扉と、扉の文字の色も、くるくる変わります。まさに「ゆらぎ」です。羅列してみましょう。

硝子の開き戸　金文字
硝子戸の裏側　金文字
扉　黄いろな字
扉の裏側
扉　赤い字
扉の内側
黒い扉
扉の裏側
扉
扉の裏側
次の戸
扉の裏側　大きな字
扉　大きなかぎ穴二つ銀いろのホークとナイフの形

ご覧の通り、「扉の文章」のゆらぎと相まって、扉も「表と裏側」とゆらぎ、その「文字の色」もゆらいでいます。

しかし、その文章の目的とする書き手〈山猫〉の意図は一つ、〈二人の紳士〉に「自分で自分を料理する」ように指示していることです。意図は一つですが、その表現（文章）は多様です。

## 〈偉い人〉〈偉いひと〉〈えらいひと〉、〈僕〉〈ぼく〉

〈二人の紳士〉にとって〈偉い人〉というのは、裏を返せば、おそろしい〈山猫〉です。また、〈二人の紳士〉自身は「食う」つもりでいますが、裏を返せば、「食われる」ことになる存在です。

作者は、このように山猫と紳士を、いずれも「二相系の存在」として読者の前に提示しているのです。

## 山猫と紳士の欲望・煩悩の生み出せるもの

この料理店は、〈山猫〉の食いたいという欲望・煩悩が生み出したものである、といえましょう。しかし、同時に、〈二人の紳士〉の食いたいという、また偉い人の近づきになりたいという欲望・煩悩が生み出したものでもあるのです。その意味からも「二相」といえましょう。〈僕〉と〈ぼく〉の「表記の二相」、また〈偉い人〉と〈えらいひと〉の「表記の二相」は、以上に述べたことを示唆するものです。

なお、この物語の冒頭で〈二人の紳士〉が、〈何かたべたいなあ〉〈喰べたいもんだなあ〉という「表記の二相」があります。まさしくこの物語は、「喰う、喰われる」「二相」のドラマであることを思えば、作者が、ここに「表記の二相」を設定した意図が納得できましょう。

ところで、山猫のずるい謀《はかりごと》、つまり「奸計」とみる解釈を見うけます。しかし、その考え方はどうでしょうか。すべて、これは〈山猫〉の煩悩の丸出しの表現ではないでしょうか。「奸計」というのは、自分の本心・欲望は隠して相手を欺くことをいいます。しかし〈山猫〉は、相手を騙すというより、自分の本心・欲望・要求をあからさまに、ストレートに表現しているのです。本心を隠蔽して相手を騙しているのではありません。だからこそ、子分に〈間抜けたことを書いたもんだ〉とまでいわれてしまうのです。むしろ〈二人の紳士〉のほうが、自分の煩悩におぼれて勝手に想像をふくらませ、誤った自己流の解釈をしているのです。仮に「騙す」という語を使うなら、〈山猫〉が二人を「騙した」というのではなく、むしろ二人が自分で自分を「騙した」というべきでしょう。

〈二人の紳士〉は、自分たちにご馳走してくれるものと思いこんで勝手に解釈しています。また、この店の奥には、よっぽど〈偉い人〉が居るに違いないと思いこんでいます。事大主義・権威主義の現れといえましょう。地方の市会議員などが上京して国会を訪れ、大臣や国会議員の「先生」方と一緒に並んで写真を撮り、それを郷里に帰って周囲に見せびらかすという、あの類の人種と本質において共通します。〈偉い人〉と〈えらいひと〉という「表記の二相」は、まさに、山猫という存在を偉い人と思いこんでいる、この喜劇的な「二相」を意味するものといえましょう。

また〈僕ら〉と〈ぼくら〉の「表記の二相」は、食うつもりの二人が、じつは食われる存在であったという皮肉な二相を意味しています。〈喰べる〉〈食べる〉〈たべる〉〈食ふ〉という「表記の二相」によって、作者はその矛盾を示唆しています。

この作品の場合も、一つの文章（扉の文句）が、二相としてあるということです。すべては〈山猫〉の煩悩と〈二人の紳士〉の煩悩の現れ、まさに二相として存在する扉（の文章）といえましょう。一つのもの・ことの二つの相反する相ということです。
さすがに〈二人の紳士〉も最後には、扉の文章の相反する二相に気づきます。西洋料理店というのは、〈西洋料理を、来た人にたべさせるのではなくて、来た人を西洋料理にして、食べてやる家とかういふことなんだ〉と気づきます。

**二相系の西洋料理店**

ここで、冒頭の場面にかえり、看板の図を見てください。

RESTAURANT
**西洋料理店**
WILDCAT HOUSE
山猫軒

「表記の二相」「呼称の二相」ということで、何か気づきませんか。
和文〈山猫軒〉と英文〈WILDCAT HOUSE〉の二通りが書かれている看板は、それ自身が二相です。つまり、英文で〈RESTAURANT〉と書かれているものが、ここがレストランであることを意味しています。しかしこのレストランを、二人の紳士は、自分たちが料理を食う店と思っていますが、山猫にとっては逆に客を料理して食う店であるのです。まさに〈WILDCAT HOUSE〉とは、文字通り「山猫の家」

なのです。つまり現実に山猫の棲家なのです。しかし〈山猫軒〉とは、レストランの名前であって、山猫の家ということではありません。まさに料理店そのものが、すでに二相の存在ということを示しているのです。ただ我々が、紳士同様、初読の段階では、そのことに気づかずにいただけです。

「二相」といっても、ここに取り上げたように、じつに多種多様にあることに留意してください。たとえば〈紙屑〉〈かみくず〉という、二人の紳士の顔についての「表記の二相」も、もちろん、作者によって意味づけられたものであり、読者によって、またそれなりの意味づけが可能なものとしてあります。読者自身、「なるほど、おもしろい」という形の解釈・意味づけを試みてみられては、いかがでしょうか。

ところで、この「注文の多い料理店」は、多くの論者が主張するように、〈山猫〉の煩悩が生みだしたものであるといえましょう。しかし同時に、〈二人の紳士〉の煩悩が生みだしたものでもあるのです。まさにその意味でも**「二相系」の料理店**なのです。

〈二人の紳士〉が最後にさけびます。ここは〈西洋料理を、来た人にたべさせるのではなくて、来た人を西洋料理にして、食べてやる家とかういふことなんだ〉と。つまり、土壇場で二人は、この料理店を二相のものとして認識しえたのです。

## 現実でもあり、非現実（幻想）でもある

冒頭の場面で、〈風がどうと吹いてきて、草はざわざわ、木の葉はかさかさ、木はごとんごとんと鳴りました〉というくだりがあります。

賢治のファンタジーの世界が「風」が吹くことで「幕開け」となることは、よく知られています。この

物語の「幕」が降りるところでも、おなじフレーズが繰り返され、ファンタジーの幕が閉ざされます。

この世界は、現実でもあり、非現実（幻想）でもあるという世界です。料理店自身が「現実と幻想の二相」的存在、「現幻二相」的存在です。

ところで、死んだはずの犬がなぜ生き返ったのでしょうか。このことはどう考えてもわかりません。作者がこの童話集の「序文」に述べているように、「作者にもわからないこと」なのでしょうか。でも、この面妖な西洋料理店の出現に先立ち、白熊のような二疋の犬は山猫にとっては好ましくない邪魔者として「始末」しただけのことであるかも知れません。従って山猫の呪術が破けると同時に「蘇生」したとも考えられます。「どうしてもそんなことがありそうに思えて」くる世界といえましょう。まさしく**「現幻二相」、「夢現二相」の世界**です。

**初読における二相、再読における二相**

この作品に限らず、一般に文芸作品は、初読と再読により世界の相が違ったものとしてあります。

**初読の段階**、この世界は、〈二人の紳士〉にとっては、料理にありつけるだけでなく、〈偉い人〉に出会えるかも知れない、つまり彼らの煩悩を反映した世界です。しかし読者には、なにやら奇妙な怪しい世界としてあります。初読自体、二相の世界としてあります。

しかし、**再読の段階**となると、読者にとっては、初読とはまったく違って、ばかばかしく皮肉な笑いを惹き起こされる世界としてあります。再読においても、二相の世界といえましょう。

# 19 「なめとこ山の熊」

生前未発表　昭和二年頃の執筆か

## 二相系の人物・物事

この作品では、いくつもの「二相系の人物」「二相系の事物」がからみ合って複雑な様相を呈しています。まずそれらの「二相」を順次取り上げてみましょう。

### 〈淵沢小十郎〉〈小十郎〉

まず主人公の〈淵沢小十郎〉は、フルネームで登場すると同時に単に〈小十郎〉という略称との、「呼称の二相」で登場します。もちろん、その特異な風貌・服装も次のように描写されます（「どんぐりと山猫」の山猫と別当の特異な風貌・服装の描写を想起されたし）。

・淵沢小十郎は〔す〕がめの赭黒いごりごりしたおやじで胴は小さな臼ぐらゐはあったし掌は北島の毘沙門さんの病気をなほすための手形ぐらゐ大きく厚かった。小十郎は夏なら菩提樹の皮〔で〕こさえたけらを着てはむばきをはき生蕃の使ふやうな山刀とポルトガル伝来といふやうな大きな重い鉄砲をもってたくましい黄いろな犬をつれて……

・まるで自分の座敷の中を歩いてゐるといふ風でゆっくりのっしのっしとやって行く。

・小十郎は膝から上にまるで屏風のやうな白い波をたてながらコムパスのやうに足を抜き差しして口を少し曲げながらやって来る。

（以下、省略）

視点人物でありながら、話者により、対象化され、したがって、きわめて特異な風貌であり、所作であり、「二相系の人物」特有の描写といえるものとしてあります。

**荒物屋の〈主人〉〈旦那〉、〈町〉〈まち〉**

〈町の中ほどに大きな荒物屋〉があり、そこの「主人」について、〈主人〉と〈旦那〉と、「呼称の二相」が見られます。

なお、このこととの関連で、この場面で、話者は、〈町〉と〈まち〉と「表記の二相」を取っています。「マチ」の二相の場面を引用します。

ところがこの豪儀な小十郎がまちへ熊の皮と胆を売りに行くときのみぢめさと云ったら全く気の毒だった。

町の中ほどに大きな荒物屋があって（後略）

では、如何なる意味において、〈町〉と〈まち〉、また〈主人〉と〈旦那〉が、二相系の存在ということでしょうか。まず、その分析からはじめてみましょう。

〈ところがこの豪儀な小十郎がまちへ熊の皮と胆を売りに行くときのみぢめさと云ったら全く気の毒だった〉と、話者は語り始めます。

小十郎が山のやうに毛皮をしょってそこのしきゐを一足またぐと店では又来たかといふやうにうすらってゐるのだった。店の次の間に大きな唐金の火鉢を出して主人がどっかり座ってゐた。

「旦那さん、先ころはどうもありがたうごあんした。」

あの山では主のやうな小十郎は毛皮〔の〕荷物を横におろして叮ねいに敷板に手をついて云ふのだった。

「はあ、どうも、今日は何のご用です。」〔〕

「熊の皮また少し持って来たます。」

「熊の皮か。この前のもまだあのまゝしまってあるし今日ぁまんついゝます。」

「旦那さん、さう云はないでどうか買って呉んなさい。安くてもいゝます。」

「なんぼ安くても要らないます。」主人は落ち着きはらってきせるをたんたんとてのひらへたゝくのだ、

小十郎にしてみれば、米はなし、味噌も切れて、九十になるとしよりと子供ばかりの七人家族をやしなう米がたとえわずかでも要るのでした。

店の主人は、そういう小十郎の「足許」をみて、慇懃な口調ではあるものの素っ気なく、〈要らないます〉と、取り合わないのです。いわゆる「とりつく島もない」「木で鼻括った」受け答えです。

小十郎は〈「旦那さん、お願だます。どうが何ぼでもいゝはんて買って呉ない。」〉と改めてお辞儀さえします。

主人はだまってしばらくけむりを吐いてから顔の少〔し〕でにかにか笑ふのをそっとかくして云ったもんだ。
「いゝます。置いでお出れ。ぢゃ、平助、小十郎さんさ二円あげろぢゃ。」店の平助が大きな銀貨を四枚小十郎の前へ座って出した。小十郎はそれを押しいたゞくやうにしてにかにかしながら受け取った。

この後、主人は店の者に命じて台所でお膳をしつらえ、酒をふるまいます。
この有様を、語り手は、憤懣やるかたない口調で、次のように語るのです。

いくら物価の安いときだって熊の毛皮二枚で二円はあんまり安いと誰でも思ふ。実に安いしあんまり安いことは小十郎でも知ってゐる。けれどもどうして小十郎はそんな町の荒物屋なんかへではなしにほかの人へどしどし売れないか。それはなぜか大ていの人にはわからない。けれども日本では狐けんといふものもあって狐は猟師に負け猟師は旦那に負けるときまってゐる。こゝでは熊は小十郎にやられ小十郎が旦那にやられる。旦那は町のみんなの中にゐるからなかなか熊に食はれない。けれどもこんないやなづるいやつらは世界がだんだん進歩するとひとりで消えてなくなって行く。僕はしばらくの間でもあんな立派な小十郎が二度とつらも見たくないいやなやつにうまくやられることを書いたのが実にしゃくにさわってたまらない。

〈僕〉の口調の裏に、作者賢治のこらえがたい「怒り」が感じ取れます。

〈僕〉が〈書いた〉とあるのは、作者の〈僕〉が文中に「顔」を出して自分の怒りをたたきつけるように書いているのです。

一面においては丁寧な口調で、しかも酒肴でもてなしながら、反面、命がけで手に入れた熊の皮を二束三文で値切り倒すという狡猾さをみせる主人の本性を、作者は、〈主人〉と〈旦那〉という「呼称の二相」で読者に示唆しているのです。

まるで「手のひらを返す」ような態度を見せます。応対の様子は二様（二相）に見えますが、その本性は一つ、まさに他者の労働の成果から不当な利ざやを稼ぎだす資本家の小型の見本のような本性を〈主人〉と〈旦那〉という「呼称の二相」で表現しているのです。

このような資本主義社会の矛盾を暴き出しながら作者は、そのような世界を〈町〉と〈まち〉という「二相」によって表現しているのであろうと考えます。

## 話者の〈私〉と〈僕〉の二相

賢治の童話の話者は、多くの場合〈私〉と呼称されますが、時に「猫の事務所」の場合のように、〈ぼく〉という呼称で登場することがあります。「なめとこ山の熊」においては、きわめて特殊な在り方として、〈私〉と〈僕〉という「二相」において登場します。

話者の〈私〉が、冒頭において〈ほんたうはなめとこ山も熊の胆も私は自分で見たのではない。人から聞いたり考へたりしたことばかりだ。間ちがってゐるかもしれないけれども私はさう思ふのだ〉と、文面に「顔」を出して語ります。

ところが、小十郎が〈ふところからとぎすまされた小刀を出して熊の〔顎〕のとこから胸から腹へかけて皮をすうっと裂いて行くのだった〉という残虐ともとれる場面に来ると、〈それからあとの景色は僕は大きらいだ〉として具体的な情景描写を避けています。

さらに、話者の〈私〉が、荒物屋の主人について語る場面になると、〈僕〉と呼称を変えています。〈僕はしばらくの間でもあんな立派な小十郎が二度とつらも見たくないやうないやなやつにうまくやられることを書いたのが実にしゃくにさわってたまらない〉。

これは、これまで平静を保っていた話者の〈私〉が、ここに来て、怒りのあまり、ふたたび〈僕〉に相変移し、作者自身の怒りをストレートに「ぶちまけた」ものです（この種のことについての文芸学的な説明は「補説」を参照ください）。

つまり、〈私〉と〈僕〉も、「二相」ということです。自分自身を対象として、話者の自分〈私〉が、対象としての自分〈僕〉の怒りをたたきつける言葉を語りかつ書いているのです。話者の〈私〉が、〈私〉自身を対象人物〈僕〉として〈僕〉の思いを吐露し、それを作者〈僕〉が書いているところです。

## 「クマ」の二相系の存在としての本質的な意味

まず、すぐに気のつくことは、熊は現実の熊であると同時に、非現実（幻想）の熊として人間の声で小十郎に語りかけてくる場面があります。このこと自体、〈熊〉が二相系の存在と考えられますが、さらにより本質的な意味において二相形の存在であることを明らかに示す場面があります。最後の、小十郎が熊に殺される場面を引用します。

小十郎はがあんと頭が鳴ってまはりがいちめんまっ青になった。それから遠くで斯う云ふことばを聞いた。「お、小十郎おまへを殺すつもりはなかった。」もうおれは死んだと小十郎は思った。そしてちらちらちらちら青い星のやうな光がそこらいちめんに見えた。

「これが死んだしるしだ。死ぬとき見る火だ。熊ども、ゆるせよ。」と小十郎は思った。それからあとの小十郎の心持はもう私にはわからない。

とにかくそれから三日目の晩だった。まるで氷の玉のやうな月がそらにかかってゐた。雪は青白く明るく水は燐光をあげた。すばるや参の星が緑や橙にちらちらして呼吸をするやうに見えた。

その栗の木と白い雪の峯々にかこまれた山の上の平らに黒い大きなものがたくさん環になって集って各々黒い影を置き回々教徒の祈るときのやうにぢっと雪にひれふしたまゝいつまでもいつまでも動かなかった。そしてその雪と月のあかりで見るといちばん高いとこに小十郎の死骸が半分座ったやうになって置かれてゐた。……（中略）……それらの大きな黒いものは参の星が天のまん中に来てももっと西へ傾いてもぢっと化石したやうにうごかなかった。


〈熊〉という呼称と〈黒い大きなもの〉〈大きな黒いもの〉という「呼称の二相」を取ることで、小十郎を死に追いやった熊の姿（相）と、その小十郎の死を悼む敬虔な姿（相）、という相反する二相を表現したのであろうと考えられます。

熊を愛していながら、年老いた母や、幼い子供達のために、手を合わせながらも、自らの手で、その熊を死に追いやる猟師の小十郎。だからこそ、熊たちもまた、小十郎を死に追いやりながらも、その死を深く悲しみ悼んで、弔いをしているのです。

作者賢治は、何故かこの作品の場合、「クマ」について「表記の二相」によって、読者の注意を喚起することをしていません。これは、一読「クマ」が「現幻二相」の存在であることが明確に見て取れるからでしょうか。この熊という存在は、人間との関係において、**賢治のいう〈順違二面〉の存在**であるといえましょう。

ところで、この悲劇における被害者は、熊であり、その加害者は小十郎と考えられがちですが、熊も被害者なら、小十郎もじつは被害者なのです。この悲劇の真の加害者は、じつは荒物屋の主人・旦那に代表される資本主義社会（町・まち）の「からくり」といえましょう。それを作者〈僕〉は怒りを込めて告発しているのです。

さて、これで一通り、「二相ゆらぎの世界」ということについて、主として童話集『注文の多い料理店』所収の童話を中心に多くの童話を引き合いにして論証してきましたが、煩雑になることを怖れ、これまでじつは避けてきた問題があるのです。それは、話者の呼称（一人称代名詞）に関わる問題です。

## 二相系の話者〈わたくし〉・〈私〉・〈僕〉

これまで取り上げてきたすべての作品（童話・詩）は、必ず話者（語り手）の「私」が存在します（というより、すべて文芸作品というものは話者の「私」が語っているのです）。ただし日本語の特質の一つとして「私」という一人称代名詞が文中に現れない場合が多いことは、よく知られたことです。

賢治の場合、他の作家と同様、一つの作品の中で表記が「わたくし」「わたし」あるいは「私」といういずれか一つに統一されている場合が普通です。たとえば、「鹿踊りのはじまり」（〈わたくし〉）。「やまなし」、「鳥をとるやなぎ」（〈私〉）です。しかし「猫の事務所」では〈ぼく〉として出てきます。

しかし、他の作家の場合と違って、同じ一つの作品の中で「私」（漢字）と「わたくし」（平仮名）という二つの表記が出てくる作品と、「わたくし」と「ぼく」、あるいは「私」と「僕」という二つの呼称が出てくる作品とがあります（たとえばこの「なめとこ山の熊」の場合で、先にちょっとふれておきましたが）。これらはいずれも「表記の二相」あるいは「呼称の二相」ということです。しかもこのような「不統一」は、他の作家の場合は、まずありえないことです。

ところで、話者（語り手）の「私」が、視点人物になることはふつうにあることですが、ときに見ているほう（視点人物）の「私」が、見られているほう（対象人物）の「私」にもなるという場合があります。つまり、「わたくし」が視点人物でもあり、かつ対象人物でもある、というケースです。見ている「私」と見られている「私」というケースです。この場合、「私」は、「二相系の存在」（あるいは「二相系の人物」）ということになります。

童話「なめとこ山の熊」の〈私〉と〈僕〉も、先に説明したとおり、同一人物でありながら、作者と話者という位相のちがいをもった人物であることを作者は示唆しているのです（補説参照）。

最後に、研究者の間でも「難解」とされる象徴的な童話「インドラの網」をとりあげ、「二相ゆらぎ」という仮説によって分析するならば、きわめて明快に、かつ意味深く解明できることを見ていただきたいと思います。

# 20 「インドラの網」

生前未発表　西域異聞三部作の一つとされる

仏教的な教養をも必要とする、その意味において、難解とされる作品の一つといえましょう。

## 〈……の底〉とは

まず本格的な分析に入る前に、冒頭の一節をお読みください（傍線は筆者）。

そのとき私は大へんひどく疲れてゐてたしか風と草穂との底に倒れてゐたのだとおもひます。
その秋風の昏倒の中で私は私の錫いろの影法師にずゐぶん馬鹿ていねいな別れの挨拶をやってゐました。
そしてたゞひとり暗いこけももの敷物を踏んでツェラ高原をあるいて行きました。

結末の一節は、この冒頭の一節と首尾照応していると考えられますので、引用します。

却って私は草穂と風の中に白く倒れてゐる私のかたちをぼんやり思ひ出しました。

〈私〉は「人間界」の地上（賢治好みのチベット高原らしいツエラ高原）の〈風と草穂との底〉に倒れ伏し、その〈私〉の〈影法師〉に〈私〉が〈別れの挨拶〉をしているというのです。どうやら〈私〉は、「天上界」へ来ているらしいのですが、定かではありません。〈私〉は不可思議な天上界を遍歴の後、地上界（人間界）に戻ってきたかのごとく語られていますが、最後の一節は、〈私のかたちをぼんやり思ひ出しました〉とあって、〈私〉の存在を示す座標がなにやら定かでありません。物語は終始、〈私〉が「天上界と地上界の二相」を「ゆれうごく」ものとしてあります。

ところで、〈風と草穂の底〉とありますが、賢治の世界では、地上が、よく〈気圏の底〉と表現されます。まさに、そこは、草穂（地上）の（上）であると同時に、風（天上）の底（下）でもあり、いわば「そこ」が、「上・下の二相」として認識されているのです。ところで「底」は、賢治の詩・童話において、しばしば出てきます。はじめに引用した「二十六夜」の書き出しにも〈……獅子鼻は微かな星のあかりの底にまっくろに突き出てゐました〉、〈林の底〉、〈天の川の……底〉とあります。「鹿踊りのはじまり」にも〈その足音は気もちよく野原の黒土の底の方までひゞきました〉とあります。また「かしはばやしの夜」に〈そこらは浅い水の底のやう、木のかげはうすく網になって地に落ちました〉とあります。数え上げればきりがありません。賢治の世界における〈底〉とは何を意味するか、このあとの「やまなし」のところで詳しく解明するつもりですが、一言でいうならば、〈私〉の立つ位置の座標が、「天」に属していながら、「地」にも属している二相的なものということです。

## 天上界と人間界

〈私〉は、いわば「天上界」と「人間界」のいずれにも属する存在といえましょう。常識的には矛盾することですが、〈私〉の居る場とは、仏教で「中有《ちゅうう》」とか「中陰」と呼ばれる世界と考えられます。人間が死を迎えたとき一時、とどまるといわれる「天上界」です。詩「永訣の朝」の最後に詠まれる「兜率《とそつ》の天」のことでもあります（三〇〇頁参照）。

仏教は、この世界を、上は、仏、菩薩、縁覚、声聞、の「仏界」から、下は、生きとし生けるもの（衆生という）の属する所謂「六道」といわれる、「天、人、阿修羅、畜生、餓鬼、地獄」まで、あわせて「十界」と考えています。

〈私〉が主人公のこの作品では、天上界と人間界が対象になっています。

話者の〈私〉は、人間界に在ると同時に天上界にも在るという、つまり「人間界」と「天上界」が、異なるものでありながら、しかも同じ一つのものでもあるという、いわゆる相補的「二相」の存在として語られています（西欧の二元論的世界観で教育されてきた者には、理解しがたいことですが、法華経の信奉者である賢治にとって、相補的世界観こそが、むしろ納得できることであったのでしょう）。

## 天・天人

仏教は、一切の生きとし生ける者を衆生といい、その業《ごう》に応じて六道（天・人・阿修羅・畜生・餓鬼・地獄）のうち、いずれかを輪廻します。くりかえしますが（仏・菩薩・縁覚・声聞）をも合わせ、「十界」とします。

日蓮は「法華経」の本門を重視したので、「一念三千説」を唱えました。我々の一瞬の心に三千世界として示される生命体の取り得るあらゆる可能性、たとえば十界の地獄から仏までのすべてになりうる可能性を備えているという思想です。歴史的には「摩《ま》訶《か》止《し》観《かん》」において説かれたものですが、日蓮は、「一念三千」そのものは「法華経」に本来説かれていたと解釈しています。「法華経」に説かれる「一念三千説」は衆生の成仏を可能にする原理とされ、その意味で、日蓮によって「仏種」（成仏の種子）と表現されました。

「十界互具」、「一念三千」の原理をふまえるならば、「インドラの網」の天上界と人間界は、別の界でありながら、一つに重なるものでもあるというのも当然と考えられます（現代哲学の観点からすれば、相補性の原理といえましょう）。

## 「表記の二相」と「呼称の二相」

一般の読者にとっては、一見、どこから手をつけていいものやら、見当つけがたい作品ですが、まずは、作者が示唆する「表記の二相」ということを手がかりにしてみましょう。

検討して判明することは、この作品において「表記の二相」は、〈空〉〈そら〉〈青ぞら〉であり、「呼称の二相」としては、〈太陽〉〈日輪〉〈お日さま〉〈マイナスの太陽〉があります。

まず、〈空〉〈そら〉の「二相」から、はじめてみましょう。縺れた糸が解けるように、この複雑・微妙にして難解な世界が透明に見えてくるはずです。

## 〈空〉と〈そら〉、〈青ぞら〉の二相

筋の展開に沿って、〈空〉と〈そら〉の「二相ゆらぎ」を見ていきましょう。

・白いそらが高原の上いっぱいに張って

・西の山稜の上のそらばかりかすかに黄いろに濁りました。
・砂がきしきし鳴りました。私は一つまみとって空の微光にしらべました。
＊（こいつは過冷却の水だ。氷相当官なのだ。）
・いつの間にかすっかり夜になってそらはまるですきとほってゐました。
＊そのツェラ高原の過冷却湖畔も天の銀河の一部と思はれました。
・そこの空は早くも鋼青から天河石の板に
＊（たうたうまぎれ込んだ、人の世界のツェラ高原の空間から天の空間へふっとまぎれこんだのだ。）
・けれどもそのとき空は
＊（こいつはやっぱりおかしいぞ。天の空間は私の感覚のすぐ隣りに居るらしい。）
・東の空をのぞみ太陽の昇るのを
・正しく空に昇った天の世界の太陽でした。
・一人が空を指して叫びました。
・私は空を見ました。
・ほんたうに空のところどころ……空から陥ちこんだやうに
・まことに空のインドラの網のむかふ、数しらず鳴りわたる天鼓のかなたに空一ぱいの
・その孔雀はたしかに空には居りました。けれども少しも見えなかったのです。

繁を厭わずすべて引用しましたが、それは「表記の二相」、しかも「二相ゆらぎ」ということを、まざまざと読者諸賢の「目に見せ」たかったからです。

「二相ゆらぎ」ということが、明らかに作者賢治の意図によるものであることを実感されたであろうと思います。当然のことながら〈空〉〈そら〉以外に、表記の乱れは全くありません。この「表記の二相」が、意図的であることの反証といえましょう。

なお（＊）印は、この世界が、天人界と人間界が表裏一体、まさにこのあと解明するように、「表裏二相」であることを表すところです。

## ツェラ高原の過冷却湖畔も天の銀河の一部

地上の〈過冷却湖畔〉が、天上界の一部でもあるとあります。まさに地上と天上が「表裏二相」としてあることを示しているのです。ところで〈過冷却〉というのは物理学用語で、純粋な水を冷却していくと、摂氏〇度で凍り始める（相転移する）はずなのに、結晶の核となる不純物がないため〇度以下になってもまだ「液体」という高エネルギーの状態にとどまる現象のことです。過冷却という状態はきわめて不安定なため、ある条件の下に一瞬に結氷してしまいます。いわば固相と液相の二相のきわめて不安定な状態といえましょう。

話者の〈私〉は、このような不安定な状態を、〈こいつは過冷却の水だ。氷相当官なのだ〉と表現しています。天上界（天人界）と地上界（人間界）の相互の一瞬の転換・融合の機微を〈過冷却〉、〈相当官〉というものを以て比喩しているのです。

## 〈日輪〉〈太陽〉〈お日さま〉〈マイナスの太陽〉

〈空〉〈そら〉〈青ぞら〉の「二相」と照応する形で、〈日輪〉〈太陽〉〈お日さま〉〈マイナスの太陽〉があります。

これらは、賢治作品のなかで、天文用語としてはきわめて頻度の高い語彙といえましょう。これらの作品において人物の会話のなかでは〈お日さま〉が圧倒的に多く見られます。その他、〈陽〉〈日輪〉〈お日さん〉〈天道さん〉〈おてんとさま〉〈日天子〉などがあります。「太陽」のイメージは、「雲」のイメージと交錯して変幻自在なものとして表現されます。

「太陽」の「二相」は、いわば、「二相ゆらぎ」の世界の象徴としてあると考えられます。

## 人間界の「空」でもあり、かつ天上界の「空」でもある

この作品において、「空」が、天上界の「空」であると同時に人間界の「空」でもあるという相補性を、具体的に示している所を二、三引用してみましょう。

・恐らくはそのツェラ高原の過冷却湖畔も天の銀河の一部と思はれました。
・人の世界のツェラ高原の空間から天の空間へふっとまぎれこんだのだ。
・こいつはやっぱりおかしいぞ。天の空間は私の感覚のすぐ隣りに居るらしい。
・きっと私はもう一度この高原で天の世界を感ずることができる。
・ふと私は私の前に三人の天の子供らを見ました。（〈私〉は、天の子供らの衣服から、）大寺の廃趾から発掘された壁画の中の三人なことを知りました。（天の子供が、じつは地上の壁画に描かれた画像でもあるというのです。）

ここに引用しただけでも、〈私〉が天上界と地上界の両方の界に同時に存在しているらしいことが頷けましょう。

日蓮は、「一念三千は十界互具よりはじまれり」といいます。「十界互具」というのは、たとえば、人間界と同時に天上界にも、畜生界にも、あるいは逆に菩薩界にも、いわば「共存」しうるというのです。瞬時にして私たちは人間界から天上界、あるいは畜生界にも転じうるというのです。

まさしくここでの〈私〉は、人間界と天上界を瞬時に変転・融合しえているのです。

ところで、賢治童話のなかで、〈空〉は、〈日〉〈星〉などと並んで「表記の二相」「呼称の二相」として頻出するケースです。また、その場合、「底」と併記される場合が少なからずあります。

賢治と妹トシがモデルといわれる「双子の星」には、〈空〉〈そら〉と〈底〉〈そこ〉の「表記の二相」が頻出します。試みに、「ソラ」「ソコ」だけを筋の展開に沿って列記してみます。

空　空　空　空　空　そら　空　そら　空　空　空　空　空　そら　そら　空　空　空　空　虚空　底

……

ある場面のみを一部引用します（『新・全集』第八巻三二頁）。

……悪いことをしてここへ来ながら星だなんて鼻にかけるのは海の底はやらないさ。おいらだって空に居た時は第一等の軍人だぜ。

このあとは省略しますが、「ソラ」「ソコ」が「表記の二相」となっていることが確認されたと思います。「ソラ」「ソコ」が何故二相であるかについては、このあと「インドラの網」について説明するところでまとめて説明しようと思います。

## 壁画のなかの子供さんたち

〈私〉だけが、天上界と人間界の「二相」的存在であるわけではありません。〈私〉の眼前に見える〈天の子供達〉もじつは、人間界の地上の大寺の壁画に描かれた子供達であるというのです。つまり天の子供達も〈私〉同様、天上界に属する存在であると同時に地上の人間界にも属する存在であるという、まさに相補的存在であるのです。

## 見れども見えず、聞こゆれども聞こえず

これまでに述べてきたような、私たちの世間的常識では納得しがたい天上界と人間界の融合を、作者は次のように表現しています。筋の展開に沿って引用します。

・（天人の天翔るさまを）一瞬百由旬を飛んでゐるぞ。けれども見ろ、少しも動いてゐない。少しも動かずに移らずに変らずにたしかに一瞬百由旬づつ翔けてゐる。
・まっすぐにまっすぐに翔けてゐました。けれども少しも動かず移らずまた変りませんでした。
・百千のその天の太鼓は鳴ってゐながらそれで少しも鳴ってゐなかったのです。
・その孔雀はたしかに空には居りました。けれども少しも見えなかったのです。たしかに鳴いて居りま

した。けれども少しも聞えなかったのです。
・そして私は本統にもうその三人の天の子供らを見〔 〕ませんでした。

およそ私たちの常識では理解しがたい状況が語られています。が、これが人間界と天上界が、いわば「表裏一体」となった様相なのです。天台宗の「十界互具」の具体的な在りようなのです。賢治の言葉を借りれば〈二重の風景〉ということになりましょう。そして、その世界を体験する読者は、当然〈二重感覚〉を体験するということになりましょう。

対象がものすごいスピードで動きながら、じっと静止しているというくだりがありますが、一見、荒唐無稽に見えることながら、じつは単なる空想ではありません。

たとえば今、私は、我が家の机に向かって、じっと座っています。しかし、実は地球とともにものすごいスピードで太陽系のなかを飛翔しているのです。いや太陽系とともに銀河系のなかの一天体として、この広大なる宇宙空間を想像もつかぬスピードで天翔けているのです。これは単なる空想ではありません。物理的な厳然たる「事実」です。

私は地上に居ます。しかし同時に、大気圏の底に居るのです。賢治が好んで私たちの立っているところを〈気圏の底〉と表現するのは、物事を「二相」においてとらえるということの一つの具体例といえましょう。

## インドラの網

結末に近く、次のような描写があります。天の子供達が空をさして叫びます。

「ごらん、そら、インドラの網を。」

私は空を見ました。いまはすっかり青ぞらに変ったその天頂から四方の青白い天末までいちめんはられたインドラのスペクトル製の網、その繊維は蜘蛛のより細く、その組織は菌糸より緻密に、透明清澄で黄金で又青く幾億互に交錯し光って顫えて燃えました。

太陽の光が交錯し輝くさまをインドラの網と形容したものです。

インドラとは因陀羅のこと。因陀羅とは帝釈天のことで、その網を天帝網といいます。帝釈天の宮殿を覆っている広大なる網で、一つ一つの網の結び目には宝珠が結ばれており、その無数の宝珠がたがいに映じあい、輝く宝珠がさらに互いに映じあって無限に続く、というもの。一の中に一切を、その一切の一つ一つ中にまた他の一切を含むという、華厳経の「一即一切」「一切即一」の思想を視覚的に表したものです。これは現実の世界そのものが、互いに密接不可分に相関し合っているという世界像をいわばたとえたものといえましょう。

よく知られた賢治の「世界が全体幸福にならないうちは個人の幸福はありえない」という思想の根底にあるものではないでしょうか。

## 〈人の世界のツェラ高原の空間〉から〈天の空間〉へ

これは「人間界」の〈私〉が、現身《うつせみ》のままで、天上界の〈私〉となることを意味しています。法華経は、我々人間が死んだとき、一時天上界（中有《ちゅうう》）にとどまり、しかるべき「界」に転生すると教えます。賢治は「永訣の朝」のなかで、妹トシの死後とどまるところを「兜率の天」と呼んでいますが、そここそが、この「天上界」のなかの一つの「天」なのです。

この作品世界を文芸学的に表現すれば、現実の相と非現実の相の「二相ゆらぎ」の展開過程こそが、この「作品の筋」ということになるでしょう。

現世の人間である〈私〉は、天上界の天人達と時空を共有して（ともにして）いるということです。しかし一瞬、一瞬に、それは「ゆらいで」いることを見逃してはなりません。

この物語は、冒頭〈私は私の錫いろの影法師にずゐぶん馬鹿ていねいな別れの挨拶をやってゐました〉とはじまり、結末において、〈私は草穂と風の中に白く倒れてゐる私のかたちをぼんやり思ひ出しました〉とあります。まさしく、現実と非現実が表裏一体となった「現幻二相」の世界です。賢治の言葉を借りると〈二重の風景〉ということでしょう。この世界を読みすすめる読者の私たちの受ける感覚は、これまた、賢治のいう〈二重感覚〉ということになりましょう。

さて、ここでいよいよ懸案となっていた散文詩的な童話「やまなし」について、本格的に論及しようと思います。

まず問題となっていたのは、〈やまなし〉と〈山なし〉という表記の二相が、如何なる意味を持つのか、ということでした。今や読者諸賢におかれては、この表記の「ゆらぎ」が、「うっかりミス」などという類のものではなく、作者賢治の世界観・人間観の根幹に関わる問題をはらんでいることを疑う方はありますまい。

本書は、童話「やまなし」のなかに「奇妙な一語」があるということからはじまりましたが、肝心のその「謎」は棚上げして、その他の童話をあれこれ取り上げて、ひたすら「二相」ということに焦点を絞り論じてきました。ここで、いよいよ、ここまで宙づりになっていた「やまなし」の「謎」に向かい合うことになります。しかし、これはわざと読者をじらしたわけではないのです。童話集『注文の多い料理店』所収の童話を取り上げた後で、「やまなし」を取り上げたのは、それなりの理由があるのです。つまり「表記の二相ゆらぎ」ということで、誰でもすぐ気づくような「どんぐりと山猫」をまず取り上げたのです（おそらく作者も、まずこの童話で「二相」ということに気づかせて、という意図があったであろうと思われます）。その後あれこれの「二相」の型を一通りだした段階で、はじめて「やまなし」のような様々な要素をはらんだ「むつかしい」作品を取り上げることが妥当であろうと考えたからです。本書で「やまなし」を最後に持ってきたというのは、以上のような事情を考慮してのことでした。「二相」ということと同時に、他の重要な法華経の教義について、また文芸学の理論についても、あわせて論究したいと思います。

## 21

# 「やまなし」

大正十二年四月八日　岩手毎日新聞

一九二二（大正十一）年賢治二十六歳の時、最愛の妹トシが他界しました。深い悲しみの中で、賢治はその後しばらく創作の筆を断っていましたが、その沈黙を破るかの如く、翌一九二三（大正十二）年四月八日、『岩手毎日新聞』に、この童話「やまなし」を発表したのです。つまり、この作品は賢治晩年の傑作といっていいでしょう。

作品全文を次に引用します（『新・全集』筑摩書房より。ルビは原典のまま）。

やまなし

小《ちひ》さな谷川《たにかは》の底《そこ》を写《うつ》した二枚《まい》の青《あを》い幻燈《げんとう》です。

一、五　月《ぐわつ》

二疋《ひき》の蟹《かに》の子供《こども》らが青《あを》じろい水《みづ》の底《そこ》で話《はな》してゐました。

『クラムボンはわらつたよ〔。〕』

『クラムボンはかぷかぷわらつたよ。』

『クラム〔ボ〕ンは跳《はね》てわらつたよ。』

『クラムボンはかぷかぷわらつたよ。』

上《うへ》の方《ほう》や横《よこ》の方《ほう》は、青《あを》くくらく鋼《はがね》のやうに見《み》えます。そのなめらかな天井《てんぜう》を、つぶ〳〵暗《くら》い泡《あわ》が流《なが》れて行《ゆ》きます〔。〕

『クラム〔ボ〕ンはわらつてゐたよ。』

『クラムボンはかぷ〳〵わらつたよ。』

『それならなぜクラムボンはわらつたの。』

『知《し》らない。』

つぶ〳〵泡《あわ》が流《なが》れて行《ゆ》きます。蟹《かに》の子供《こども》らもぽつ〳〵〳〵とつゞけて五六粒泡《つぶあわ》を吐《は》きました。それはゆれながら水銀《すいぎん》のやうに光《ひか》つて斜《なゝ〔〕》めに上《うへ》の方《ほう》へのぼつて行《い》きました。

つうと銀《ぎん》のいろの腹《はら》をひるがへして、一疋《〔ぴ〕き》の魚《うを》が頭《あたま》の上《うへ》を過《す》ぎて行《ゆ》きました。

『クラムボンは死《し》んだよ。』

『クラムボンは殺《ころ》されたよ。』

『クラムボンは死《し》んでしまつたよ………。』

『殺《ころ》されたよ。』

『それならなぜ殺《ころ》された。』兄《〔にい〕》さんの蟹《かに》は、その右側《みぎかは》の四本《ほん》の脚《あし》の中《なか》の二本《ほん》を、弟《おとうと》の平《ひら》べつたい頭《あたま》にのせながら云《い》ひました。

『わからない〔。』〕

魚《うを》がまたツウと戻《もど》つて下流《かりう》の方《はう》へ行《い》きました。

『クラムボンはわらつたよ。』

『わらつた。』

にはかにパツと明《あか》るくなり、日光《につこう》の黄金《〔きん〕》は夢《ゆめ》のやうに水《みづ》の中《なか》に降《ふ》つて来《き》ました。

波《なみ》から来《く》る光《ひかり》の網《あみ》が、底《そこ》の白《しろ》い磐《いは》の上《うへ》で美《うつく》しくゆら〳〵のびたりちゞんだりしました。泡《あわ》や小《ちひ》さなごみからはまつすぐな影《かげ》の棒《ぼう》が、斜《なゝ〔〕》めに水《みづ》の中《なか》に並《なら》んで立《た》ちました〔。〕

魚《うを》がこんどはそこら中《ぢう》の黄金《〔きん〕》の光《ひかり》をまるつきりくちやくちやにしておまけに自分《じぶん》は鉄《てつ》いろに変《へん》に底《そこ》びかりして、又《また》上流《かみ》の方《はう》へのぼりました〔。〕

『お魚はな〔ぜ〕あゝ行《い》つたり来《き》たりするの。』

弟《おとうと》の蟹《かに》がまぶしさうに眼《め》を動《うご》かしながらたづねました。

『何《なに》か悪《わる》いことをしてるんだよとつてる〔ん〕だよ。』

『とつてるの。』

『うん。』

そのお魚がまた上流《かみ》から戻《もど》つて来《き》ました。今度《こんど》はゆつくり落《お》ちついて、ひれも尾《を》も動《うご》かさず〔た〕ゞ水《みづ》にだけ流《なが》されながらお口《くち》を環《わ》のやうに円《まる》くしてやつて来《き》ました。その影《かげ》〔は〕黒《くろ》くしづかに底《そこ》の光《ひかり》の網《あみ》の上《うへ》をすべりました。

『お魚は……。』

その時《とき》です。俄《にはか》に天井《てんぜう》に白《しろ》い泡《あわ》がたつて、青《あを》びかりのまるでぎら〳〵する鉄砲弾《てつ〔ぽ〕うだま》のやうなものが、いきなり飛込《とびこ》んで来《き》ました。

兄《〔にい〕》さんの蟹《かに》はつきりとその青《あを》いもののさきがコンパスのやうに黒《くろ》く尖《とが》つてゐるのも見《み》ました。と思《おも》ふうちに、魚《うを》の白《しろ》い腹《はら》がぎらつと光《ひか》つて一ぺんひるがへり、上《うへ》の方《ほう》へのぼつたやうでしたが、それつきりもう青《あを》いものも魚《うを》のかたちも見えず光《ひかり》の黄金《きん》の網《あみ》はゆら〱ゆれ、泡《あわ》はつぶ〱流《なが》れました。

二疋《ひき》はまるで声《こゑ》も出《で》〔ず〕居《ゐ》すくまつてしまひました。

お父《とう》さんの蟹《かに》が出《で》て来《き》ました。

『どうしたい。ぶるぶるふるえてゐるぢやないか。』

『お父《とう》さん、いまおかしなものが来《き》たよ。』

『どんなもんだ。』

『青《あを》くてね、光《ひか》るんだ〔〕よ。はじがこんなに黒《くろ》く尖《とが》つてるの。それが来たらお魚が上《うへ》へのぼつて行《い》つたよ。』

『そいつの眼《め》が赤《あか》かつたかい。』

『わからない。』

『ふうん。しかし、そいつは鳥《とり》だよ〔。〕かはせみと云《い》ふんだ。大丈夫《〔だ〕いぜう〔ぶ〕》〔だ〕、安心《あんしん》しろ。お〔れた〕ちはかまはないんだから。』

『お父《とう》さん、お魚はどこへ行《い》つたの。』

『魚かい。魚はこわい所《ところ》へ行《い》つた。』

『こわいよ、お父《〔とう〕》さん。』

『いゝいゝ、大丈夫《〔だ〕いぜう〔ぶ〕》だ。心配《しん〔ぱ〕い》するな〔。〕そら、樺《かば》の花《はな》が流《なが》れて来《き》た。ごらん　きれいだらう。』

泡《あわ》〔と〕一緒《しよ》に、白《しろ》い樺《かば》の花《はな》びらが天井《てんぜう》をたくさんすべつて来《き》ました〔。〕

『こわいよ、お父《とう》さん。』弟《おとうと》の蟹《かに》も云《い》ひました〔。〕
光《ひかり》の網《あみ》はゆら〱、のびたりちゞんだり、花《はな》びらの影《かげ》はしづかに砂《すな》をすべりました。

## 二、十二月《ぐわつ》

蟹《かに》の子供《こども》らはもうよほど大《おほ》きくなり、底《そこ》の景色《け〔〕し〔き〕》も夏《なつ》から秋《あき》の間《あひだ》に〔す〕つかり変《かは》りました。

白《しろ》い柔《やはら》かな円石《まるいし》もころがつて来《き〔〕》小《ちひ》さな錐《〔きり〕》の形《かた〔ち〕》の水晶《すいせう》の粒《つぶ》や、金雲母《〔き〕んうんも》のかけらもながれて来《き》てとまりました。

そのつめたい水《みづ》の底《そこ》まで、ラムネの瓶《びん》の月光《〔げ〕っこう》がいつぱいに透《すき》と〔ほ〕り天井《てんぜう》では波《なみ》が青《あを》じろい火《ひ》を、燃《も》したり消《け》したりしてゐるやう、あたりはしんとして、たゞいかにも遠《とほ》くからといふやうに、その波《なみ》の音《おと》がひゞいて来《く》るだけです。

蟹《かに》の子供《こ〔ど〕も》らは、あんまり月《つき》が明《あか》るく水《みづ》がきれいなので睡《ねむ》らないで外《そと》に出《で》て、しばらくだまつて泡《あわ》をはいて天井《てんぜう》の方《はう》を見《み》てゐました。

『やつぱり僕《ぼく》の泡《あわ》は大《おほ》きいね。』

『兄《〔にい〕》さん、わざと大《おほ》きく吐《は》いてるんだい。僕《ぼく》だつてわざとならもつと大《おほ》きく吐《は》けるよ。』

『吐《は》いてごらん。おや、たつたそれきりだらう。いゝかい、兄《〔にい〕》さんが吐《は》くから見《み》ておいで。そら、ね、大《おほ》きいだらう。』

『大《おほ》きかないや、おんなじだい。』

『近《ちか》くだから自分《じぶん》のが大《おほ》きく見《み》えるんだよ。そんなら一緒《しよ》に吐《は》いてみやう。いゝかい、そら。』

『やつぱり僕《ぼく》の方大《ほうおほ》きいよ。』
『本統《ほんとう》かい。ぢや、も一つはくよ。』
『だめだい、そんなにのびあがつては。』
またお父《とう》さんの蟹《かに》が出《で》て来《き》ました。
『もうねろねろ。遅《おそ》いぞ、あしたイサドへ連《つ》れて行《ゆ》かんぞ。』
『お父《とう》さん、僕《ぼく》たちの泡《あわ》どつち大《おほ》きいの』
『それは兄《〔にい〕》さんの方《ほう》だらう』
『そうぢやないよ、僕《ぼく》の方大《ほうおほ》きいんだよ』弟《おとうと》の蟹《かに》は泣《な》きさうになりました〔。〕
そのとき、トブン。
黒《くろ》い円《まる》い大《おほ》きなものが、天井《てんぜう》か〔〕ら落《お》ちてずうつとしづんで又上《またうへ》へのぼつて行《ゆ》きました。キラキラツと黄金《〔きん〕》のぶちがひかりました〔。〕
『かはせみだ』子供《こども》らの蟹《かに》は頸《くび》をすくめて云《い》ひました〔。〕
お父さんの蟹《かに》は、遠《とほ》めがねのやうな両方《れうほう》の眼《め》をあらん限《かぎ》り延《〔の〕》ばして、よく〱見《み》てから云《い》ひました〔。〕
『さうぢやない、あれはやまなしだ、流《なが》れて行《ゆ》くぞ、ついて行《い》つて見《み》やう、あゝいゝ匂《にほ》ひだな』
なるほど、そこらの月《つき》あかりの水《みづ》の中《なか》は、やまなしのいい匂《にほ》ひでいつぱいでした〔。〕
三疋《〔び〕き》は〔ぽ〕かぽか流《なが》れて行《ゆ》くやまなしのあとを追《お》ひました〔。〕
その横《よこ》あるきと、底《そこ》の黒《くろ》い三つの影法師《かげぼうし》が、合《あは》せて六つ踊《をど》るやうにして、山《やま》なしの円《まる》い影《かげ》を追《お》ひました〔。〕

間《ま》もなく水《みづ》はサラサラ鳴《な》り、天井《てんぜう》の波《なみ》はいよいよ青《あを》い焔をあげ、やまなしは横《よこ》になつて木《き》の枝《えだ》にひつかかつてとまり、その上《うへ》には月光《げつこう》の虹《にじ》がもかもか集《あつ》まりました〔。〕

『どうだ、やつぱりやまなしだよ　よく熟してゐる、いい匂《にほ》ひだらう。』

『おいしさうだね、お父《とう》さん』

『待《ま》て待《ま》て、もう二日《か》ばかり待《ま》つとね、こいつは下《した》へ沈《しづ》んで来《く》る、それからひとりでにおいしいお酒《さけ》ができるから、さあ、もう帰《かへ》つて寝《ね》やう、おいで』

親子《おやこ》の蟹《かに》は三疋《〔ぴ〕き》自分《〔じぶん〕》等《ら》の穴《あな》に帰《かへ》つて行《ゆ》きます〔。〕

波《なみ》はいよいよ青《あを》じろい焔をゆらゆらとあげました。それは又金剛石《またこんごうせき》の粉《こ》をはいてゐるやうでした〔。〕

◆

私《わたし》の幻燈《げんとう》はこれでおしまひであります。

## 小学国語教材としての「やまなし」

昭和四十六年度版光村図書の小学校国語教科書六年下巻に、はじめて賢治の童話「やまなし」が登場しました。全国の六割強の版図をしめる教科書に掲載されて、ほぼ半世紀近くになるということは、日本人の多くになじみ深い、いわば「国民的童話」といえましょう。同社の「編集顧問」を務めていた私は、小学校を卒業する子供達へのすばらしい「プレゼント」として、賢治の珠玉の散文詩的童話「やまなし」を強力に推薦したのです。さいわい、編集委員会の賛同を得て、採択されました。

ところが、いざ教室で授業となると、さまざまな疑問が頻出して、教師にとって「難教材」のひとつに数えられてきました。

まず、この童話は、冒頭に、これは〈二枚の青い幻燈です〉、とあります。しかし、この作品世界は、いまお読みになってお感じになったであろうように、きわめてカラフルな、しかも目まぐるしく変転する、幻燈というよりは、むしろ天然色映画に喩えたいような世界です。また何故〈五月〉と〈十二月〉の「二枚」なのか。

それに、冒頭から〈クラムボン〉という得体の知れぬ生物（?）が登場してきます。賢治研究者のあいだでも、この正体をめぐって「プランクトン」みたいなものか、いや「水の泡」であろう……とか、諸説紛々、いまだに定説がありません。

『宮沢賢治語彙辞典』（東京書籍刊）では、〈クラムボン〉について、「この童話では、それほど語意を追求する必要はあるまい。あたかも水の流れや反射光の微妙な変化と躍動が直接伝わってくるような、語感の響きの妙を味わうべきだろう」と、問題の解明を「回避」しています（これらの問題についての理論的解明を私は十数年ほど前、拙著『宮沢賢治「やまなし」の世界』（黎明書房刊）において詳しく記述しておりますが、ここでは〈クランボン〉とは、仏教哲学における「仮名《けみょう》」である、とだけいっておきます。後で詳しく論述します）。

まず、ここで取り上げたい重要な問題は、なぜ題名が「やまなし」か、ということと密接に関わる問題です。題名が「やまなし」とありますが、作品全文をお読みいただければ、その「やまなし」が現れるのは、十二月の場面の後半、しかも、いきなり〈トブン〉と水中に飛び込んでくる……というだけの「もの」にすぎません。にもかかわらず、何故そのとるにたらぬ題材とも思える「やまなし」が、作品の題名に据えられているのでしょうか。

　さらに、本書冒頭に触れたように、題名をも含めて、すべて〈やまなし〉と平仮名表記なのに、一カ所のみ〈山なし〉と交ぜ書きになっているのは、なぜか（これは、現場での混乱を防ぐために、教科書では、すべて〈やまなし〉に統一してあります）。

　一般に題名というものは、作品の主題に関わるものとか、あるいは主人公（この童話では蟹の子供）とか、主要場面（小さな谷川の底）とか、作品にとって、重要な関わりを持つものであり、とにかく誰もが「なるほど」と頷けるものであるはずです。ところが、この作品の題名は、意外なことに、作品の主題にとって、一見何の関係もない題材に思われます。にもかかわらず、題名「やまなし」については先ほどの『辞典』でも最近刊の『宮沢賢治大事典』（勉誠書房刊）でも、まったく言及がありません。〈やまなし〉というものの、思想的に重要な意味が不問に付されていることの表れという以外にありません。

　このように考え始めると、なかなかに理解しがたいところのある教材です。「童話」として読んでいる限りは誰もが、子供でも、楽しく読める美しい童話です。ところが、一旦、「教材」として、研究の対象として向き合うと、お手上げになってしまう「問題の作品」といえましょう。

　この童話を教材として強力に推薦してきた「責任」もあり、私としては、教師の皆さんに、この童話のすばらしさを理解していただくため、十数年前、前掲書を刊行、版を重ねて今日に到っております。私が会長を務めております小・中・高の国語教師の全国組織である文芸教育研究協議会（文芸研）の全国大会で、毎年「やまなし」の分科会を設け、小学六年生の授業記録を発表してきました。参加者は、この童話のすばらしさに、あらためて感動してくれます。

「やまなし」には、前述のこと以外にも、多くの謎が秘められています。そのほとんどは前掲書で具体的に解明しておりますが、じつは、あの奇妙な「表現の仕方」（山なし）については、このたび本書で取り上げるまでは、今日まで手つかずのままでした。賢治の研究者は、海外の研究者を含め、国際学会があるほどで、研究論文や著書も汗牛充棟ただならず、という状況です。にもかかわらず、いまのところ、ここに提示する「謎」については、まだ気づいた方は無いようです。また、たとえ気づいたとしても、おそらく妥当な見解を示せなかったのではないでしょうか。そのことについて論じた論文を寡聞にして知りません。

## 現場教師の所感

「やまなし」は「すばらしい作品ではあるが、いざ教えるとなると、いろいろ判らない問題が出てくる」のです。その当時の教師の困惑を、当時小学校教師であった山田瑤子氏は、最近出された著書の中で次のように記しておられます（『やまなし「再考」―クラムボンから苦楽無梵への軌跡―』）。

「やまなし」は、それまでに教科書教材で取り扱ってきたどの教材とも趣の異なる特殊な作品であった。常套の手段では理解しにくい内容と表現形式が教師の注目を浴び、戸惑いの声が随所に聞かれるようになった。

そのころ私も例にもれず、「やまなし」の指導のときを目前にして困惑しきっていた。このような作品が、小学六年生の児童に与える課題として選択されていることに驚きもし、それ以上に私自身の読解力に自信を失って苦しんだ。

国語のベテラン教師であられた山田氏にして、然り。一般の教師としては、おそらく、読解指導は棚上げ、子供らに一読させたあと、自由に感想を発表させるといった扱いであったろうと想像します。

私は、自分が強力に推薦した作品ではあり、なんとしても、小学校を卒業する子供達へのすばらしい「おくりもの」として大事にしていただきたいと願い、これらの疑問のすべてに答えるために、前掲書を上梓しました。しかし、〈山なし〉という交ぜ書きについての疑問に説得的に答えるまでには到らず、その後数年、ひたすら、この問題と取り組み、今ここにようやく長年の責務を果たすことが出来たのです。

## 〈やまなし〉と〈山なし〉＝表記の二相ゆらぎ

話者・語り手の語る世界は、小さな谷川の底に住む二疋の子蟹の経験する出来事の世界です。話者〈私〉の語る世界に、作者は、ある意味づけをして、それに「やまなし」という題名を与えました。出来事の推移を語りすすめる話者の話体（語り方）を踏まえ、かつそれを超えて、作者は深い思想的な意味を込めた独自の文体（書き方）を生みだしたのです。では、なぜ題名が「やまなし」か。じつは、そこに、この世界の謎解きをする重要な「鍵」があるといえましょう。

原典においては（前に引用したとおり）、〈やまなし〉と〈山なし〉（交ぜ書き）の二通りの表記になっています。また〈魚〉と〈お魚〉と呼称がまさに二相であるということは、いまやここまで本書を読んでこられた読者なら、ここにこそ、この作品を読み解く「鍵」が暗示されているとお考えになるでしょう。うっかりミスなどではなく、作者賢治の意図によるものであり、しかも「作者の世界観・人間観の根底」に関わるものであろう、と考えられるはずです。

じつは、この作品の異稿（初期稿）を見ますと、はじめから、作者が「ヤマナシ」と「サカナ」にスポットを当てていることが、その表記と呼称の二相ということからも推察できます。まず「ヤマナシ」について。初期稿の、その場面のみを引用します（傍線は筆者）。「ヤマナシ」が落ちてきた瞬間……

「かはせみだ。」子供らの蟹は立ちすくみました。
「さうぢゃない。あれはやまなしだ。流れて行くな　ついて行って見やう。あゝ　いゝ匂だな。」
なるほどそこらの月あかりの水の中はやまなしのいゝ匂いでいっぱいでした。三疋はぽかぽか流れて行く山梨のあとを追ひました。その横あるきと底の黒い三つの影法師。間もなく水はサラサラ鳴り天井の波はいよいよ青い焔をあげ山梨は横になっ〔〕た木の枝にひっかゝってとまりその上には月光の虹がもかもか集まりました。
「どうだ。やまなしだよ。よく熟してゐる。いゝ匂だらう。」

ごらんの通り、話者の語る地の文においても、〈やまなし〉と〈山梨〉という、「表記の二相ゆらぎ」が見られます。決定稿との比較においても、この表記法の「二相ゆらぎ」は、恣意的なものではなく、あきらかに作者の意図的なものであることが確認できます。

なお、〈五月〉の場面において、飛び込んできたかわせみに捕食された「サカナ」は、〈魚〉と〈お魚〉という「呼称の二相」において表現されています。そこでまず、これまで本書で多くの童話を対象に分析してきた「独自の方法」を駆使して、まずは**〈魚〉と〈お魚〉という「呼称の二相」**の意味するものが何か、そこから始め、最後に〈山なし〉の謎の解明に進むことにしましょう。

## 〈魚〉と〈お魚〉＝二相系の存在

クラムボンが〈死んだよ〉〈殺されたよ〉という子蟹達のやりとりに先だって〈つうと銀いろの腹をひるがへして、一疋の魚が頭の上を過ぎて行きました〉とあれば、子蟹ならずとも読者もまた、クラムボンの死（殺し・殺生）を「魚」の存在と関わらせて読まないはずは、ありません。

さらに〈魚がこんどはそこら中の黄金の光をまるつきりくちやくちやにしておまけに自分は鉄いろに変に底びかりして、又上流の方へのぼりました〉と、あって、弟の蟹が〈お魚はな〔ぜ〕あゝ行つたり来たりするの〉と問うたのに対して兄が〈何か悪いことをしてるんだよとつてる〔ん〕だよ〉と答えています。

この語られる状況から、誰しも〈魚〉が「殺生」に関わっているであろうと推察するのは当然でしょう。その魚が〈また上流から戻つて来ました〉とあり、もしやと予想した瞬間、その読者の予想を裏切り、なんと今度は突然とび込んできた〈かはせみ〉の出現によって、〈魚〉は一瞬にして「蒸発」してしまいます。

ここには子蟹達を恐怖のどん底に突き落とすほどの「食う、食われる」「殺し、殺される」弱肉強食の惨劇があります。まさしく〈魚〉は、一面において他者の命を奪うものであり、反面においては、他者によりその命を奪われるものでもあるのです。

この「食う、食われる」「殺し、殺される」という修羅場において、作者は、〈魚〉にスポットを当てていることが推測できます。〈魚〉とは、一面において殺生する「相」に、反面において殺生される「相」にある、まさに互いに相反する相をもつ「二相系の存在」といえましょう。ここには人間を含め、すべて生きとし生けるものの世界における悲劇的「実相」が語られているのです（巻頭に取り上げた「よだかの星」、「二十六夜」も、おなじ問題を扱っていました）。

〈一、五　月〉の場面で「二相系」のものは、「サカナ」だけです。しかし「二、十二月」の場面では、「ヤマナシ」だけが「二相系」のものとして登場します。

## 二相系のものとしての「やまなし」

子蟹たちが「泡くらべ」に興じている最中、突然〈トブン〉と〈黒い円い大きなもの〉が、飛び込んできます。〈かはせみだ〉子蟹たちは恐怖のあまり居すくまってしまいます。

しかし、それは川底に沈み、月の光に映えて〈キラキラッと黄金のぶちがひかり〉〈そこらの月あかりの水の中は、やまなしのいい匂ひでいっぱい〉になります。やがて〈木の枝にひっかかってとまり、その上には月光の虹がもかもか集まり〉ます。

〈やまなし〉は、下から見上げる子蟹たちの視角からは〈黒い円い大きなもの〉という子蟹をおびやかすような不気味な「相」としてあります。しかし底に沈んで子蟹たちから見下ろされる〈やまなし〉の「相」は、一転して、月の光に黄金に輝き、月光の虹に包まれ聖なるものとなるのです。この相反する二相こそ〈やまなし〉なのです。子蟹たちにとって〈やまなし〉は一面魔性のものでもあり、反面月光に荘厳された聖なるものでもあるのです。もちろん、いずれもそれぞれの視角と条件の下での、真実の相〈諸法実相〉であることはいうまでもありません。

この〈魚〉と〈やまなし〉は、前者は一瞬にして生死を分かつ悲劇的存在であり、後者は、これも子蟹たちに恐怖から一瞬にして歓喜をもたらすものとなる、ともに**劇的な二相系の存在**です。

しかも、この両者は、この作品の**主題を担う重要な題材**でもあるのです。だからこそ作者は「表記の二相ゆらぎ」という形をとることで、そこにスポットを当て、読者の注意を喚起しているのです。

この両者が主題を担う重要な「形象」であることについては、この後、順を追って具体的に解明していこうと思います。まずは、とりあえず……

## 見えるもの〈ところ〉と、見えないもの〈ところ〉

この世界は、子蟹の視角から、「見えるもの〈ところ〉と、見えないもの〈ところ〉」との「二相の世界」です。しかも見えないもの・ところが、じつは、見えるところのもの・ところの生き死にに密接不可分に関わるということです。見えないところから、魚の命を奪うかわせみが飛び込んできたり、蟹たちに恵みをもたらす〈やまなし〉が飛び込んできたりします。

まさに現実の世界は〈この「やまなし」の世界だけではなく〉、ある視点・視角からは、見えるところと見えないところとのある二相の世界である、ということです。私たちは見えるところだけが世界であるかのように錯覚していることが多いようです。ところが、平穏無事に見えるこの場に、突然見えないところから〈かはせみ〉が飛び込んできて、一瞬にしてひとつの命が「蒸発」するという恐ろしい事件が起きます（あの劇的な「九・一一」の事件を例に取るまでもないでしょう）。かと思えば、〈やまなし〉が、〈黒い円い大きなもの〉として突然、目のまえに飛び込んできて子蟹を脅かします。しかし、たちまち月の光に輝く〈黄金のぶち〉の光るものとなり、かぐわしい〈いい匂ひ〉を一面に漂わせるものに変身します。そして二日もすればおいしい酒となるであろうという、まさにここは「二相ゆらぎ」の世界です。

この世界では、現実の私たちの世界同様、見えるところと、見えないところとがある世界です。しかも肝心なことは、見えないところが、見えるところに劇的な変化をもたらすことがある世界なのです。

もちろん、〈やまなし〉そのものが、「みえないもの」から「みえるもの」へと転じた「二相系」のものであることはいうまでもありません。

### 小さな谷川の底

〈やまなし〉の世界は、冒頭に書かれたとおり〈小さな谷川の底〉の世界であり、しかも、〈五月〉の場面にも〈十二月〉の場面にも、〈底〉が頻出します。

一、五　月

・小さな谷川の底を写した二枚の青い幻燈です。
・二疋の蟹の子供らが青じろい水の底で話てゐました。
・波から来る光の網が、底の白い磐の上で
・鉄いろに変に底びかりして、
・その影〔は〕黒くしづかに底の光の網の上をすべりました。〈初期形では〈その影は黒くしづかに砂の上をすべりました。〉とあり、最終形でわざわざ〈底〉と書き加えたのです。〈底〉に対する賢治の思い入れの深さが感じられます。また〈砂〉を〈光の網〉に書き換えています。このことも、〈光の網〉が「インドラの網」を彷彿させるものとして賢治の特別の関心をしめすものといえましょう。〉

二、十二月

・底の景色も夏から秋の間に
・底の黒い三つの影法師が

〈底〉〈そこ〉の「二相形」は、おびただしい数、賢治の童話に、また詩に頻出します。詩「青い槍の穂」に〈気圏日本のひるまの底〉〈かげとひかりの六月の底〉。童話「銀河鉄道の夜」の〈町の灯は、暗の中をまるで海の底のお宮のけしきのやうにともり〉、童話「黄色のトマト」の〈二人は海の底に居るやう〉とあり、「風の又三郎」の中では、〈昨日まで丘や野原の空の底に澄みきってしんとしてゐた風が〉など、無数に見られます。

まさに私たちが呼吸し生活している世界は、地上であると同時に気圏の底でもあるのです。「上」でもあり、〈底〉〈「下」〉でもあるのです。私たちの生きている地上が、〈気圏の底〉でもあるという、まさに「二相系の世界」であると考えられるのです（本書で取り上げた童話「山男の四月」「鹿踊りのはじまり」「インドラの網」の場合も思い出していただきたい）。

童話「やまなし」の子蟹の生活している場は、川の「底」の磐の「上」なのです。また「磐の上」でありながら、〈かはせみ〉や〈やまなし〉の存在する「見えないところ」の「下」でもあるのです。

賢治は、すべての「もの」〈者・物〉を、相反する「二相」的存在と考えてきました。〈底〉という頻出する言葉は、そのことの一つの賢治らしい世界観を示唆するものといえましょう。〈やまなし〉も、水面より「上」の存在から、一瞬にして水面より「下」〈底〉の存在に変貌するものとなります。

賢治が「底」に深い思いを込めているであろうことの一つの現れとして、本文中には一言も「底」という語が出てこないのに題名が「林の底」とある童話があります。『イーハトブへの招待』の著者遠藤祐氏は「どうして『林の底』と題されたのだろう」と当然の疑問を提示されています。この頻出する「底」には、じつは深い意味がこめられているのです。

賢治は、私たちの住む「地上」を、〈気圏の底〉と表現します。「上」であると同時に「下」でもあるという矛盾をはらむこの種の「二相」的表現は至る所に出てきます。ここにはわれわれの常識を越える賢治の宇宙感覚が窺われます。

さらには賢治の修羅と深い関係が見られます。

詩「春と修羅」には、

・四月の気層のひかりの底を
・ああかがやきの四月の底を
・まばゆい気圏の海のそこに

ここで注意してほしいことは〈気圏の底〉と相俟って〈修羅〉のイメージがくり返されていることです。つまり〈気圏の底〉とは、〈修羅〉の〈唾し　はぎしりゆききする〉、〈はぎしり燃えてゆききする〉所であるということです。また〈気圏の底〉を〈気圏の海のそこ〉と表現していることです。ところで『広辞苑』によれば阿修羅は「地下または海底の宮殿（阿修羅宮）に住む」とあります。とすれば「気圏ときにうみのごときことあり」という詩の題名からもうかがわれるように、賢治において〈気圏の底〉は、いわば修羅のすむという「海の底」のイメージに等しいといえましょう。賢治は気圏を「海」とみなして〈天の海〉（「雲とはんの木」）とか、〈気圏の海のそこ〉（「春と修羅」）と表現しています。〈気圏の底〉も〈海の底〉も、いずれもそれは、修羅の世界です。賢治が〈私は気圏オペラの役者です〉（詩「東岩手火山」）というとき、この地上の現実世界を「気圏」という舞台と見立て、己自身を修羅を演ずる

「役者」に擬していることは、あきらかです。

## クラムボンとは「仮名」である

〈五月〉の場面の冒頭に出てくる〈クラムボン〉という存在は、子蟹には多分それなりに「わかる」ものとして、あのような「蟹語」で呼ばれているのであろうと思われます。しかし、私たち読者には、皆目何者であるのか「わからない」ものとしてあります。だからこそ研究者の間でも、論議が尽きないのでしょう。

ある人は「あめんぼ」のことではないか、といい、また「プランクトン」から連想した造語という者もあり、あるいは、「水の泡」説……諸説紛々。いずれも決め手はありません。仮に決め手があったとしても、では、なぜ作者がわざわざ〈クラムボン〉なる造語を用いたのか、その意図なるものが解明されねばならないでしょう。

〈クラムボン〉というのは人間の言葉ではなく、蟹語です。私たち人間には理解できないかもしれぬ言葉です。また〈十二月〉の場面の〈お父さんの蟹〉の科白にでてくる〈イサド〉も蟹語です。いや、作者賢治の造語というべきでしょう。

では、一体賢治は何故、かかる面妖な造語を用いたのでしょうか。まずその疑問を解くに当たり、そもそも、「ことば」とは、何ぞや、という問いに答えるべきでしょう。

仏教哲学では、すべて言葉は「仮名《けみょう》」(注)であるといいます。私たちは必要とあれば、すべて対象に「名づけ」をします。すべての呼称は「仮に名づけたもの」といえましょう。このことは現代の意味論、記号論、言語論も等しく指摘しているところです。〈クラムボン〉とは、蟹たちによって仮に名づけられたという意味で仏教哲学は「仮名」と定義します（もちろん「名」が、必ずしも「体」を表すとはかぎりませんが）。

### （注）「仮名」について

六世紀インドで活躍した仏教認識論・論理学に多大な貢献をした陣那（ディグナーガ）は、ある概念はその矛盾概念の否定として成りたつのであり、実在する対象に言及するものではない、というアポーハ（他の排除）理論を説きました。Aという概念は非Aの否定としてあるだけであって、Aに相当する実在に関わるものではない、というのです。たとえば「父」という概念は「子」という概念（あるいは「母」という概念）との相関関係においてのみ存在するものです。「子」の存在をぬきにして「父」の存在はありえません。インド人にとって「牛」は身近な存在であるため、よく引き合いに出されるのですが、「牛」ということばは、「牛」ではないもの（たとえば「馬」とか「犬」とか）ではないもの、と説明されます。だから、「牛」を連れてこいといわれて、「馬」や「犬」を連れてくる者はない、というわけです。

事実の世界は、はじめから、ありのままにある、だけである。しかるに、われわれは、ありのままにある世界を自分の考え、概念、ことばによって区別し（分節し）、困ったことに、それに執着する。この区別と執着のもとはことばである。このように概念によってものを分けること、区別すること、分節すること、思惟することを、仏教では「分別」というのです。

〈クラムボン〉とは、仮名です。いや〈クラムボン〉だけが「仮名」ではありません。〈光の網〉も〈水の泡〉も、また前に出てきた〈水仙月の四日〉も、〈クラムボン〉も〈イサド〉も、すべてが仮名であるとしても、前者が日本語であり後者が蟹語であるということがちがうだけです。クラムボンという言葉に対応する何らかの「実体」があると考えてはならないのです（賢治は自分自身をも〈現象〉といいました）。

わかりやすい例をひいて説明しましょう。

ここにひとかたまりの土があります。水で捏ねて「壺」の形を作ったとしましょう。この段階で「かたまり」を「壺」と呼ぶ者はないでしょう。さて、この「かたまり」を十分に乾かして、竈に入れます。火を入れて数日、灼きあげます。竈の中にある「かたまり」は、「壺」でしょうか。多分、まだ「壺」と呼ぶ人はないでしょう。

さて、灼きあげ、ある程度冷めた段階で、竈から「かたまり」を出します。この段階では、多分誰もが、この「かたまり」を「壺」と呼ぶでしょう。では、おたずねしますが、この「かたまり」が竈の出口を離れて外に出た、その瞬間に「壺」となるのでしょうか。一体、どの時点から「かたまり」は「壺」と呼ばれるのでしょうか。この問いに対する明快な答えはあり得ません。

また、この「壺」が使用されている間に、わずかに縁が欠けたとしましょう。それでも人は「壺」と呼ぶでしょう。では、どれだけ欠けたら「壺」でなくなるのでしょうか。

所詮、「壺」と呼ぶか否かは、「仮に名づけた」ものでしかないのです。お互いの間で、あるいは社会の「通念」としての「取り決め」による以外にありません。

「こども」というのも、客観的に決められるものではありません。社会通念に基づき、あるいは、法律などの「取り決め」によってきめる以外にありません。

すべて「ことば」は「仮に名づけたもの」・「仮名《けみょう》」なのです。

## 「仮名」に託された作者の意図

賢治は、〈クラムボン〉という言葉によって、読者の注意を引き、言葉というものがすべて「仮名」であること、つまりは「実体」(注)ではなく、「現象」であり、「仮構」・「空」であることに思いいたらせようと意図したと思われます。すべてを「現象」(「空」)と見る仏教哲学的世界観への橋渡しの役をするものがこの一語に託されているといえましょう。賢治は自分自身をも〈わたくしといふ現象〉といいます。すべては「因縁所生」のものです。そのことこそが大乗仏教の根本的教義であり、賢治は「やまなし」全編を通じて、そのことを悟らせたいと願ったに違いないのです。教師でもあった賢治は、読者に対して、本題に迫るためのヒント・謎かけをしているのだと思うのです。

それに、賢治という人は、近親者や、教え子達の思い出話にあるように遊び心、あるいは茶目っ気などころのある人だったようです。たとえば、多くの人の思い出の記に、次のような言葉があります。

> どこかにヒョウキンなところがあり、職員室で、校長の特徴のある歩き方をまねてみせ、みんなを笑わせたりする。(蒲田一相)

> 賢治はたいへんユーモアのある人で、皆をよく笑わせた。写真からくる、あんな固いイメージではなく、もっと優しく柔らかな性格の人だった。そう言うユーモアをもちながらも、人に世話をやかれることがきらいであった。(佐藤隆房)

この〈クラムボン〉や〈イサド〉という造語にも、「面食らっている」読者の顔を想像しながら、ほくそ笑んでいるであろう賢治の「ヒョウキン」なところを感じさせられてなりません。

（注）**実体**

「実体」という概念・用語が、哲学の分野でも、日常の言語世界でも、よく使われています。しかし仏教哲学の分野においては、批判的に取り上げられます。重要な問題ですから、若干、解説をしておきたいと思います。

普遍、**不滅の実在**（つまり**実体**）のことを実在論者は「自体」とか、「自相」、あるいは「実」などと呼んでいます。八宗の祖といわれる大乗仏教の著名な哲学者・龍樹（ナーガールジュナ）は、「実体」のことを「自性」と呼んでいます。西洋哲学（実在論者）は、このような概念を「実体」とか「本質」とよんでいます。知覚され、生成変化するさまざまな性質、状態、作用というような現象の根底に横たわり、自己同一（アイデンティティ）にとどまり、恒常な存在であり、またそれ自身の存在のために、ほかのなにものをも必要としないものである、と定義しています。現象するものが偶然的であるのに対して、実体は本質的であるといわれ、また現象する個物はその実体あるいは本質に与ることによって存在する、と考えられています。

このように、実在論者は、そのような「実体」が多数存在すると主張しました。しかし、龍樹や代表的な大乗仏典である「般若経」は、「実体」とは、概念、ことばの実体視されたものにすぎず、実在するものではない、と批判します。だから、その意味であらゆるものは「実体」をもたず、「空」であると論じました。しかし、「空」ということは、決して「無」あるいは「無存在」ということではありません。「あるのでもない、ないのでもない」ところの「あるもの」、ということです。たとえば、光の網にしても、月光の虹にしても、水の泡にしても、それはまざまざと見えている以上、「ないのでもない」といえましょう。しかし、因縁によって変化し、消滅するものである以上、「あるのでもない」といわざるを得ません。つまり「空」ということです。

「一切の諸法」（森羅万象）は現象であり、そこに「実体」はないのです。そのことを仏教は、「諸法無我」というのです。

## 一切は「現象」であり、「空」であり、「仮名」である

いささか回り道しましたが、ここには、子蟹の視角から〈かぷかぷわら〉うものとして、〈跳ねてわら〉うものとして知覚された「現象」としての〈クラムボン〉があるのみです。〈クラムボン〉という不変な「実体」があるわけではありません。賢治は自分自身をも〈わたくしといふ現象〉（「春と修羅」の序）と表現しました。もちろん、「わたくし」だけが現象ではありません。すべてのもの「一切の諸法」が「因縁所生」のものであり、「現象」であり、「空」であり「仮名」であるのです。

もちろん〈イサド〉も仮名です。賢治は仮名としての〈イサド〉によってあらためて、仏教の空観へと読者を誘っていると考えたいのです。読者は〈クラムボン〉とは何か、〈イサド〉とは、という素朴な、そして当然の疑問から出発して、いずれはすべて因と縁によって生じたものであり、従って、すべては「仮名」であることの認識に到らざるを得ない。いやそうあって欲しいという賢治の意図が有るのではないでしょうか。

原始教典に「いちぢくの木のなかに花を探しても得られない」とあります。「花」という「実体」を「いちぢくの木」のなかに探しても、得られない、というのです。

ところで、じつは、〈クラムボン〉のような人間の言葉ではない異類の者の言葉は、他の作品でもよく出てくるのです。たとえば、「蛙のゴム靴」という童話の中で、

「この頃、ヘロンの方ではゴム靴がはやるね。」ヘロンというのは蛙語です。人間ということです。

ここでは、話者が、〈蛙語〉であると「謎解き」して見せています。
また「毒もみのすきな署長さん」に出てくる〈エップカップ〉というのは、〈水の中で死ぬこと〉というプハラ国の言葉です。話者は〈これはずゐぶんい丶語です〉と讃えています。

賢治は、創作の上でも、こんな「茶目っ気」なことをする人でした。読者に「あれ、何だろう」と、戸惑わせて喜んでいるようなところのある人でした。父親に対しては、生真面目一方の態度であった賢治も、母親や弟妹とは、随分ふざけあっていたようです。農学校の生徒達にもそんな茶目っ気なところを見せていたといいます。剽軽な性格の人でもあったようです。

## 二相の世界

話を戻します。

「やまなし」という世界は、すでに了解されたであろうように、子蟹にとって、また読者にとって、わかるものとわからないものとのある「二相の世界」である、ということができましょう。しかし、それは、ひとり「やまなし」の世界だけのことではありません。そもそも私たちは、この世界のすべてを見ているわけではないのです。またすべてを理解しているわけでもありません。そのことは、たとえば「UFO」一つとってもいえることです。「未確認飛行物体」という呼称がそのことを意味しています。世界は「わかっていること」と「わかっていないこと」の「二相」としてあるのです（まことに当たり前のことながら、つい私たちは、そのことを忘れてしまっているのです）。

賢治は、童話集『注文の多い料理店』の「広告文」において〈なんのことだか、わけのわからないところもあるでせうが、そんなところは、わたくしにもまた、わけがわからないのです〉と述べています。肝心なことは、「わからないもの」「みえないもの」が、わたしたちの人生に大きく関わっていることがあるということです。その比重の大きさは無視できません。

それにしても〈わたしにもわからない〉と公言してはばからず作品を書いた作家を私は寡聞にして知りません。

ごく当たり前のことのようでもあり、なんとも大胆な、ともとれます。いずれにせよ、世界とは、見えないところも、わからないところもあるではないか、と大まじめで己の世界観・人間観を公言している、と取りたいところです。

**二相系の譬喩**

「やまなし」における譬喩は、賢治の他の童話における譬喩同様、きわめてユニークな「二相系の譬喩」といえましょう。いわゆる文芸学で「異質な譬喩」という範疇に属するものです。

まず、谷川の〈水〉あるいは〈波〉についての譬喩を見てみましょう。

・上の方や横の方は、青くくらく鋼のやうに見えます。そのなめらかな天井を、つぶ〳〵暗い泡が流れて行きます

・天井では波が青じろい火を、燃したり消したりしてゐるやう

・間もなく水はサラサラ鳴り、天井の波はいよいよ青い焔をあげ

・波はいよいよ青じろい焔をゆらゆらとあげました。それは又金剛石の粉をはいてゐるやうでした

ごらんのとおり、〈水〉と〈鋼〉・〈天井〉、あるいは〈波〉と〈火〉・〈焔〉・〈金剛石の粉〉といった固相のそれもきわめて硬質なもの、あるいは〈火〉や〈焔〉といった気相の、しかも俗に水と火といわれるほど相容れぬ異質なものを取り合わせていることは、賢治のいう〈二重感覚〉を引きおこすものです。別な表現をするなら「二相系の譬喩」といえましょう。なお「水面」を〈天井〉と喩えるのは、子蟹の視角から水面を仰ぎ見ての譬喩であり、しかも、水の世界が、あたかも居住空間のおもむきを呈しているような感をあたえます。

〈日光〉や〈月光〉の譬喩。

・にはかにパッと明るくなり、日光の黄金は夢のやうに水の中に降つて来ました。

・それつきりもう青いものも魚のかたちも見えず光の黄金の網はゆら〳〵ゆれ、泡はつぶ〳〵流れました。

・そのつめたい水の底まで、ラムネの瓶の月光がいつぱいに透と〔ほ〕り

・やまなしは横になつて木の枝にひつかかつてとまり、その上には月光の虹がもかもか集まりました

〈日光〉、〈月光〉を〈黄金〉〈黄金の網〉あるいは〈ラムネの瓶〉などの物質、それも固相のもので表現するきわめて異質な譬喩といえましょう。現代の量子力学は光を波動であると同時に粒子でもあると考えますから、これも「二相系」のものといえましょう。

〈泡〉やその〈影〉の譬喩。
・それはゆれながら水銀のやうに光つて斜めに上の方へのぼつて行きました。
・泡や小さなごみからはまつすぐな影の棒が、斜めに水の中に並んで立ちました
（これも気相のものを固相のものとして表現する「二重感覚」「二相系の譬喩」といっていいでしょう。）

さらに〈蟹〉や〈魚〉〈かわせみ〉のような軟体のイメージを持つ生物を、きわめて硬質な異質なものによって譬喩しています。

〈魚〉の譬喩。
・つうと銀のいろの腹をひるがへして、一疋の魚が頭の上を過ぎて行きました
・鉄いろに変に底びかりして
・お口を環のやうに円くしてやつて来ました
〈魚〉と〈銀〉・〈鉄〉・〈環〉の取り合わせもまた「二相系」といえましょう。
〈かはせみ〉の譬喩。
・俄に天井に白い泡がたつて、青びかりのまるでぎら〳〵する鉄砲弾のやうなものが、いきなり飛込んで来ました。

・兄さんの蟹ははつきりとその青いもののさきがコンパスのやうに黒く尖つてゐるのも見ました。
鳥である〈かはせみ〉を表現するのに、固相の金属である〈鉄砲弾〉や〈コンパス〉などは、極めて異質であり、まかり間違えば違和感を引き起こしかねない比喩のありようです。これまた「二重感覚」を引き起こす〈二相系〉の譬喩といえましょう。

〈蟹〉の譬喩。
・お父さんの蟹は、遠めがねのやうな両方の眼をあらん限り延ばして
蟹の眼を〈遠めがね〉で喩えるところに「二相系の譬喩」のありようが見られます。

**〈二重感覚〉をもった〈二重の風景〉**

いろいろな場面の情景描写が「二重感覚」を持った「二重の風景」であることについては、「鳥をとるやなぎ」のところでも述べましたが、「やまなし」においても印象的な情景描写が、「二重の風景」であることはいうまでもありません。「二相系の描写」と呼んでもいいでしょう。

・人物描写
クラムボンについて〈死んだ〉〈殺された〉〈なぜ殺された〉という会話がなされた後、次のような描写があります。
『それならなぜ殺された。』兄さんの蟹は、その右側の四本の脚の中の二本を、弟の平べつたい頭にの

せながら云ひました。
『わからない〔。〕』

この場面は、クラムボンの「死」、それも「殺し」が話題となっているところです。二疋の兄弟も、恐怖におののいているであろう場面です。にもかかわらず、この描写から読者が受けるものは、どこか、ユーモラスな感じとでもいえそうなイメージではないでしょうか。まさに「二相系の描写」といえましょう。

また、クラムボンの「死」「殺し」に関わったと思える「サカナ」が上流から引き返して来る場面。

そのお魚がまた上流から戻つて来ました。今度はゆつくり落ちついて、ひれも尾も動かさず〔た〕ゞ水にだけ流されながらお口を環のやうに円くしてやつて来ました。その影〔は〕黒くしづかに底の光の網の上をすべりました。

どこか不気味な、しかし〈お魚〉〈お口〉などの幼児語的な表現の効果も含めてどこかおどけたイメージをも感じさせます。これも〈二重感覚〉をひきおこす「二相系の描写」といえましょう。

〈十二月〉の場面における父親の描写にも、〈二重感覚〉がひきおこされます。

「二相系の描写」ということで、もう一つだけ挙げておきますと、親子三疋が「やまなし」を追いかける場面の描写に目をとめていただきたい。

三疋は〔ぽ〕かぽか流れて行くやまなしのあとを追ひました〔。〕

その横あるきと、底の黒い三つの影法師が、合わせて六つ踊るやうにして、山なしの円い影を追ひました〔。〕

本書の巻頭において問題となった〈山なし〉という二相系の「交ぜ書き」が出てくる場面です。ここには、親子の蟹三疋がやまなしを追いかけている「風景」と、〈合わせて六つ踊るやうにして、山なしの円い影を追ひ〉かける「風景」との、まさに〈二重の風景〉があるといえましょう。

細かいことですが、たとえば次のような表現に目をとめていただきたい。

・にはかにパッと明るくなり、日光の黄金は夢のやうに水の中に降つて来ました。

〈降つて〉という表現は空から粒状のもの（たとえば雨や雪など）が降るという表現であり、〈日光〉が〈降つて〉とは、いささか異様な表現といわざるを得ません。

このような表現は、この童話だけでなく、たとえば童話「シグナルとシグナレス」のなかにも〈月の明かりが水色にしづかに降り〉という似たような表現があります。「日光」にしても「月のあかり」にしても、まるで粒状の（雨のようなもの）が「降る」というイメージです。十二月の月光に砕ける波のきらめきを〈金剛石の粉をはいてゐるやう〉と比喩表現しているのも同じ発想です。これは、敢えていうならば、光を「波動でもあり、粒子でもある」と見る現代物理学（量子物理学）に通底する賢治独自の認識・表現といえましょう。

## 二相ゆらぎの世界

「やまなし」の世界は、すべてのものが因と縁によって、ある時は緩やかに、またあるときは急激に変転しています。「やまなし」の世界はたえず〈ゆら〳〵〉と揺らめいているのです。それは現実の私たちの世界そのもののありようでもあるのです。

・（蟹の子供らの吐く泡が）ゆれながら水銀のやうに光つて
・光の黄金の網はゆら〳〵ゆれ、泡はつぶ〳〵流れました。
・波はいよいよ青じろい焔をゆらゆらとあげました。

この世界の現象を仏教は「諸行無常」といってきました。〈ゆらゆら〉〈もかもか〉という声喩がくり返されますが、それはまさに「諸行無常」ということです。

科学もまた、われわれの宇宙はカオス的な「ゆらぎ」から生まれたと説明する学者もあります。ビッグバンの一瞬前の微少なゆらぎが「カオス」をひきおこし、あっというまに大きな爆発となって、原始銀河を生み、星を生み、ついに人間をも生み出した、というのです。「ゆらぎ」「カオス」「フラクタル」の発見は、時間・空間、そして物質やエネルギーを統一的に捉えることに成功した相対性理論や不思議な原子分子、つまり極微の世界のからくりを目に見えるように捉えた量子力学と並んで、恐らく今世紀最大の発見のひとつにあげられましょう。

賢治の学生時代、相対性理論もニールス・ボーアによる相補原理も発表されていて、賢治が、当時の科学の動向に注視していたことは、多くの論者によって明らかにされていますが、賢治は童話や詩において、そのことを「二相ゆらぎ」という形で表現していると私は考えています。

本書のテーマに関わる限りで、若干、この科学のことについて触れておきたいと思います。「ゆらぎ」ということは、物理学や宇宙論の分野だけではありません。生物学の分野でも重要な概念としてあります。生物の進化にとっても、「ゆらぎ」ということは本質的に重要な役割を果たしています。生物の形質が、親から子へ、子から孫へと全く変化せず伝えられたとしましょう。もし自然環境が激変したとき（現在は徐々にではありますが、公害その他の原因で自然環境が変化し）、このような生物は環境に適応できなくなって滅びてしまうでしょう。これにたいして、もし生物の形質がわずかでもゆらぎつつ親から子へ、また孫へと伝えられたとすれば、そのゆらぎの幅の中に、わずかずつ変化する自然環境によりよく適合する形質があれば、その生物は常に自然環境に適合しつつ発展することが出来ましょう。これが生物の進化のメカニズムといわれるものです。

「ゆらぎ」という現象は、自然界だけではありません。人間自身はもちろん、人間社会の現象にも多く見られるものなのです。

じつは、このような考え方は、インドや中国の古い思想の中にすでにあって、それは東洋哲学の根幹をなしているものです。たとえば「般若心経」のなかでも特に有名な「色則是空、空即是色」は、そのことの原理となるものです。

「インドラの網」という仏教の喩えは、この宇宙のすべての物事は、網の目のように結び合っているためまわりのものに変化をもたらしまた周りのものの変化を受けるということです。かくして無数の変化が様々にひびきあい、結果として「予測できない変動」つまり「ゆらぎ」を生み出すということです。現代物理学の「ゆらぎ」について、「1／fゆらぎ理論」の第一人者といわれる佐治晴夫氏の『「ゆらぎ」の不思議物語』ＰＨＰ研究所刊）から一部引用します。

かって、光とは粒子なのか、波なのかという議論は多くの物理学者達をまきこみ、自然界のなかでの尤も大きな謎として遺されました。しかし、考えてみれば、私たちが実在としての何かを認識するということは、それを観測するための装置と見られる対象物との相互作用を通してできることで、どのような観測プロセスで対象をとらえるかに依存します。光をひとつ、ふたつと数えることができるような観測装置をつかえば、光は粒子だということになり、逆に、波が重なると強めあったり、弱めあったりするという干渉を測定する装置や、あるいはプリズムで波を分解するような装置をつかえば、波としての光が認識されます。光は粒子か波かと問うかわりに、光とは何かとといかけるべきでしょう。

ここで注意していただきたいことは、何かを認識するということは、どのような観測プロセスで対象を捉えるかに依存するということです。科学は対象を客観的に認識するといわれてきましたが、今日の科学者は、かかる客観信仰を否定します。観察者の視点（主観）と対象（客観）の相関なしに対象の認識は成立しないということです。仏教哲学はそのことを「依正不二」といいます。主観・主体と客観・客体は二にして二にあらず、というのです。つまりすべての認識が相関的であるということです。

法華経の「諸法実相」の「相」というのは、客観的な現象ではなく、誰の視点（主観）から、いかなる条件の下で認識された対象の「相」であるかということを、たびたび強調してきたことを思い出してください。

「相」とは、視点と条件との相関関係に基づくものです。従って視点と条件のいずれかが変動すれば対象の「相」も当然に変動するものであり、それが「ゆらぎ」となるのです。

「やまなし」の世界で、〈光の網〉が頻出します。それは、この作品に限らず他の多くの童話・詩においても頻繁に見られることです。その一班をお見せしましょう。

・この月あかりの網なのか　「暗い月あかりの雪のなかに」
・おまへの影が巨きな網をつくって　「峠の上で雨雲に云う」
・みづきの方は青い網にもこしらへませう　「鉱山駅」
・青ぞらは巨きな網の目になった　「休息」
・見る見るさっきのけむりの網は　「グスコーブドリの伝記」
・藍色の木の影がいちめん網になって　「雪渡り」

この「やまなし」の作品の〈網〉は、絶えず〈ゆら〱〉揺れているということです。それはさまざまな因縁が絡み合い複雑に変動しているからであるのです。それを法蔵は「重々無尽に即入」と表現しています。

## せはしくせはしく明滅する

〈五月〉の場面を読んでいくだけでも気づくことの一つに〈俄に〉〈にはかに〉〈いきなり〉、それに〈パツと〉〈つうと〉といったたぐいの急転を示す表現が多いということです。これも賢治の作品の表現上の一つの特徴といえましょう。

『春と修羅』巻頭の「序」に〈せはしくせはしく明滅しながら〉とあります。また、「小岩井農場」に〈それよりもこんなせはしい心象の明滅をつらね〉とあります。また、同じこの詩に〈すみやかなすみやかな万法流転のなかに〉とあります。「刹那消滅」ということでもあります。

私が「二相ゆらぎ」というのは、「万法流転」であり、「刹那消滅」でもあります。

ところでここで注意していただきたいのは、〈かげとひかりのひとくさり〉というとき、「かげ」の「相」は「ひかり」の「相」のいわば裏返しに過ぎないということです。「かげ」はいわば「ひかり」のとるひとつの「相」といっていいでしょう。「ひかり」をはなれて独自に「かげ」があるわけはないのです。

たとえば「どんぐりと山猫」の山猫のどんぐりに対する傲慢な「相」をかりに「ひかり」とすれば、一郎に対する卑屈な態度は、その「かげ」にあたる「相」といえましょう。「二相」とは、表裏一体のものです。「毒もみのすきな署長さん」も、表裏一体の「二相」を持つ人物でした。

## 何故、題名が「やまなし」か

ところで「やまなし」は話者の語る題材としては、目立たない存在です。十二月の場面の、しかも後半に〈トブン〉と落ちてくるという形で現れるにすぎません。さして重要とも思えぬ題材を、なぜ作者は題名にえらんだのでしょうか。私は、これまで「やまなし」を読んだことのない子供達や学生に題名を伏せて、題名をつけさせてみましたが、「川の底」や、「子蟹」は題名に上がってきても、「やまなし」が撰ばれることは有りませんでした。これは、じつはこのあと明らかにしますが、話者の語る「出来事」のみが意識されていて、作者の文体が無視されてきたことの、一つの「結果」といっていいでしょう（現在の誤れる国語教育の、これは悪しき結果の一つです）。

何故、題名が「やまなし」であるのか、そのことの答えは、この作品のすべてを理解することで、結果として納得のいくものとしてあるのです。まずは、〈五月〉と〈十二月〉が、どのような世界であるか、そこから、問題解明の一歩を進めることにしましょう。

## 重々無尽の法界縁起

「やまなし」の世界は、さまざまな「もの」がさまざまな関係を結んで、ゆらぎ、変転している世界です。〈光の網〉ひとつとっても、それは日の光と川の流れが惹き起こす波と、川底の白い岩とのさまざまな絡み合う相関関係が結果として生み出す現象です（実体として存在するものではありません）。しかも、川の波一つ取り上げても、それは水の流れを条件づける流れの速さ、また川底の起伏、川面を吹く風の流れの変化……数え上げれば切りのない無限の諸条件の組み合わせの結果として、〈光の網〉が現前するのです。このことを華厳経は**「重々無尽《じゅうじゅうむじん》の法界縁起《ほっかいえんぎ》」**と呼んでいます。「インドラの網」とは、そのことのいわば比喩と考えられましょう。もちろん、すべては、諸条件をふまえてのことであり、視点・視角との相関性においてであることはいうまでもありません。

「やまなし」そのものも、**因縁果**の文字どおり、さまざまな因と縁によって生じた**「果」**です。「やまなし」は、五月の場面には姿を見せませんが、しかし「裏の形象」として存在しているのです。「樺の花が散った」ということは、「やまなし」の花も咲いていたであろうことを意味します。そして、樺の花と前後して散ったであろうことが想像されます。見えないけれど咲いて、散ったのです。さまざまな因縁が結びあって、やがて機が熟して実がみのり、十二月の場面で子蟹たちの眼前に落ちてきたのです。見えないからといって、「ない」のではありません。「やまなし」という果実は、因縁果の、文字どおり**「結果」**なのです。

さらに「やまなし」は、この後も、さまざまな因と縁により、やがて二日もすれば、芳醇な酒となり、蟹たち親子に恵みと幸せをもたらすものとなりましょう。

このような「因縁果」の理法について深い洞察を行ったものが、法華経の「諸法実相」という教義であるのです。科学者でもあった賢治が、法華経の教義に納得したであろうことは、若いとき物理学を専攻した私自身の体験からも推察できます。農芸化学を専攻した賢治は、学生時代、片山正夫の名著といわれた『化学本論』を熟読したといわれます。物質の変化に於ける化学、熱力学の法則に多大の感銘を受けたといわれています。妹トシを追慕する挽歌「永訣の朝」のなかでも〈二相系〉という化学・物理の学術用語が使われているのも、きわめて意図的なものというべきです（この後「永訣の朝」において詳しく考察します）。

## 青い幻燈

この世界は〈二枚の青い幻燈〉の映しだした世界です。〈青い〉という一色の幻燈でありながら、多彩な世界です。幻燈でありながら変幻自在な天然色映画のようなめまぐるしく変転する世界です。その意味においても、まさにこの世界は、「二相ゆらぎの世界」なのです。

〈幻燈〉ということは、「まぼろし」の世界でありながら、じつは現実そのものを映し出す世界ともいえましょう。そもそも、この青い〈幻燈〉とは、現実の谷川の世界を青い光で映し出した「まぼろし」（幻）の世界です。まさに「現幻二相」、あるいは「夢現二相」の世界といえましょう。「青」一色の世界でありながら、じつは、カラフルな多彩な、つまり「二相の世界」であるのです。

注意すべきは、この世界は、子蟹の視角からのものであるということです。子蟹の視角からの「二相ゆらぎの世界」であるということです（「相」とは、ある視点・視角との相関関係にあることに注意）。すべては子蟹の視角から、〈水〉も〈青じろい火〉として、〈青じろい焔〉をあげて燃えるものとしてあるのです。また〈金剛石の粉〉をはいているようなものとしてもあるのです。また、「水」でありながら「火」でもある、「液体」でありながら「固体」でもある、という「二相系」のものといえましょう。すべては、子蟹たちの視角から認識されたものとしてのイメージであるということです。月の光に照らされた波の、それらはすべて、子蟹の視角からのイメージであることを忘れてはなりません。この世に客観的イメージというものはありえないのです。

なおつけ足しますが、結末の一句に〈私の……幻燈……〉とあります。すべて「相」というものは、具体的に誰の視点・視角からのものであるか、ということを抜きに見てはならないということを明示しているのです。つまり〈私〉という話者の視点が、子蟹の目によりそい、とらえ語っている世界の「相」ということを明言しているのです。

## 何故、ほかならぬ「青」か

賢治の世界が「青」であることは多くの論者の等しく認めるところです。しかしなぜほかならぬ「青」なのか、説の分かれるところです（「蒼」「碧」「紺」「桔梗色」などと表現される場合もある）。

私は「二相ゆらぎ」論の立場から、次のように考えるものです。

「青」は、ときに「青白く」、ときに「青黒く」と変転します。まさに「青」とは二相系のものといえましょう。たとえば、「赤」は「赤黒く」とはいい得ても、「赤白く」とはいいません。他の「緑」にしても、「黄」にしても、二相系の色は考えられません。

賢治の「青」は、いわば「白」と「黒」という互いに相容れぬ異質な矛盾するものを内包するといえましょう。

賢治が「青」によって「修羅」を形容するには、当然の理由がありそうです。一般に「修羅」は「悪」のイメージで理解されています。しかし、賢治は法華経の世界観に基づき「修羅」を「悟り」と「迷い」の葛藤する姿としてとらえているのではないでしょうか。まさに「二相系」のものとして、捉えているといえましょう。賢治が〈ふたつのこころ〉（詩「春と修羅」）というとき、それはこの修羅の「二相」を意味しています。

「悟りと迷い」という矛盾を内包している修羅のイメージを賢治は「白」と「黒」の対立するものを内包する「青」として形象したのではないでしょうか。「青」とは、「白」と「黒」の「二相系」です。修羅の世界は「煩悩即菩提」、「娑婆即浄土」の「二重の風景」としてとらえなおすべきかもしれません。

ちなみに「青」は浄瑠璃の色です。「法華経」を持つ者の功徳は、その身の浄きこと浄瑠璃の如く、法界三千（全存在）の因果苦業を、自己の身に悉く現ずるといわれます。「白」は白業（善業）、「黒」は黒業（悪業）の色とされます。

なお修羅は「主体」としても考えられますが、同時に「状況」をも意味しています。賢治は状況（世界）としての修羅をあらわす言い方として、たとえば、詩「無声慟哭」に、〈わたくしは修羅をあるいてゐる〉といいます。つまり修羅の中（状況）をあるいているという意です。もちろん修羅は一人の人間の心の内面の矛盾相剋の相でもあります。そのことを賢治は〈わたくしのふたつのこころ〉というのです。

この二種の修羅のとらえ方は他の詩句にも見ることが出来ます。病の床にあって己の死を見つめての詩のなかに〈唯是修羅の中をさまよふ〉というのは、状況としての修羅であり、〈おれは一人の修羅〉とは、我と我が身を修羅と呼んでいるのです。もっとも仏法にあっては主体と客体は二にして二にあらず（依正不二）といいます。主客の相関を説いていますから、以上のことは当然の解釈です。

## 殺し殺される＝生かし生かされる世界

かわせみによって魚が捕食される事実は、現実の自然界のいたる所に見られる「食物連鎖」の些細な一現象に過ぎません。それは、「殺し殺される相」といえましょう。しかし、裏返せば、「生かし生かされる相」ともいえるのです。魚は食われることによって、かわせみの生を支えているのです。かわせみを生かしているのです。魚は、そのことによって、新しい生に「往生」したとも考えられるのです。江戸時代の石門心学を開いた石田梅岩は「小の虫が大の虫を生かす」といいました。

現代のエコロジー・生態学は、「食う、食われる」自然界の現象を、人間世界の善悪の価値基準によって考えることはしません。この自然の現象は、善でも悪でもありません。食物連鎖による自然の摂理と考えます。いわば、生命連鎖と捉えます。この一つの事象は「食う、食われる相」であると同時に、逆に「生かし、生かされる相」でもあるのです。「一つのものごとの、相反する二つの相」ということです。「ライオンがシマウマを食う」という生態学の事象は、お互いが食う食われるという関係によって、互いにより優れものに「共進化」する、と考えられています。個体の次元では「食う食われる」関係でも、種の次元では「生かし生かされる」関係となるのです。このエコロジーの考え方は、はしなくも大乗仏教の善悪を止揚する世界観に通じるのではないでしょうか。

煩悩を断ずるために我が身の存在まで否定してしまう「灰身滅智」というような小乗仏教の、非現実的な修行を大乗仏教は厳しく否定します。大乗仏教は煩悩を人間らしい崇高なものにたかめていくことを説きます。日蓮はそのことを「御義口伝」で次のように説きます。

煩悩の薪を焼いて菩提の慧火《えか》現前するなり

「法華玄義」は、つぎのように説きます。

煩悩即ち菩提なり

**地獄と寂光土＝二相の世界**

この「やまなし」の世界は、殺し殺されるという修羅・地獄のような五月の世界であると同時に、月の慈悲の光に包まれ、また金色にかがやく「やまなし」の馥郁たる香りに充ち満ちた浄土（法華経の世界では「常寂光土」という）の世界でもある――という、まさに「二相の世界」なのです。**同じ一つの小川の底の世界が、子蟹たちにとって、娑婆・地獄ともなり常寂光土・極楽ともなる、という「二相ゆらぎの世界」**なのです(注)。

**(注)** 浄土宗は、死後、死者の魂は「あの世」(むこうがわ・彼岸《ひがん》) に往くと教えます。生前の「業」により、あるものは地獄に、あるものは極楽に往くと教えます。しかし法華経は、死後の世界（あの世・彼岸）はない、地獄も極楽（寂光土という）も、「この世」(此岸) にあると教えます。俗に「地獄、極楽、あの世

にござらぬ、この世にござる。三寸世界の胸の内」といいます。まさに地獄も極楽も、その人その人の世界としてあるのです。客観的にあるのではありません。「やまなし」の世界は子蟹たちにとって、まさに地獄であり、また寂光土でもあるのです（ちなみに、このような、「〇〇でもあり、××でもある」という見方・考え方を相補的といいます）。

童話「やまなし」でいえば、〈五月〉の場面は殺し殺されるという地獄であり、〈十二月〉の場面は月の慈悲の光に照らされた寂光土である、といえましょう。同じ一つの谷川の底という世界の相反する「二相」ということです。あらためて繰り返しますが、すべて、ある条件の下での、子蟹たちにとって、という視点・視角との相関関係においてであることを銘記すべきです。

さらに忘れてならぬことは、地獄も極楽も、子蟹にとっては、自分たちの居る「ここ」であるのです。父親の蟹が考えているように、地獄も極楽も「ここ」ではなく「あそこ」に有ると考えてはなりません（父の蟹は、魚は〈こわい所へ〉といい、楽しい〈イサド〉という）。

ところで、賢治は、蟹の親子の姿を修羅として捉えながら、そこに「煩悩即菩提」を見ているのです。賢治の修羅には、魔性と仏性の相反する「二相」を見ているのです。賢治の「青」こそは、その「二相系」を色によってイメージしたものといえましょう。「青」は瞬時に、青白くも、青黒くもなれる独特な色であり、まさに「空《くう》」の色でもあるのです。

## 〈五月〉と〈十二月〉

〈五月〉の場面は、クラムボンの死、さらに魚の死と相次ぎ、そこだけを見ると、まさに地獄絵を見る感があります。しかし、逆に、クラムボンが笑い、跳ねる、また日光の黄金が夢のように降ってくる所でもあり、光の網に荘厳される世界でもあるのです。賢治は「罪やかなしみでさえ、そこでは聖くきれいにかがやいている」（『注文の多い料理店』広告文）と書いています。

光無きところに影はないのです。影は光によって生じるのです。影と光は二にして二にあらず。まさに「煩悩即菩提」の世界です。

〈十二月〉の場面は、〈黒い円い大きなもの〉がいきなり飛び込んできて蟹の子供たちを恐怖に陥れる場面でもありますが、一転して、ヤマナシのいい匂いにみたされ、月の慈悲の光に浸されるところでもあるのです。

大乗仏教は「十界互具」といいます。「十界」というのはこの世界を、上は仏・菩薩から下は畜生・餓鬼・地獄までの十界に分けたもので、人間の上には、天があり、下には修羅があります。法華経は、ひとつの場面、ひとつの世界に「十界」を「互具」しているといいます。また、一人の人間は、仏から修羅、畜生に到るすべてを「互具」している、というのです。

仏教では真理を悟った人を「仏」あるいは「聖人」と呼び、迷える人を「凡夫」といいます。しかし二種類の人間がいるのではありません。仏も迷えば凡夫、凡夫も悟れば聖人なのです。人間は迷いと悟りの間を絶えず揺らいでいるのです。まさに「二相ゆらぎの世界」としてあるのです。

「やまなし」の世界は、娑婆と見れば娑婆であり、浄土（常寂光土）と見れば浄土です。世界は見る者の心一つでいかようにも見えるのです。日蓮は「夫れ浄土と云うも地獄と云ふも外には候はず。ただ我等がむねの間にあり。これをさとるを仏といふ。これにまよふを凡夫といふ」（上野殿後家尼御返事）と喝破しています。

波〈水〉が月光に〈青じろい焰〉となって燃えている。それは、煩悩の燃えさかる火を表します。しかし、反面それは、この世界を浄化するものでもあるのです。

## 凡夫の姿

五月の場面における父の蟹の姿は、まだ真実を正しく深く認識してはいない凡夫の姿を見せています。子蟹が魚の行方を尋ねたのに対して父の蟹は〈魚はこわい所へ行つた〉と答えています。おそらく殺生の罪を犯した魚ですから、その死後は地獄であろうというのです。賢治の父は浄土真宗の篤信者でした。浄土真宗では、死後、魂は極楽浄土に成仏するか生前の悪業により地獄に堕ちるかいずれかであると教えます。父の蟹は、いわばそのような教えに従って、魚は殺生の罪により「おそろしいところ」〈地獄〉へ行った、と教えたのであろうと思います。しかし法華経は、死後に「あの世」というものはない、地獄も極楽もこの世にあると教えます。まさに殺し殺されるという〈五月〉の場面こそが子蟹にとって〈こわい所〉〈地獄〉であるはずです。

ところで、地獄も極楽（法華経は「常寂光土」といいます）も、客観的に存在するものではなく、私にとってそこが地獄となるか極楽となるか、ということです。「私」をはなれて、どこかに地獄や極楽があるわけではないのです。現在の子蟹達にとって、まさにいまこの水の底が「殺し殺される」地獄そのものなのです。また「やまなし」の香りかぐわしい浄土でもあるのです。自分の生きている場を離れたどこかに地獄や極楽浄土があるわけではないのです。

〈十二月〉の場面で、父の蟹は〈もうねろねろ。遅いぞ、あしたイサドへ連れて行かんぞ〉といいます。〈イサド〉とは文脈から少なくともここよりはずっと「すばらしい楽しいところ」という意味であることが判ります。いわば父の蟹にとって、極楽も地獄同様、今生きている「ここ」（此岸《しがん》）ではなく、「どこか」「彼方」（彼岸《ひがん》）に有るのです。

父親は子供らの諍いをやめさせるために、〈イサド〉への夢をあたえます。しかしそれは「いま・ここ」を娑婆と思いこみ、そこから、此岸（娑婆）を脱して浄土を希求する姿です。しかし、読者である私どもは、「娑婆即浄土」と観じ、此岸（娑婆）に生きることを求めるべきでしょう。

父の蟹は、法華経の世界観からすれば、真実を判らないいわゆる「凡夫」であるといえましょう。また、〈五月〉の場面で、父の蟹は、カワセミに恐れおののいている子蟹を安心させるためであろうと思いますが〈大丈夫（だ）、安心しろ。お（れた）ちはかまわないんだから〉といいます。しかしこの世界で、無関係に生きていける存在は何一つないのです。

それに〈十二月〉の場面で、〈ひとりでにおいしいお酒ができる〉といいます。しかし、この世に〈ひとりでに〉何かになるという物はありえないのです。すべては「集縁所生」、ありとあらゆる「因」と「縁」（条件）が絡み合って「果」が生じるのです。

まさに父の蟹という存在は、私たち「凡夫」の一人としてある人物像といえましょう。ただしかし、このような父の蟹の言葉は、子蟹に対する思いやりの心からでたものであることを見落としてはならぬでしょう。子蟹を安心させ、希望を持たせたいための「方便」とも考えられましょう。まさに「凡聖一如」ということでしょうか。

### 泡の大きさを競い合う兄弟の姿

〈十二月〉の場面で、兄弟の子蟹たちが、泡の大きさを巡って互いにいい争うところがあります。これは「どんぐりと山猫」のところで詳しく述べたように、つまらぬことに競い合う凡夫の姿を描きだしたものです。

しかし、この姿を、子蟹たちの生命力の現れと見ることも出来るのです。蟹の兄弟の煩悩は、それを否定する方向にではなく、そこに幼い子供の生命力を見いだし、その力を高める方向へと導くことにあるのでは、と考えます。「角を矯めて牛を殺す」愚をおかしてはならないでしょう。

## 十一月か十二月か

「やまなし」の初期形では「十一月」とあり、発表形で「十二月」と訂正されています。このことについて、詩人の谷川雁氏は、山梨は十一月にはすべて落果してしまうとして十二月を否定し、初期形の方を採るべきと主張、私もその意見に同意していましたが、改めて、初期形から発表形への改稿の過程を慎重にたどることで、現在は、賢治が訂正したように、「十二月」の方を採りたいと考えます。その主たる理由は、山梨の果実が、完全に熟して、ひとりでに落果するのは、十一月よりもすこし遅れて十二月になってから、と考える方が理にかなっています（科学者でもあり、ことに自然の姿に細やかな目を注いできた賢治が、あの地方の山梨の結実・落果の状態を、いい加減に観察表現しているとは思えないからです）。初稿にも定稿にも、いずれも〈いい匂ひでいっぱい〉〈よく熟してゐる〉とあり、すっかり熟し切っているさまが想像されます。しかも初稿には〈三日ばかり待つと〉とあるのを定稿では〈二日〉と訂正しています。腐敗するやも知れぬほどの、まさに発酵寸前の状態にあることを示していると考えられます。そのことがまさに〈三日〉を〈二日〉と改稿した根拠ではないでしょうか。じつに細やかなところにまで目配りしているところに私は、科学者でもあり作家でもある賢治の周到な目配りを感じさせられます。

以上の説明で、作者が、〈やまなし〉と〈魚〉にスポットを当て、そこを焦点化し、そこだけに「表記の二相ゆらぎ」をこころみた意図は、十分理解していただけたと信じます。もちろん、この二点（魚とやまなし）は、いわば楕円の二つの焦点のようなものです。それぞれがそれぞれの場面の焦点として、それぞれの場面をあまねく照射する役割を担うものであることを念のため書き留めておきます。

## 虚構の方法

子供と蟹という両者の複合形象を設定し、小川の流れの底という小さく限定された場に生きる存在として、有為転変の運命を体験する物語を創作したのです。作者は、すべては「因縁所生」のものであることを、一個の「やまなし」によって暗示し、魚の運命によって「諸行無常」の理りを悟らせようとしたのです。

また、題名を「やまなし」とし、〈やまなし〉〈山なし〉と「表記の二相」を取ることで、読者に、この世界が「二相ゆらぎの世界」であることを示唆したのです。

また、「二相の世界」であることを、水の上と、水の下の二つの場面を設定して、世界は、視点人物にとって、見えるところと、見えないところとあり、しかも両者は実に緊密な関係をもっていることを暗示しました。さらに、〈クラムボン〉なる正体不明なものを登場させて、この世界は「わかるもの」と「わからないもの」とからなることを提示しました。また、「食う、食われる」食物連鎖の「相」は、「生かし、生かされる」生命連鎖の「相」でもあることを示唆しているといえましょう。

光の網も、すべてが「因縁所生」（因と縁によって生ずるところのもの）であり、「重々無尽の法界《ほっかい》縁起」（無限の因縁）によるものであることを如実に示しました。

何よりも、作者は、「五月」と「十二月」のふたつの場面を構成することで、世界が娑婆・地獄と寂光土・極楽の「二相ゆらぎ」としてあることを示したのです。

これらの多様な虚構の方法を巧みに複合することで、珠玉の小品を創成し得たのです。もちろん、虚構の世界は主体的な読者の積極的な参加により現前するものであり、そのことを西郷文芸学は「読者も虚構する」と主張してきました。以上に具体的に論じてきたような読者の参加なしには、名作も、唯の文章でしかないのです。瓦石を珠玉になす術はありませんが、凡手にかかれば、珠玉も瓦石と化すのです。

もちろん、この世界が読者自身の生きる現実を何らかの形で反映するものであり、読者自身の生き方に不可分に関わるものとして受け取っていただけたらと願うものです。


まさに「やまなし」の世界は、〈小さな谷川の底を写した〉ほかならぬ〈私〉にとっての〈二枚の青い幻燈〉（二相ゆらぎの世界）ということです。

「やまなし」の世界は、現代の最先端を行く科学の世界観と極めて密接不可分な関係にあることに驚かされます。

「やまなし」における〈光の網〉や魚の描写や比喩も、現象を的確に精細に、かつ鋭くリアルにとらえています。しかもそれが同時に幻想的に詩情ゆたかな表現となっていることに深い感銘をおぼえます。科学的な観察と、大乗仏教の世界観とが、珠玉の散文詩として見事に結晶し燦然として煌めいています。現実即夢幻、あるいは夢幻不二、夢現一如というべきでしょうか。

〈谷川の底〉の事象はすべて些末な日常的なものであり、仮にそれを「俗」と呼ぶならば、この青白く透明な「かげとひかり」の明滅する幻想的な詩情ゆたかなものは「風雅」なもの、あるいは「聖」なるものといえましょう。まさしく「やまなし」の世界は「聖俗不二」あるいは「聖俗一如」の世界です。

**西郷竹彦著『宮沢賢治「やまなし」の世界』**

私は、一九九四年十月、黎明書房より前掲書を上梓しました。その「目次」を参考までに引用しておきます。

目次

「やまなし」の世界が「二相ゆらぎの世界」であることを本書ではすでにふれていますが、表記や呼称の上でも「二相」として作者が示唆していることについては、言及していません。当時の私は、まさに「五里霧中」の状態に陥っていました。その解明にむけて、ほぼ十年の歳月をかけ、いま、やっとここにその全貌を明らかにすることを得ました。

前掲書は五刷を重ねましたが、現在絶版となっています。幸い、本書の出版とあわせ、書肆の好意で、前掲書を増補新装版として本書と同時に再刊されることになりました。是非本書とあわせご購読いただければ幸いです。

## 賢治の謎かけに誘われて

それにしても、なぜ〈山なし〉という奇妙な交ぜ書きなのか、というひとつの「謎解き」に始まって、はるばるここまで来てしまいました。思えば賢治という人は、まことに有能な「教師」でもあったと驚かされます。こんなさりげない「謎」を「生徒」の私の前に無造作にばらまき、にもかかわらず、ここまで私を引き入れてきた、その戦略にただただ脱帽あるのみです。

ところで、私が、賢治の「謎かけ」に感嘆の声を上げるよりもずっと前に、私以前に、賢治を「謎かけの名人」と称揚している人物がありました。芥川賞作家の畑山博氏です。

氏の著書『宮沢賢治の夢と修羅』（一九九五年プレジデント社刊）の一節を引用します。

一読しただけでは気がつかないのだけれど、一度ある突破口を見つけると、とんでもない隠し絵世界がその奥に潜んでいるといったことが頻繁にある。

賢治を読んだり見たりする楽しみの中の、それが大きな部分を占めていたりする。

そして、読む私たちは、隠し絵を一つ開くたびに、豊かになる。（中略）

……賢治は、死後に残す作品や手紙や絵に、さまざまな謎々を仕組んだのだ。

死後、それを見つけた者が、どうもここはふしぎだ、何か変な紐がはみだしているぞとばかりそれを引くと、ずどんと一発、大きな花火がはじけるような、そんないたずらを仕掛けていたのだ。

畑山氏のいう「何か変な紐」の一つが、じつは、この〈山なし〉というような奇妙な「表記の二相」ということになるわけでしょう。しかし、この「紐」の存在には、さすがの畑山氏も全く気づいてはおられませんでしたが……

「二相ゆらぎ」という「大きな花火」が、本書によってはじけた、ということになりましょう。それにしても、賢治を謎かけの名人と捉えた畑山氏でも、この「表記の二相」という謎の存在には全く気づかれなかったというのは、一体どういうことでしょうか。

ところで、農学校のかつての教え子の一人（晴山亮一）が、書いています。

大きな本を教室にもってきても、それを見るでもない、ただ滔々と水の流れるように話されるので筆記することもできませんでした。でも教科書の中の重要なところは、これだ、これだと指摘して教えられました。

賢治は、それぞれの「物語」を「滔々と水の流れるように」物語りながら、これこそが「重要なところ」というところを、「これだ、これだと指摘して教え」るように、自分の書いた作品の勘所を、表記や、また呼称の二相として、読者に指し示しているということです。本書は、作者が、具体的に指し示しているところ（作者の意図）に従って、まずは分析・解釈を進めてきました。私個人としては、私なりの独自の解釈もないではありませんが、このたびは、作者の意図するところに沿うかたちにとどめました。

さて、これまで、おおくの童話を取り上げ、これらの童話のすべてに「二相ゆらぎ」を検証出来ることを述べてきましたが、「二相ゆらぎ」ということは童話に限らず、賢治の代表的な詩においても論証できるものであることを、よく知られた、妹トシの死を悼む詩「永訣の朝」を取り上げ、検証してみようと思います。

## 22 「永訣の朝」

一九二二・十一・二十七（トシ死亡の日付となっている）

最愛の妹であり、法華経の同行者でもあるトシの臨終（一九二二年十一月二十七日早朝）のようすを記した堀尾青史著『年譜・宮沢賢治伝』から一部引用します。

みぞれのふる寒い日で、南むきの八畳の病室には青い蚊帳をつり、火鉢には炭火がまっ赤に燃えていた。さいごと見て、父が何か言うことはないかときくと、トシは「また人に生まれてくるときは、こんなに自分のことばかり苦しまないように生まれてくる」といった。

いよいよ死期が迫ったとき、賢治は妹の耳へ吹きこむようにお題目を唱え、トシは二度うなずくようにして午後八時三十分、二十四歳で命を終え、賢治は押し入れに頭を入れて「とし子、とし子」と号泣した。

とし子臨終の様子を思い描きながら、詩「永訣の朝」をお読みください。この詩が発表されたのは、とし子の死の四年後（一九二六(大正十五)年十二月・賢治三〇歳・『銅鑼』第九号）のことでした。詩に書き入れられた日付は、臨終の日付になっています。賢治はこれら一連の詩を「無声慟哭」と名づけています。〈慟哭〉とは声を上げて嘆き悲しむことです。〈無声〉とは、胸ふさがりて声にも出せぬ姿です。まさに深甚なる悲しみの極致を、賢治は〈無声慟哭〉という矛盾をはらむ「二相」において表現したといえましょう（賢治は妹トシを「とし子」と書いていますから、それに倣います）。

詩「永訣の朝」全文を引用します（傍線は筆者）。

永訣の朝

けふのうちに
とほくへいつてしまふわたくしのいもうとよ
みぞれがふつておもてはへんにあかるいのだ
（あめゆじゆとてちてけんじや）
うすあかくいつそう陰惨な雲から
みぞれはびちよびちよふつてくる
（あめゆじゆとてちてけんじや）
青い蓴菜のもやうのついた
これらふたつのかけた陶椀に
おまへがたべるあめゆきをとらうとして
わたくしはまがつたてつぽうだまのやうに
このくらいみぞれのなかに飛びだした

（あめゆじゆとてちてけんじや）
蒼鉛いろの暗い雲から
みぞれはびちよびちよ沈んでくる
ああとし子
死ぬといふいまごろになつて
わたくしをいつしやうあかるくするために
こんなさつぱりした雪のひとわんを
おまへはわたくしにたのんだのだ
ありがたうわたくしのけなげないもうとよ
わたくしもまつすぐにすすんでいくから
（あめゆじゆとてちてけんじや）
はげしいはげしい熱やあえぎのあひだから
おまへはわたくしにたのんだのだ
　銀河や太陽、気圏などとよばれたせかいの
そらからおちた雪のさいごのひとわんを……
……ふたきれのみかげせきざいに
みぞれはさびしくたまつてゐる
わたくしはそのうへにあぶなくたち
雪と水とのまつしろな二相系をたもち

すきとほるつめたい雫にみちた
このつややかな松のえだから
わたくしのやさしいいもうとの
さいごのたべものをもらつていかう
わたしたちがいつしよにそだつてきたあひだ
みなれたちやわんのこの藍のもやうにも
もうけふおまへはわかれてしまふ
(Ora Orade Shitori egumo)
ほんたうにけふおまへはわかれてしまふ
あああのとざされた病室の
くらいびやうぶやかやのなかに
やさしくあをじろく燃えている
わたくしのけなげないもうとよ
この雪はどこをえらばうにも
あんまりどこもまつしろなのだ
あんなおそろしいみだれたそらから
このうつくしい雪がきたのだ
(うまれでくるたて
こんどはこたにわりやのごとばかりで

（くるしまなあよにうまれてくる）
おまへがたべるこのふたわんのゆきに
わたくしはいまこころからいのる
どうかこれが天上のアイスクリームになつて
おまへとみんなとに聖い資糧をもたらすやうに
わたくしのすべてのさいはひをかけてねがふ

「表記の二相」、「呼称の二相」ということが、童話のみならず、詩においても意図されていることが、一読、納得されたであろうと思います。この詩は、高校の定番教材としても定評がありますが、じつは、この詩は、教師にとっては、どのように扱ってよいか極めて難しい教材とされています。しかし「二相ゆらぎ」という西郷文芸学の理論によって教材分析を試みるならば、この詩の豊かな深い意味を十分に汲み取ることが可能であるはずです。現に筆者自身、岡山市の就実高校で岡山の高校数校の生徒を対象に、この授業を試み、生徒にも参観の教師にも納得していただけた経験があります。

高校国語の定番教材として多くの教材研究と実践記録が出されています。しかし、結論よりいうならば、ほとんどの論考が、仏教哲学（特に法華経の世界観）についての理解がないため、この詩にこめられた作者の深い思いが正しく理解できていないように思われます。

これまでの研究の問題点のすべては（具体的にここには取り上げませんが）、「二相ゆらぎ」という観点で分析することで、そのほとんどの疑問は氷解するであろうと思われます。

まず、この詩における「表記の二相」と「呼称の二相」ということから検討してみましょう。筆者の知るかぎり、これまで教材研究においても、賢治研究者の研究論文においても、このような観点で作品分析がなされたことは無かったと思います。「二相ゆらぎ」という観点での作品分析とは、ある意味では「特異な方法」といえましょうが、本書のテーマに従って、ここでは、まずこの観点から分析を進めてみたいと思います。

**〈みぞれ〉〈あめゆき〉〈あめゆじゅ〉〈雪〉〈雪と水のまっしろな二相系〉**

まず分析・解釈に先立って、この詩の表記・呼称について調べるところから始めます。

・〈みぞれ〉〈あめゆき〉〈あめゆじゅ〉〈雪〉〈雪と水のまつしろな二相系〉

順序に従って抜き書きしてみます。

みぞれがふつておもてはへんにあかるいのだ
（あめゆじゆとてちてけんじや）
みぞれはびちよびちよふつてくる
（あめゆじゆとてちてけんじや）
おまえがたべるあめゆきをとらうとして
このくらいみぞれのなかに飛びだした
（あめゆじゆとてちてけんじや）
みぞれはびちよびちよ沈んでくる
こんなさつぱりした雪のひとわんを

みぞれ
あめゆじゆ
みぞれ
あめゆじゆ
あめゆき
みぞれ
あめゆじゆ
みぞれ
雪

あめゆじゆ　　　　　　　（あめゆじゆとてちてけんじや）
雪　　　　　　　　　　　そらからおちた雪のさいごのひとわんを
みぞれ　　　　　　　　　みぞれはさびしくたまつている
雪と水とのまつしろな二相系をたもち
雪　　　　　　　　　　　この雪はどこをえらばうにも
雪　　　　　　　　　　　この美しい雪がきたのだ
ゆき　　　　　　　　　　おまえがたべるこのふたわんのゆきに

## 雪と水との二相系

抜き書きしてみただけでも、この詩における「ミゾレ」が重要な意味を担って存在する形象（イメージ）であることが、推定できます。まさに「ミゾレ」は「表記の二相」でもあり、「呼称の二相」でもあります。〈あめゆじゆ〉とは、花巻方言で〈みぞれ〉のことで〈あめゆき〉ということです。雨（水）と雪（氷）の二相系（液相と固相）という物理学の概念・用語を、賢治は、この詩において敢えて用いているのは、この「二相」ということが、これまで繰り返し述べてきたように、仏教哲学における、また賢治世界に於けるキーワードでもあるからです。

〈アイスクリーム〉は、大正七年の暮れ、日本女子大生のとし子が重病で倒れ東京の病院に入院したとき賢治はその付き添いをしましたが、回復のきざしが見えたとき、当時はまだ珍しかったアイスクリームをあがない、与えました。その折、妹が大変に喜んだことを思い出して、このように表現しているのであろうと思われます。しかし同時にアイスクリームはみぞれ同様、**液相と固相の二相系**のものであるということです。

## 兜率天・中有ということ

〈アイスクリーム〉の箇所は、宮沢家所蔵本では、最後の三行を次のように書き改めています。

どうかこれが兜卒の天の食に変って
やがておまへとみんなとに
聖い資糧をもたらすことを
（註・「卒」は「率」の誤記）

〈兜率《とそつ》の天〉とは、天上界の六欲天の第四で、仏となるべき菩薩の住まいといわれます。現在は弥勒《みろく》菩薩が住んで説法し天人が遊楽する宮殿です。弥勒菩薩が兜率天からこの世界に下って来るのを待望する下《げ》生《しょう》信仰と、それまで待てないので現在弥勒菩薩がいる兜率天に死後生まれることを望む上《じょう》生《しょう》信仰があります。賢治が願っているのは、おそらく後者と考えられます。

死後、とどまるところを「中有《ちゅうう》」ともいいます。中有は中陰ともいいます。岩波『仏教辞典』によれば、

前世での死の瞬間（死有《しう》）から次の生存を得る（生有《しょうう》）までの間の生存、もしくはそのときの身心をいう。その期間については七日、四九日（七七日）、無限定などいくつもの説がある。

中国においても、日本においても、兜率往生を求める者が多く、賢治も、妹トシは、中有、つまり兜率天にとどまり、何らかの生を得て、この世に姿を現す（後有《ごう》という）と考えていたのでしょう。仏教は「輪廻転生」を前提として説かれてきましたが、輪廻説を否定した釈迦は、「もう私はどこにも再生しない、私は生死（輪廻）を解脱した」といい、「後有（アフター・ライフ）を受けない」（不受後有）と宣言し、来世を否定しています。しかし多くの仏教徒は、また賢治も、「転生」を信じていたといえましょう（ちなみに、筆者自身は、前世から現世へ、現世から来世へという輪廻転生を信じているものではありません。しかし、一刹那一刹那を生き死にしている刹那消滅という意味での「輪廻」というものを考えています）。

### ひらがなとローマ字表記

〈あめゆじゆとてちてけんじや〉ということばが丸括弧（　）で括られています。これはとし子の言葉（方言）ですが、この後のローマ字によるとし子の言葉（方言）とが、対となっていて、これも平仮名とローマ字という「表記の二相」と見ることが出来ます。

### 〈ふたつのかけた陶椀〉〈ふたきれのみかげせきざい〉〈ふたわんのゆき〉

「永訣の朝」のなかの〈ふたつのかけた陶椀〉とは、事柄的に不自然です。口を潤す程度のみぞれを妹のとし子は、求めているのです。それに、いささか不審に思えることは、欠けた椀など病者の身辺に有ろうはずがありません。たとえあったとしても、おそらく実際は、欠けてはいない椀を一個持って外へ飛び出したに違いないのです。妹のとし子が求めているのは口を潤すに必要なひと椀の「ミゾレ」にすぎないのです。〈ふたわん〉とは、「はて?」と首を傾けたくなります。はしなくも、同じこの詩のなかで作者は〈こんなさっぱりした雪の**ひとわん**を　おまえはわたくしにたのんだのだ〉と書いています。またそのあとにも〈そらからおちた雪のさいごの**ひとわん**を……〉とも詠んでいます。

では、何故敢えて作者は〈ふたつ〉ということにこだわっているのでしょうか。これは明らかに詩の作法における虚構の方法と考えられます。

この「永訣の朝」とならぶ詩「無声慟哭」のなかに、次のような詩句があります。（太字―筆者）

ただわたくしはそれをいま言へないのだ
　（わたくしは**修羅**をあるいてゐるのだから）
わたくしのかなしさうな眼をしてゐるのは
わたくしの**ふたつのこころ**をみつめてゐるためだ

現実には、〈ひとわん〉のはずです。詩の中でも、このあとに〈ひとわん〉と有ります。事柄的には〈ひとわん〉のはずのものを作者は〈ふたつのこころ〉と響きあわせ、あえて〈ふたつのかけた陶椀〉といったのでしょう。しかし常識的には不自然です。虚構したのであろうと考えられます。〈ふたわん〉とは、また〈ふたきれのみかげせきざいに〉とは、賢治の矛盾葛藤する〈ふたつのこころ〉の象徴であろうと考えられます。〈かけた〉という表現も虚構のものです。わざわざ〈かけた〉椀を持って出たわけではありますまい。すべては賢治自身の「信と迷」の葛藤する修羅のこころ〈ふたつのこころ〉を象徴するものと考えられます。

〈あめゆき〉と書き、〈みぞれ〉と書き、〈あめゆじゆ〉と書く、また〈雪〉と書き、〈ゆき〉と書く。また、とし子の花巻方言による内言をローマ字表記で、丸括弧（　）に包む形で、平仮名とローマ字という表記の「二相ゆらぎ」によって表現しているのは、これも「ふたつのこころ」の象徴であるといえましょう。修羅とは、賢治の場合、前述の通り「信」と「迷」の二つの心の葛藤と考えられます。この表記の上での「二相ゆらぎ」は、作者賢治自身の葛藤する心の姿（修羅）の象徴でもあるのです。

妹とし子を〈まつすぐに〉と表現しているのは、まさに兄賢治の教えたであろう法華経の教えを信じ、それに向かって〈まつすぐに〉進んでいくということではないでしょうか。このような妹とし子を賢治は〈けなげな〉と褒め称えているのです。そして、妹とし子は、迷いの姿を見せる兄に、無言の「はげまし」を送っているのでしょう。そのことを賢治は〈やさしい〉というのです。

## 二相系の存在としての「修羅」

賢治は『春と修羅』という詩集の「序」において、自分自身を〈修羅〉と呼んでいます。

（前略）
いかりのにがさまた青さ
四月の気層のひかりの底を
唾しはぎしりゆききする
おれはひとりの修羅なのだ
（中略）

まことのことばはうしなはれ
雲はちぎれてそらをとぶ
ああかがやきの四月の底を
はぎしり燃えてゆききする
おれはひとりの修羅なのだ
（中略）
すべて二重の風景を
（中略）
まばゆい気圏の海のそこに
（後略）

断片的に引用しましたが、賢治は、自分が立っているこの地上を、〈気層のひかりの底〉、〈かがやきの四月の底〉といい、また〈まばゆい気圏の海のそこに〉ともいうのです。まさに、賢治は己の拠って立つところを、〈底〉〈そこ〉という「表記の二相」によって表現しているのです。また己を〈修羅〉という矛盾をはらみ、あらがいもだえる「二相的」な存在として表現しています。

このような世界を賢治は「二重の風景」といい、私は「二相系の世界」というのです。

なおこの詩の詩形が波打っているのは、私は、それを「二相ゆらぎ」を視覚的に表現したものと考えています。

## 賢治における修羅

一般に世間では「修羅」といえば、悪神のイメージで捉えていますが、法華経では、一方では悪神としながら、他方では、八部衆の一として善神に扱っているのです。つまり、「悪神でもあり、善神でもある」という存在なのです。まさしく相補原理を具現化した存在といえましょう。「修羅」そのものが「二相系の存在」なのです。

賢治は、父政次郎氏とともに関西地方を旅行し、そのとき奈良を訪れ、「興福寺の門前に宿泊した」という記録がありますから、おそらく興福寺をも訪れ、阿修羅像を見ているのではないかと思われます。それはさておき、今日、国宝として、拝観される興福寺の阿修羅像は、まるで少年のような童顔に、こころなしか憂いを秘めたやさしさが、訪れる若い人たちにも、たいそう人気をえています。

たしかに、現在の多くの仏像のように、拝観者のためのトップライトによる照明の下では、やさしく優雅なお顔に見えて、およそ阿修羅というものに対する既成概念に反するものとしてあります。しかし、仏寺の平常の明かりの下では、つまり側面の窓の明かりとか、お灯明の明かりによって、側面あるいは正面、やや下から照らされたとき、それは、はっとするような厳しい眼差しが感じられるそうです。私はこの角度からの照明で拝観したことがありませんが、仏像写真家の西川杏太郎氏の所見「永遠の名像─阿修羅」(『阿修羅』毎日新聞社刊)によれば、阿修羅像も、視角により、条件如何により、相反する二面を見せるものとなるというのです。これは能面にもいえることです。「あおぐ」と「うつむく」とで、まったく相反する表情を能面は見せてくれます。

賢治の「修羅」は、この能面のように、また興福寺の阿修羅像のように、相反する両面を見せてくれるものではないでしょうか。このように解釈することが法華経の「諸法実相」の教義にもかなうものと考えられます。

## 転生ということ

この詩における「二相」についてさらに考究を深めるに先立って、「転生《てんしょう》」について、若干触れておきたいと思います。

同じ仏教でも、たとえば、浄土宗では、死後、死者の魂が地獄と極楽のいずれかに往くと考えられています。しかもひとたび、地獄か極楽のいずれかに行くと、永久に再び変わることはないとされます。しかし、賢治の信奉した法華経では、いわゆる死後の世界はないのです。地獄も常寂光土（つまり極楽）も、「あの世」にはない、「この世」にあるといいます。人は死んでも、一時「中有《ちゅうう》」（この詩では兜率天）にとどまるも、ふたたび、この世（後有《ごう》という）に生まれ変わるのです。人間に生まれ変わるか、畜生に生まれ変わるか、それはさまざまです。「転生」ということを、とし子は信じているからこそ、臨終の床で〈うまれでくるたてこんどはこたにわりゃのごとばかりでくるしまなよにうまれてくる〉（今度生まれてくるときは自分のことばかり考えることのない人間に生まれ変わりたい）という意味のことをつぶやいたのです。とし子には、法華経が教えるように、死後のあの世という考えはありません。再び生を受けてこの世に生まれ変わる「転生」を信じているからこその言葉です。

浄土真宗では、たとえ極悪犯罪を犯した人間でも、「南無阿弥陀仏」と念仏を唱えれば極楽浄土へ成仏できると教えます。「南無」というのは、「帰依《きえ》」つまり、くだけていえば「すべてを、阿弥陀さまに、おまかせします」という意味のサンスクリット・梵語です。親鸞の浄土真宗に於ける絶対帰依の阿弥陀仏は、その意味では、いわばキリスト教の絶対唯一の神と紙一重で通じるものを感じさせられます。

詩の中には、まったく触れられていませんが、臨終の床にあるとし子に対して浄土真宗の篤信者である両親は、娘の極楽浄土への成仏をねがい、おそらく念仏（南無阿弥陀仏）を唱えて欲しいと切に願ったであろうと考えられます（たとえ口には出さずとも、賢治にもとし子にも、それは痛いほど感じ取られたはずです）。賢治にしてみれば、「転生」という法華経の教えるところを信じ、またそれをとし子にも教えていたに違いありません。

後に賢治自身が病を得、己自身の死を覚悟した時点で、いわば「遺言」のような形で認めた父政次郎に当てた封書があります（一九三一（昭和六）年・九・二十一つまり死の二年前の、はからずも同じ命日に当たる日であった）。

この一生の間どこのどんな子供も受けないような厚いご恩をいたゞきながら、いつも我慢で心に背きたうたうこんなことになりました。今生で万分の一もつひにお返しできませんでしたご恩はきっと次の生又その次の生でご報じいたしたいとそれのみを念願いたします。

ここには明らかに「次の生」（転生）が語られています。賢治も、とし子も、「転生」を信じているからこそ、父母の願うように念仏を唱えることは無かったでしょう。だからこそ、おそらくとし子は兄賢治を必死の思いを込めて見つめていたに違いありません。しかし、賢治にしてみれば、今際《いまわ》の際《きわ》に妹の「すがるような」眼を見返しながら、心は千々に乱れたでありましょう。幼少より阿弥陀仏の慈悲の心にふれてきたであろう賢治にとって、無理からぬことです。そのような兄の心の葛藤を、思いやって、みぞれを採ってきてくれと、息詰まるこの場から兄を救ってくれた、その妹の思いやりを、賢治は〈やさしい〉と詠っているのです。そして、一人で信じる道に進んでいこうとする妹を〈けなげな〉とたたえているのではないでしょうか。このような解釈は、もしかすると私一人のものかもしれませんが、法華経の教義と、文芸学的な観点からは、整合性のある、妥当な解釈と考えられます。

賢治は、これらのことについて、詩「永訣の朝」のなかでも、その後の「詩」の中でも具体的には一言も触れてはいません。それは、絶対に口には出せない「迷い言」であったでしょう。しかし、「青森挽歌」などの一連の挽歌を詠むと、賢治の深い迷いの跡がまざまざと感じとれます。白い鳥が、悲しげに鳴き交わしながら飛び去っていく姿を目で追いながら賢治は、亡き妹とし子が白い鳥に転生した姿を兄に見せてくれていると思うのです。いや思いたかったということでしょう。また、ある詩では、どんな形でもいいから、自分に転生の「あかし」を見せて欲しいと切に願っている言葉を連ねています。次に、それらのいくつかを列挙してみましょう。

## 転生の証を求めて

［ ］括弧内は筆者（西郷）の注。

無声慟哭

［前略］
わたしが青ぐらい修羅をあるいてゐるとき［法華経を信ずる心と迷い］
ひとりさびしく往かうとするか

信仰を一つにするたつたひとりのみちづれのわたくしが
あかるくつめたい精進の道からかなしくつかれてゐて
毒草や蛍光菌のくらい野原をただよふとき［賢治の迷いの姿・修羅］
おまへはひとりどこへ行かうとするのだ［〈野原〉〈のはら〉表記の二相がみられます］
［中略］
どうかきれいな頬をして
あたらしく天にうまれてくれ
［中略］
ただわたくしはそれをいま言へないのだ
（わたくしは修羅をあるいてゐるのだから）
わたくしのかなしさうな眼をしてゐるのは
わたくしのふたつのこころをみつめてゐるためだ［信と迷の葛藤］
ああそんなに
かなしく眼をそらしてはいけない
［後略］
［〈巨きな信のちから〉のもとで生きて行くべきと思いながらその一方で、信仰に疑問を抱いてもいる修羅の心、その分裂・葛藤は、いまひたすら転生を信じて逝こうとしている妹とし子への裏切りであるのです。もし、自分の修羅の心を察知されたら、とし子は迷いのうちに死んで行くしかないのです。］

白い鳥

［前略］
二疋のおおきな白い鳥が
　鋭くかなしく啼きかはしながら
しめった朝の日光を飛んでいる
それはわたくしのいもうとだ
死んだわたくしのいもうとだ
兄が来たのであんなにかなしく啼いてゐる
　（それは一応はまちがひだけれども
　まったくまちがひとは言はれない）
あんなにかなしく啼きながら
朝のひかりを飛んでゐる
　（あさの日光ではなくて
　熟してつかれたひるすぎらしい）
［後略］

［「白い鳥」は妹ではないかと思う］

［〈朝のひかり〉〈あさの日光〉は、「表記と呼称の二相」］
［この詩にも〈野原〉〈のはら〉の「表記の二相」がある］

青森挽歌

［前略］
あいつはこんなさびしい停車場を
たったひとりで通っていったろうか
どこへ行くともわからないその方向を
どの種類の世界へはひるともしれないそのみちを
たったひとりでさびしくあるいて行ったらうか
［中略］
とし子はみんな死ぬとなづける
そのやりかたを通って行き
それからさきどこへ行ったかわからない
それはおれたちの空間の方向でははかられない
感ぜられない方向を感じようとするときは
だれだってぐるぐるする
［中略］
たしかにとし子はあのあけがたは
まだこの世界のゆめのなかにゐて

落葉の風につみかさねられた
野はらをひとりあるきながら
ほかのひとのことのやうにつぶやいてゐたのだ
そしてそのままさびしい林のなかの
いっぴきの鳥になっただらうか
［鳥に転生したであろうか］

［中略］
あいつはどこへ墜ちようと
もう無上道に属している
力にみちてそこを進むものは
どの空間にでも勇んでとびこんで行くのだ
［後略］
［〈北〉〈みなみ〉、〈世かい〉〈せかい〉、〈私〉〈わたくし〉］

オホーツク挽歌

［前略］
いまするどい羽をした三羽の鳥が飛んでくる
あんなにかなしく啼きだした
なにかしらせをもってきたのか
［転生の証しではないのか］

［後略］

噴火湾（ノクターン）

［前略］
七月末のそのころに
思ひ余ったやうにとし子が言った
（おらあど死んでもいいはんで
あの林の中さ行ぐだい
うごいで熱は高ぐなっても
あの林でだらほんとに死んでもいいはんで）
［中略］
そのまっくらな雲のなかに
とし子がかくされてゐるかもしれない
ああ何べん理知が教へても
私のさびしさはなほらない
わたくしの感じないちがった空間に
いままでここにあった現象がうつる
それはあんまりさびしいことだ

（そのさびしいものを死といふのだ）
たとへそのちがったきらびやかな空間で
とし子がしづかにわらはうと
わたくしのかなしみにいぢけた感情は
どうしてもどこかにかくされたとし子をおもふ　［転生したとし子の存在を確認したい］

青森挽歌　三

［前略］
あいつが死んだ次の十二月に
酵母のやうなこまやかな雪
はげしいはげしい吹雪の中を
私は学校から坂を走って降りて来た
まっ白になった柳沢洋服店のガラスの前
その藍いろの夕方の雪のけむりの中で
黒いマントの女の人に遭った　［転生した妹とし子の姿を見た……と、一瞬思う……］
帽巾に目はかくれ
白い顎ときれいな顔
私の方にちょっとわらったやうにさへ見えた

〈それはもちろん風と雪との屈折率の関係だ。〉
私は危なく叫んだのだ。
〈何だ、うな、死んだなんて
い、位のごと云って
今ごろ此処ら歩てるな。〉
又たしかに私はさう叫んだにちがひない。
［後略］

## 己の修羅を見つめる

一連の挽歌は、詰まるところ、賢治の、己の〈ふたつのこころ〉を見つめての修羅の「旅」の記録であった、ともいえましょう。妹とし子に対する挽歌でありながら、己の信仰告白の詩でもあったのです。つまりは自分自身を「二相ゆらぎ」の存在として、改めて確認せざるを得ない「旅」であったと考えられます。

これらの詩の言葉の裏に、私は賢治の「信」と「迷」の葛藤を痛いほど感じ取るのです。賢治自身が、己の死に臨んで、すべての残された原稿を「迷いのあと」であり、処分して欲しいと、父親に言い残したのも頷けます。

とし子亡き後、賢治は、「信」と「迷」の葛藤に身もだえし、そのような己の姿を詩集「春と修羅」の「序」の中で〈おれはひとりの修羅なのだ〉と歌ったのでした。まさに賢治自身が「信・迷」の「二相ゆらぎ」に身もだえしていたであろうと思われるのです。

賢治は、妹「トシ」を「とし子」とも呼んでいます。彼女も、また、賢治にとっては、「呼称の二相」で表現されるところの存在であった、といえましょう。

以上、「二相ゆらぎ」をキーワードとして、詩「永訣の朝」を分析・解釈してみました。これまで難解とされた詩の深い悲しみの実相が鮮やかに照射されてきたように思われますが、いかがでしょうか。ところで童話「やまなし」は、「永訣の朝」などの一連の詩（初期稿）に書かれた妹トシの没後、（つまり自らを「修羅」に擬するほどの心の葛藤を経て）新聞紙上に発表されたものであるのです。いわば、賢治の晩年の珠玉の作品といっていいでしょう。本書の巻末に、童話「やまなし」と詩「永訣の朝」を取り上げた所以のものです。

# まとめ

童話「やまなし」の中の奇妙な表記の謎解きを切っ掛けに、法華経の「諸法実相」の世界観・人間観をふまえ、かつ西郷文芸学の「自在に相変移する入子型重層構造」（西郷模式図）を仮説とし、「二相ゆらぎ」をキーワードとして、賢治童話『注文の多い料理店』所収の童話、さらに生前未発表の童話数編、また挽歌「永訣の朝」をはじめ一連の挽歌をとりあげ、賢治研究史上初めての独自の分析・解釈を試みました。その当否については、今後の読者諸賢の厳正なるご批判・ご教示を待つのみです。

「二相」とは、ひとつの「もの・こと」（人間・自然・世界……）のたがいに相反する、あるいはたがいに相異なる二つの相（現象）ということです。二相とは、たとえば、明暗、正邪、善悪、美醜、硬軟、強弱、深浅、軽重、……その他、対比的なものということです。

しかし、いかなる「もの・こと」にも、じつにさまざまな相があります。たとえば、観音菩薩像は、十一面観音の如く、十一の面相を備えていますが、そのいずれもが観音菩薩の真実の相です。そのことを法華経は「諸法実相」というのです。

賢治は、文芸作品（童話・詩）の創作において、様々な相の中から、互いに相反する、あるいは相異なる二相をとりあげ、そのことにより、作品を劇的に構成する創作の「戦略」を生み出したのです。

当然のことながら、それらの二相は、「一つの性」（本性・自性）の相反する、あるいは、相異なる二つの相、ということになります。たとえば「どんぐりと山猫」の山猫の相反する二つの相（傲慢さと慇懃さ）は、権威主義という「一つの性」の相反する二つの現れということです。いわば紙の表裏のようなもので、まさに「表裏一体」ということです。この性と相ということは、法華経の「諸法実相」という思想に根ざすもので、賢治は、この思想の現実性と合理性にいたく共感したのであろうと考えられます。

「表記の二相」というのは、当然のことながら、そのほとんどが名詞、代名詞、あるいは形容詞などであることはいうまでもありません。もちろん、一部においては動詞などにも見られます。

たとえば、「山猫・山ねこ・やまねこ」「柏・かしわの木・かしわ」「道・路・みち」「野原・野はら・のはら」「町・まち」「此処・ここ」「私・わたくし・わたし」「僕・ぼく」、また動詞としては「笑う・わらう」……などです。

「呼称の二相」というのは、対象人物や対象事物の「呼び名」「渾名」の二相ということです。原理的に、話者や視点人物の側に「二相」はありません。ただ例外的に話者の「私」や視点人物でも、話者により対象化された場合は、このかぎりにあらず、ということです。

「二相」には、このほか「描写の二相」、「譬喩・声喩の二相」というのもあります。もちろん、対象人物・対象事物に関わる譬喩・声喩にかぎります。

特異なものとして、「現幻二相」の世界をシンボライズする「太陽・お日様・おひさま・日・陽」「空・青ぞら・そら」「柏や楊などの特定の樹木」や、きわめて特異なものとして「修羅」と密接に関わる「底・気圏の底・天の海の底」などがあります。

また「二相」に関わる特定の色として「青」（「青白い」「青黒い」「碧」「蒼」……）などがあります。「青」という色が、白と黒の二相を取るという点において、賢治はこの「青」を二相系の色として殆どの作品において用いていています。また二相系のものである「修羅」を形容するのに、「二相系の色」としての

「青」を当てているのは当然の帰結と考えられます。

「表記の二相」や「呼称の二相」などについて考察するときに、何故この場面が漢字で、あの場面は平仮名であるのか、と考えてはなりません。「二相ゆらぎ」というのは、アト・ランダム（無作為）であること、そのことに意味があるのですから。

これらの二相系の表現は、それぞれの作品において、それぞれ特定の語彙に限られます。その他の語彙には「表記・呼称のゆらぎ」は、まったく見られないということで、特定の「表記のゆらぎ」が偶然のものでもなく、かつ恣意的なものでもないことが反証されます。明らかに意図的になされていると断言できましょう。

先にもふれたように、二相系の表現は、当然のことながら、対象人物あるいは対象事物に限られます。話者・視点人物には原理的に「二相」は見られません。もちろん、「相」というものが「視点と対象の相関」を表すものである以上、当然、「二相」はすべて対象（人物・事物）に関わるものに限られます。話者や視点人物については、原理的に「表記・呼称の二相」はあり得ません。すべて対象人物か、対象事物に限ります。このこと自身、これらの二相系の表現が意図的なものであることの反証といえましょう。ただし話者・視点人物が対象化された場合には、「二相」となることがあるのは、予想できることであり、現に、いくつかの童話において見られるところです。話者の「私」が「私」によって対象化されたときに限り、呼称がたとえば「私」と「僕」の二相となることがあります（「なめとこ山の熊」など）。見ている「私」と見られている「私」という関係の場合に限り「私」と「僕」の「二相」となるということです。

このことも当然のことながら、たとえば、「野原」が、ある作品では「二相系」であっても、他の作品では「二相系」ではないということは、いくらでもあり得ます。ほかならぬ、その作品世界において「野原」なら「野原」が「二相系」であるかどうかということなのです。

賢治童話のなかでの「風」は独自の役割を演じています。時に「話主」（話し手）として話者（語り手）に「話」を話します。この場合、風は話主（話し手）であって、話者（語り手）と混同してはなりません。話主の話すことを話者が物語るのです。

賢治の世界で「風」は話主（話し手）の役割を演ずるだけでなく、特別な性格・役割を与えられています。「風」が「どう」と吹くと、世界が一瞬にして変貌し、現実と幻想のオーバーラップする「現幻二相」の世界となるのです。また「風」が吹くことにより現実の場面に帰るということにもなります。

賢治は、童話の中で「二相」という言葉を使うことはありません。また書簡などにも見られません。ただし、詩においては、「二相」あるいは「二相」ということを示唆する表現を随所に示しています。〈二相系〉〈二重の風景〉〈二重感覚〉その他。あきらかに、「二相」ということは賢治の世界の「謎」を解くキーワードといえましょう。

これまでも「二」という数字が、賢治ワールドで、特別な意味を持つらしいということは一部の人の間で囁かれてきました。しかし、そのことが研究のきっかけにならなかったことは遺憾なことでありました。しかし、あきらかに、作者賢治がわざわざ「表記・呼称の二相」などによって、「作者の意図を読者に向けて示唆」しているのですから、まずは、作者の意図を重んじ、作者の示唆するところに従って分析・解釈を進めるべきであろうと考えます。その上で、読者独自の解釈を試みることはもちろん許されることであり、いやむしろ望ましいことかも知れません。

表記や呼称などの二相ということは、たびたび述べてきたように法華経の中心的な世界観ともいうべき「方便品第二」に説かれる「諸法実相」によるものです。多くの賢治研究者が「デクノボー」についてはふれても、「諸法実相」に言及することのないのが、いかなる理由によるものか、私には、その理由がつかめません。今後本書の出版を契機に「諸法実相」（「二相ゆらぎ」）についてさらに広く深い研究がなされることを期待するものです。

本書において私は、作者の意図するところに従っての分析・解釈にとどめました。私なりに、他の論者とは異なる見解もあるのですが、このたびは紙幅も限られていることではあり、別な機会に譲り、作者が示唆したところに従う解釈のみにとどめました。

まずは、表記や呼称の二相の意味するところのものが何であるか、そのことについて問題提起を試みたものです。読者諸氏の忌憚ないご批判、ご助言をいただければ幸いです。

さまざまな「二相」のありようを一通り取り上げてみました。本書にとりあげた童話以外にも「二相ゆらぎ」の見られる童話が数多くありますが、紙幅を大幅に越えるため、残された作品の分析は読者の「おたのしみ」に残しておきます。

本書において、作品を取り上げ論述した順序は、「諸法実相」という深甚なる世界観・人間観と、それを踏まえての作者の虚構の方法としての「二相ゆらぎ」を具体的に理解していただくのに妥当と考えられる順序によります。

中編童話「風の又三郎」も「銀河鉄道の夜」も、もちろん、「二相ゆらぎの世界」です。また「春と修羅」所収の詩も典型的な「二相ゆらぎの世界」と見ることが出来ます。（たとえば、一人称の「私・わたし・おれ・僕」や、波打つ詩形、二重括弧なども含めて）。

これらの作品に作者・賢治が敢えて世間の常識に反して、アト・ランダムな表記や呼称や記号の特殊な使用を試みていることは、さらに今後、綿密・厳正に再検討すべきであろうと思います。本書が、その

「きっかけ」になれば幸いです。

ところで、表記や、呼称などの「二相」のまったく見られぬ作品でも、本質的に「二相ゆらぎの世界」である作品がいくつもあります。たとえば「毒蛾」など、その代表的な作品といえましょう。「二相ゆらぎ」という観点から、ここにとりあげた作品のすべてを分析してきましたが、もちろんこれですべてではありません。他にも数多くの「二相ゆらぎ」の作品があることはいうまでもありません。しかし、賢治には、この観点以外の観点で書かれた作品も多少あります。もちろん、法華経との関係は何れも密接不可分なものとしてありますが、「二相ゆらぎ」という観点ですべての作品が創作されているわけではないということです。何れそのことは別な機会に問題にしてみたいと考えています。

本書は、お気づきと思いますが、原典や客観資料以外に他の論者の文献は殆ど引用していません。作者の示唆する「二相」に従っての分析・解釈というのは、これまでにない新しい試みであるため、その関係の分析・解釈に関する文献を参照する必要が無かったということです。というより、この問題に関わる文献が殆ど皆無ということなのです。

ところで、これまで何故、この「表記の二相」や「呼称の二相」について誰一人言及するものが無かったのであろうか、という疑問が当然生じるであろうと思います。これは、内外の文学理論が、ほとんど二元論的世界観に根ざすものであるために、表記の乱れ、呼称の乱れとして捉え、これを互いに相反する二相として捉える発想が出なかったのであろうと考えられます。西郷文芸学は、一般の文学理論と異なり相補原理に基づく「自在に相変移する入子型重層構造」という仮説を立てていることで、本書で展開したような分析・解釈が可能となったのです。すくなくとも、「話者の話体と作者の文体の違いと関係」という理論なしには、分析なしえないであろうと思われます。また相補原理無くしては表記や呼称の「二相ゆらぎ」を「発見」すること自体、ほとんど不可能といえましょう。たとえ発見したとしても、アト・ランダムなもの、つまり意図的なものではないものとして「放置」してしまうであろうと考えられます。賢治研究の歴史は、すでに一世紀近い歳月を経ています。研究者の数も少なくとも数百人を下らぬでしょう。つまり、この問題は研究者の能力や努力如何の問題ではありません。相補・相関的世界観の有無にかかわる問題であるといえましょう。

これまでの賢治研究において、法華経に関しては、重要な一つの観点として「デクノボー」ということがありましたが、本書においては全くふれることなく、不審に思われた読者もあろうかと思います。これは、賢治自身が、「デクノボー」精神をもって自分自身の生きる信条としているということであって、デクノボーを自分の童話の主人公として立てるということには、それほど関心がなかったのではないでしょうか。そもそも『法華経』そのものがいわば譬喩・寓話集ともいえるもので、賢治はそれに倣って現代版法華経を書きたかったのであると考えられます。その場合、「諸法実相」の世界観に基づく虚構の方法（創作方法）によって作品を書きたかったということでしょう。その認識・表現方法として賢明にも「二相ゆらぎ」という虚構の方法をとるにいたったと考えられます。

「二相ゆらぎ」という方法は、じつは意識的ではないにもかかわらず、ある種の作家の創作方法として具体化されているのはたいへんに興味あることです。（たとえば、始めに取り上げた「大阿蘇」の三好達治を始め、小学校国語の定番教材となっている斉藤隆介の「モチモチの木」などは、その典型的な実例の一つです。筆者による分析・解釈が『文芸教育』誌八九号（新読書社）にあります。

いうまでもありませんが、私は、仏教哲学（法華経など）については、門外漢です。迂闊な誤りを犯しているやも知れません。識者のご叱正をいただければ、ありがたく存じます。

# 補説

本文の理解を深めるために、その理論的基盤としてある西郷文芸学の「自在に相変移する入子型重層構造」（西郷モデル）について一応解説しておきたいと思います。といっても主として「話者の話体と作者の文体の相関」についてのみということですが、詳細について知りたい方は「西郷文芸学の新展開（その1）」（『文芸教育』誌八七・八八号、新読書社）をご参照ください。

## 文芸作品の視点と対象

いかなる文芸作品にも作者・話者・聴者・読者がいます。話者・語り手は、如何なる作品においても〈わたし〉一人です。聴者・聞き手は一人の場合もあり、不特定多数の場合もあります（語り手自身が聞き手である場合もある。独り言・呟き・独語など）。

現実の生身の作家・読者を除き、前述の作者・話者・聴者・読者は、すべて人物といい、正しくは**人物形象**といいます（生身の作家・読者と区別して、**虚構の人物**といいます）。

話者・語り手は、自分自身について、また自分以外のもの（他者）について、自分も含めて諸々のことについて、語ります（対象は、森羅万象）。

これまで西郷文芸学は、話者・語り手のことを、「作者」という用語と並べて「話者」という用語を用いてきました。しかし我が国の文学研究者の間では、ほとんど「語り手」という用語が一般的であり、翻訳でもその慣例に倣っています。そこで読者の混乱を避けるために、西郷文芸学でも、多くの場合、「話者」と「語り手」とを併記して、「語り手・話者」などとしたりしています。「話者」と「語り手」は、同じ概念の異なる用語であることを、最初にお断りしておきます。

今後、作者（書き手）、話者（語り手）、聴者（聞き手）、話主（話し手）、読者（読み手）……、あるいは作者・書き手、話者・語り手……と書くことがありますが、いずれも**同一概念をあらわす異なる用語**です。

**視点と対象の相関関係（主観と客観の相関関係）**

視点とは、語り手が、どこから、どの角度から、誰（聞き手）に、なにを語るか、という関係・構造・機能を考えることです。

視点は対象（話題と聞き手）との間に心理的・意味的「遠近」の関係をつくり、それは必要に応じて近づいたり、離れたりします（**視点と遠近法**）。

文芸作品とは、語り手の語る**内容**（**ことがら・話題**）を作者が、ある**形式**（**表現の仕方**）をとって表現したものです（表現内容と表現形式）。

作者が観念的に話者・語り手に「変身」して、対象について語る、と考えてもいい。また読者も聞き手に「変身」して語り手の語りを聞く、ということになります。つまり、話者・語り手は、作者・書き手の「**変身**」「**化身**」したもの、あるいは時に「**分身**」といってもいいでしょう。

どんな文芸作品にも作者・書き手、話者・語り手、聴者・聞き手、読者・読み手がいます。話者・語り手はいつでも「わたし」ひとりですが、聴者・聞き手は「あなた」一人の場合もあり、「あなたがた」、不特定多数、といろいろの場合があり、まれに語り手自身が聞き手となることもあります。（いわゆる呟き、独り言、自問自答、独語……）

話者・語り手は、自分自身について、また自分以外（他者）について、また自分をも含めて諸々のこと（対象）について語ります。

**作者が創造した人物**のなかで、語りの役割を与えられた人物を話者・語り手といいます。また聞く役割を与えられたものを、聴者・聞き手といいます（聞き手を読者・読み手と混同しないこと）。

読者は、聴者・聞き手の立場に身を置くだけではありません。話者・語り手の立場にも立つのです。ときに作者・書き手の位置に立つこともあります。

作者・書き手が想定している話者・語り手、聴者・聞き手は、通常、作者と同国人・同時代人と考えていいでしょう。このような読者のことは**本来の読者・読み手**と呼ばれてきました。西郷文芸学では**「作者により想定された読者」**といいます（古典や外国文学の場合、日本の現代の読者には、当然、このことが問題となります。賢治の作品の場合、作者により想定されていた読者は、ほぼ一世紀前の読者です。そのことを前提として分析・解釈すべきでしょう）。

**視点と対象の関係**（＝主観と客観の関係＝主体と客体の関係）は相関的です。視点と対象の相関ということは、つまりは**形象の相関**ということです。

視点は、いわば読者にとって作品世界を覗き込む**「窓」の役割**を果たすものといえましょう。

作者・書き手の観点が話者・語り手を設定します。（誰に、何を、どう語りたいのか、その**目的と条件**に合わせて、それに相応しい話者・語り手、聴者・聞き手が撰ばれます。）

## 作者・話者・聴者・読者の入子型構造

作者が作品を書くときに、語り手・話者を設定します。作者が話者・語り手に**変身**すると考えてもいいのです。このことを**「視点の相変移」**といいます。

たとえば、大人の男の作者が、女の子の「わたし」という語り手に変身する、といってもいい。あるいは、女の子という語り手を設定するといってもいい（つまり**相変移**するという）。そして、その語り手が聞き手に語る。語るということは、相手があって語るわけですから、その相手を聞き手といいます。読者は聞き手にいわば変身して、聞き手の「目と心」を通して、語り手の語ることを聞く。こういう形になります。あるいは語り手とともに、語りの世界を体験していくということでもあります。

語り手がいて聞き手がいて，語り手と聞き手の間に語り手の語る内容があります。それは人物と人物をとりまくいろいろな**「ものごと」**（「ことがら」ともいう）です。「ものごと」というのは自然であったり、町の中のことであったり、あるいは家の中のことであったり、あるいは動物やら人間やらいろんな「ものごと」があります。此の世の森羅万象です。語り手が**「語る内容」**、**語る「ことがら」**といってもいい。**「話題」**ともいいます。人物と人物をとりまくありとあらゆる「ものごと」が、語りの対象、つまり語りの内容となります。

作者は話者・語り手に変身して、あるいは話者・語り手をして語らしめるということになります。もちろん話者・語り手は聴者・聞き手に語っているわけで、読者・読み手はその聴者・聞き手を通して、つまり聴者・聞き手にいわば変身して、話者・語り手のいうことを聞くという関係になります。

文芸作品の作者・書き手、話者・語り手、聴者・聞き手、読者・読み手などの人物を現実の、生身の人間と区別して、すべて**「虚構の人物」**と呼びます。

虚構の人物としての「作者・書き手」に対して、現実の、生身の、職業としての「作家」は、一応「作者」と区別します。作家はある作品の創作にあたって、その作品に相応した「作者・書き手」に変身するというわけです。

**作者は、ある特定の作品の書き手**のことです。たとえば、童話「どんぐりと山猫」の作者宮沢賢治というふうに呼びます。かならず作品名を挙げて作者名を呼ぶべきです。特定の作品を離れて「作者宮沢賢治」というべきではありません。何年何月、どこそこで生まれ、あれやこれやの作品を書き、また農学校の教師でもあり、何年何月どこそこで亡くなった「作家宮沢賢治」というわけです。この時「作者宮沢賢治」とはいいません。作家と作者の関係と違いを心得ておくべきです。残念ながら、文学研究者の中にも両者の概念の混乱が見られます（「作家の作風」というべきところを「作家の文体」というなどの誤り、です。ある「特定の作品の文体」とか、ある「特定の作品の作者の文体」というべきです）。

**文芸作品の自在に相変移する入子型重層構造（西郷模式図・モデル）**

以上に述べたことを簡単な文図に示します。模式図で分かるとおり、文芸の構造は、**「入子」型、つまり重層構造**になっています。以上のことを、文芸学の用語を用いて表現すれば、「読者は語り手に同化し、かつ聞き手にも同化して」ということになります。「同化」というのは、その人物の身になる、気持ちになる、ということです。同時に、「読者は、語り手をも、聞き手をも異化する」ということにもなるのです。「異化」というのは、その人物を外側から脇から見て思うことです。実際の読みというものは、実は語り手が語る人物にも同化したり、また異化したりして読みすすめる、ということになるのです。

また、読者は、語り手の身になり読んでいくと同時に、聞き手の側にも立って読んでいく、ということになります。

現実（自然・社会・生活・文化・伝統・歴史）状況

作家（現実の、生身の人間）　作風

↔

作者（この作品の書き手）　文体

↔

話者（語り手「私」）　話体

↔

視点人物（見ている方の人物）

↔

話主（話し手）

話しの世界

対象人物・事物（見られている方の人物・事物）

↔

聴者（話者により想定された聞き手）

語りの世界

↔

読者（作者により想定された読み手）

作品の世界

↔

読者（現実の、生身の読み手）

虚構の世界

現実（自然・社会・生活・文化・伝統・歴史）状況

文芸作品を読むという行為は、このように、実に複雑・微妙なイメージ体験をすることといえましょう。この様に「同化」と「異化」をない交ぜにした読みを文芸学では切実な、ゆたかな「共体験」を目指す読みと呼んでいます。「共体験」とは、同化と異化を表裏一体に体験することで、読書体験とはすべて共体験であるといえましょう。

## 視点と対象の相関（詩）

詩を引用して、具体的に**「視点と対象の相関」**ということを説明しましょう。

この場合、**語り手の語る「対象」**というのは、**語る「ことがら」**（**話題**ともいう）だけでなく、**聞き手・聴者も対象**となります（要注意）。

以上のことを詩「山頂から」で説明しましょう。

山頂から　　　　小野　十三郎

山にのぼると
海は天まであがってくる。
なだれおちるような若葉みどりのなか。
下の方で　しずかに
かっこうがないている。
風に吹かれて高いところにたつと

だれでもしぜんに世界のひろさをかんがえる。
ぼくは手を口にあてて
なにか下の方に向かって叫びたくなる。
五月の山は
ぎらぎらと明るくまぶしい。
きみは山頂よりも上に
青い大きな弧をえがく
水平線をみたことがあるか。

**作家　小野十三郎**（**現実の人間・すでに他界の人**）
**作者・書き手は、**「**小野十三郎**」（**この作品とともに存在する人物**）
**読者・読み手**は、作者がこの詩を書くに当たり読者として思い描いていたであろう読者で、「**想定される読者**」と呼びます。「**本来の読者**」ともいいます。今この詩を読んでいるあなたのことは「**現実の、生身の読者**」と呼び、一応「想定される読者」と区別します。（現実の、生身の読者は、想定される読者の身にもなる、ということがあります）
「**ぼく**」**は話者・語り手**です。「ぼく」は作者・書き手「小野十三郎」ではありません。作者の「小野十三郎」が、この詩に相応しい話者・語り手として撰んだ「ぼく」という人物です。作家は自分自身をモデルとした作者・話者を設定することもあるが、逆に自分とは性格も立場も異なる人物を話者・語り手に撰ぶこともあります。いずれにせよ両者は理論的に区別すべきです。その上で両者の関係を論ずべきです。

**聴者・聞き手の「きみ」**も、話者・語り手の語りかける相手としての人物として作者が撰んだものです。つまり**「話者により想定された聴者」**ということです（賢治の童話『猫の事務所』の〈みなさん〉）。聴者・聞き手は現実の読者ではありません。しかし**「現実の、生身の読者」**であるあなたは、話者・語り手の「ぼく」・「私」から直接「きみ」「みなさん」と自分に呼びかけられているような気持ち（錯覚？）になるでしょう。

　話者・語り手の「ぼく」は山頂からの「情景」を、聴者・聞き手の「きみ」に語り伝えているのです。**「情景」**とは読んで字の如く「情」に映じた「景」であり、「情と景」ではありません。「景」によって映発された「情」ともいえましょう。主観が捉えた客観、まさしく**主観と客観の相関関係（表裏一体）**と考えるべきです。二元論的「読解論者」は、「情景」を「風景」と同様に考えてしまう誤りを冒しています。

「山にのぼると　海は天まであがってくる。」という詩句は、客観的な「景」ではありません。「ぼく」が「山にのぼる」という**条件**の下で、「海が天まであがってくる」という以外にない実感を言葉にすると、このような詩句・表現となるのです。まさに**「主観と客観の相関」**、**あるいは「視点と対象の相関」**ということです。

「なだれおちるような若葉みどりのなか」という表現も、主観・客観の相関、視点・対象の相関、まさに**「情景」**なのです。「山頂よりも上に　青い大きな弧をえがく水平線」とは、「情」に映じた「景」以外の何ものでもありません。「景」のみの表現、「情」のみの表現というものは、あり得ません。大乗仏教の哲学は、このことを、精神と物体、主観と客観という**二元論**に立つ西欧諸国の哲学に反して、**相関論**に立つ**「依正不二《えしょうふに》」（客観と主観は相関的）**、**「二而不二《ににふに》」（二にして二にあらず）**ということを主張してきました。西郷文芸学は、西欧諸国の文芸理論ではなく、東洋的相関論、「二而不二」の哲学的立場に立つものです。たとえば、賢治の童話「谷」の中の怪物めいた崖のイメージ〈相〉は、まさしく幼い少年の〈私〉という人間の主観の捉えた客観〈崖〉の相であるということです。視点と対象の相関、主観と客観の相関、ということです。

なお、**話者・語り手の語り方**〈**話体**〉は、語る「ことがら」と語る相手、つまり聴者・聞き手が誰であるかによって、規制されます。つまり語り手が相手どる対象〈物事と聞き手〉によって**語り方**〈**話体**〉が変わってくる、ということです。

なお、**作者・書き手の書き方**のことを「**文体**」といいます。**話者・語り手の語り方・話体**を踏まえ、それを含み、それを超える形での**書き方・文体**については、このあとで具体的に詳説します。散文ならば、ずらずらと続け書きにするであろう話者の語り内容を、この詩では長短の句としてあしらい〈アレンジして〉、しかも**逆三角形の詩形**にまとめたところに、散文と違う「序破急」の呼吸が感得されます。

賢治の童話〈たとえば「二人の役人」〉の話者〈語り手〉が、「ミチ」と語るところを作者は〈道〉と書いたり〈みち〉と書いたり、「表記」をアト・ランダムに書き記します。賢治の先品においては、特に話者の話体と作者の文体の関係に注意すべきです〈**作者の文体と話者の話体との関係と違い**は、さらに後述〉。

**二元論的世界観**というのは、さきにも説明しましたが、いわば唯一絶対の神を立てる世界観です。つまり創造者と非創造者、或いは創造者と破壊者という二分法の見方考え方です。精神と物体〈肉体〉、主観と客観という二元論の考え方がこれまで西欧諸国の哲学・科学を今日見る如き高嶺にまでおし進めてきました。その功績は否定できません。

しかし今や二元論は「壁」に突き当たり、あらためて東洋の相関論的世界観が見直されつつあります。

東洋の世界観は、「二而不二」つまり主体と客体は別個の「二」ではあるが、しかしその認識・表現においては「相関」的、つまり「不二」であり「一如」であると考えます。**西郷文芸学は、二元論ではなく相関的哲学、つまり「二而不二」の哲学的立場**に立つものです。一言でいえば**相関原理に立つ哲学**といえましょう。しかも、この立場は**現代の最先端をいく量子論の科学的世界観**をも踏まえるものであるのです（西欧の現代哲学もフッサールの現象学など、主客相関的な考え方をとるようになって来ましたが）。

詩「山頂から」にひきつづき、子供のための詩「おうむ」を引用、復習をかねてさらに一歩深めてみたいと思います。

おうむ　　鶴見　正夫

おうむの　まえを
とおる　とき
おうむの　ほうから
こんにちは
あわてて　わたしも
こんにちは

おうむの　まえを
とおる　とき

こんどは　わたしが
さようなら
おうむは　すまして
しらん　かお

### 表の形象・裏の形象

話者・語り手の「わたし」が、「わたし」と「おうむ」とのいきさつ（話題）を、語っています。文面に話者・語り手は「わたし」として現れていますが、聴者・聞き手「きみ」「あなた」は現れていません。どんな場合でも、語りかける相手としての聴者・聞き手は、必ずそこにいるはずです。ただ多くの場合、聴者・聞き手は文面に現れることはありません。また日本語の表現の特質として、話者・語り手の「わたし」・「ぼく」などの一人称の代名詞も、西欧諸国語とちがって多くの場合省略され、文面に現れてきません（一般に主語省略といわれます。「山頂から」と「おうむ」の詩は、一人称の主語が文面に現れている数少ないケースです）。

このように文面に現れないが実際には存在する形象を、文面に現れている「表の形象」に対して「裏の形象」と名づけています。

### 視点人物と対象人物

ここで視点人物と対象人物ということについて説明しましょう。

話者・語り手　　　　　　　　　（わたし）《外の目》
←視点人物・見ているほうの人物　←（わたし）←《内の目》
←対象人物・見られているほうの人物（おうむ）←（おうむ）

話者・語り手の「わたし」が、「わたし」自身のことと「おうむ」とのことを語っています。その場合、語り手が、どちらの側から語るかということがあります。この詩では、語り手の「わたし」は、もちろん「わたし」自身の方から見て、見たこと、聞いたこと、また思ったことを語っています。だから、**見ているほうの人物**（**視点人物という**）は「わたし」で、**見られているほうの人物**（**対象人物という**）は「おうむ」ということになります（話者が、自分自身ではなく、他者に「よりそい」語る場合もありますが、その場合は他者が視点人物となります「どんぐりと山猫」の一郎は、視点人物です）。

ここで見ているほうの人物・視点人物の「わたし」は、幼い女の子と思われます。（「作者」は、男の大人です）。幼い視点人物の「わたし」は、「おうむ」を人間の言葉の分かる人物と見ています。「わたし」は、「おうむ」と対等に言葉のやりとりをしているつもりなのです。ですから「わたし」を**視点人物**とすれば、「おうむ」は「わたし」との相関関係において**対象人物**ということになります（一般的には「おうむ」はただの鳥に過ぎません）。

おとなの作者・鶴見正夫が、幼い女の子の「わたし」を**話者・語り手に設定**しているのです（あるいは**大人の作者が幼い話者に変身**している、ともいいます）。**話者・語り手の《外の目》**が、**視点人物「わた**

**し」の《内の目》によりそい、かさなって、**対象人物の「おうむ」のことを語っています。幼い話者・語り手の「わたし」にとって、「おうむ」は、いわば「人物」なのです。

もちろん、作者も、読者も「おうむ」は人語を解せぬ物まねするだけの唯の鳥であることは先刻承知のことです。作者、読者にとってはもちろん「おうむ」は人物ではありません。しかし幼い話者であり、視点人物でもある「わたし」は、この「おうむ」を人間と同様に人語を解する人物と見なしています。つまり「おうむ」は**話者・視点人物の「わたし」にとっては「対象人物」**なのです。

詩「山頂にて」の「ぼく」は、話者・語り手であると同時に、視点人物でもあります。山や海は視点人物（ぼく）から見られている対象という関係になります。「きみ」という人物は、話者・語り手が自分の体験を語っている相手の聴者・聞き手です。「きみ」は、視点人物（見ているほうの人物）である「ぼく」にとって聴者・聞き手であり、かつ対象人物でもある、ということになります。

童話「谷」の〈私〉は、話者ですが、〈慶次郎〉と同様、対象の〈崖〉という怪物を見ている視点人物でもあります。「私」たちから見られている対象事物である谷の向こう側の〈崖〉が、次第に対象人物に化していく不思議な物語ということです。

**詩における句読点やかぎ「　」の省略**

ところで「こんにちは」「さようなら」は、人物の科白です。物語であれば、「　」（かぎ）に入れるところです。詩の場合、科白を「　」に入れないことがあります。また、句読点を省くことも多いのです。

詩の場合は、散文と違って行が短く、しかも改行しますから、「　」や句読点がなくても文の切れ目が分かりやすいからです。本来、**人物の話す言葉・話主（話し手）の科白**は、語り手の語る言葉・地の文同様、すべて話者・語り手が語っているのです。従って、「　」に入れなくても、間違いとはいえません。本質的には、**地の文同様すべてが語り手・話者の語る言葉**ですから、カギに入れずともかまわないといえましょう（日本の古典文芸には、カギ「　」も句読点もありませんでした。日本文学が句読点やカギをつけるようになったのは、明治以後、西欧の文学に学んで以後のことです）。

**話者・語り手と話主・話し手**

**科白の「話し手」**のことを「話主」と呼びます。しかし話主の話している科白を語っているのは、話者・語り手です。地の文も、人物の科白も、すべてそれを語っているのは話者・語り手の「わたし」なのです。**すべての文芸作品は、冒頭の一行から結末の一行まで、すべてを話者・語り手が語っている**のです。

以上のことをまとめて文図にすると（これは略図です。精確な文図は、三二九頁）

作　家（現実の、生身の）　鶴見正夫　**（作風）**
↔
作　者（書き手＝作品から想定される人物）　鶴見正夫　**（文体）**
↔
話　者（語り手）　《外の目》　わたし　幼い女の子　**（話体）**
↔　↔
視点人物（見るほう）　《内の目》科白の話主（話し手）わたし　**（話体）**
↔　↔

対象人物（見られるほう　　おうむ）
↔
聴　者（聞き手＝語り手により想定された人物）
↔
読　者（読み手＝作者により想定された、本来の読者）
↔
読　者（読み手＝現実の、生身の、今、この詩を読んでいるあなた）

読者（現実の生身の、つまりあなたのこと）は、作者により想定された読者と一体化して、話者・語り手の《外の目》で、「わたし」と「おうむ」のことを異化してとらえながら、同時に、視点人物「わたし」の《内の目》によりそい、かさなり、（同化して）、「おうむ」の様子を見ます。

読者が、視点人物「わたし」に同化するというのは、「あわてて　こんにちは」といったときの「わたし」の気持ちが、我がことのように分かる、ということです。読者が、「わたし」の身になる、気持ちになるということです。

しかし読者（現実の）は、「わたし」のいうこと、することを《外の目》でも見て異化します。その慌て振りがおかしくて思わず笑いたくなるという《外の目》の異化体験です。

この詩を読む読者は、「わたし」に同化しながら、同時に「わたし」をも異化します。この**同化と異化の二重の体験を共体験**と呼びます。一般に文芸体験は、すべての場合、共体験といえましょう。

賢治の童話の中で、「風」や「岩」などが、話者の「私」に話す場面が出てきます。多くの論者が、その「風」や「岩」を語り手と称していますが、それは正しくありません。「風」や「岩」はあくまでも話主（話し手）で、その話を話者の「私」が物語るのです。混乱しないように。

## 「読解理論」における「ようす」と「きもち」

日本の文学理論、文学教育論（いわゆる「読解理論」）では、「ようす」と「きもち」と「わけ」を読み取るといいます。

ようす
　　わけ
きもち

「ようす」は、人物の様子、周りの様子。
「きもち」は、人物の気持ち、心情、考え
「わけ」は、「ようす」と「きもち」の原因・理由・根拠

二元論的立場に立つ「読解理論」では、後連の「おうむは　すまして　しらんかお」という文章を、どのように読解するでしょうか。この文章を、「おうむ」の知らん顔してすましている「ようす」ととるのか、それとも、「わたし」の「きもち」ととるのか、「読解理論」では、このいずれかということになります。学生や教師の集まりでテストすると、「わたしのきもち」派と「おうむのようす」派と二派に分かれます（どちらとも決めかねる人もあります）。

「読解理論」によるこのような二者択一的な考え方は、間違いです。「しらんかお」というのは「知っていて知らぬ顔をする」という言い方です。しかし「おうむ」が、「さようなら」という言葉が別れの挨拶であることを知るはずがありません。「ようす」といえば、ただ、そっぽを向いているだけのことです。

その「ようす」を、幼い「わたし」が、勘違いして、「おうむ」は知っているのに知らん顔して「すまして」いると憤懣をぶっつけているのです。

文芸学の形象相関の原理に立って解釈すると、「おうむ」の「ようす」を見た「わたし」の「きもち」、この両者を同時に、丸ごとに、表裏一体に、表現した文章と考えるべきなのです。

文図にしてみましょう。

わたし　　きもち　　視点
↔　　↔　　↔　　形象相関（表裏一体）
おうむ　　ようす　　対象

この文章は、**対象（客体・客観）と視点（主体・主観）の相関関係が表現**されているのです。いや、この文章に限らず、すべての表現（文章でも、絵画でも）において成立する原理です。「読解理論」のいうように、「ようす」と「きもち」のどちらかに、分けて考えてはなりません。

「読解理論」は、「おうむはすましてしらんかお」という文章を、「おうむ」の「ようす」を表現していると捉えてしまうのです。しかし、文芸学では、「おうむ」の「ようす」を「わたし」の「きもち」がどう見たか、感じたか、ということのトータルな（丸ごとの）表現です。まさに主観と客観の相関、つまり視点と対象の相関が、この文章表現となっているのです。このことが、仏教哲学の「依正不二」ということです。

「わたし」に**同化**して読めば、こちらが挨拶したのに知らぬ顔をしている「おうむ」の「ようす」に、ご機嫌斜めな「わたし」の「きもち」が我がことのように分かります。でもそんな「わたし」を**異化**すると、「わたし」のことが読者には、滑稽に感じられます。

この相反する異質な感情体験の葛藤を**「共体験のドラマ」**と呼んでいます。この読者の二重のゆたかな体験こそ、この詩の**味わい、面白さ**ということで、そのことを、この**詩の美**というのです（文芸の「美」とは、美しいということではなく、おもしろさ、味わい、趣き、という意味です）。

## 話者・語り手の話体と、作者・書き手の文体

**話者・語り手の語り方・話体**は、自分と同じ年頃の友達の誰かを聴者・聞き手として、「おうむ」の様子を、失礼な態度として、憤懣を訴えている語り方・話体であるといえましょう。語り手というものは、自分の憤懣に同感・同調してくれる聴者・聞き手を想定して語るものです。

しかし大人である**作者・書き手の文体・書き方**は、「おうむ」が物まねする鳥であることを分かっているであろう読者・読み手を相手に、書いているのです。つまり作者によって想定されている読者とは、話者・語り手の《内の目》によりそい・かさなって「わたし」の気持ちを我がことのように共感・同化体験できるが、同時に作者と同様に、《外の目》で幼い話者の「わたし」のいうこと、すること、思うことをほほえましく思うという異化体験もできる読者ということになります。**作者により想定される読者**とは、この同化と異化という異質な体験を同時にない交ぜに共体験できる、つまり「ゆたかな読み」のできる読者ということです。

ところで、作者はおそらく小学校中学年以上の子供を読者として想定しているであろうと考えられます。しかし、たとえばあなたのような大人（教師とか母親とか）がこの詩の読者となることもあります。

その時その読者のことを**「現実の、生身の読者」**と呼ぶのです。「現実の、生身の読者」である研究者の私（西郷）は、「作者により想定された読者」ではありませんが、筆者（西郷）は、今ここに論じてきたような「読み」（分析・解釈）をするわけです。その時筆者（西郷）は作者により想定された読者である子供はどのような読みをするであろうかということを考えつつ読むことになります。読者であるあなた（教師）は、自分の担任している三年生の読者はどのように読むであろうかと考えて教材研究をするであろうと思います（想定される読者と現実の生身の読者とのちがいと関係は理解されたでしょうか）。

ところで**作者の文体とは、話者の話体を含み、それを踏まえ、かつそれを超えるもの**です。、つまり**話者の語る現実をふまえ現実を超える、まさに虚構の世界の構造・関係**にあるものです。賢治の童話「谷」の読者は、幼い話者の〈私〉の身になって奇怪な〈崖〉の不気味さを体験しながら、同時に、そのような幼い話者の〈私〉をも《外の目》で異化体験するという二重の共体験をすることになります。

文図で分かるとおり、文芸の構造は、**「入子」型、つまり重層的構造**になっています。
以上のことを、文芸学の用語を用いて表現すれば、「読者は聞き手に同化し、かつ語り手にも同化して」ということになります。同時に、「読者は、語り手をも、聞き手をも異化する」ということにもなるのです。いや、じつは語り手が語る人物にも同化したり、異化したりして読みすすめる、ということになるのです。

つまり読者は、語り手と共に読んでいくと同時に、聞き手の側にも立って読んでいく、ということになります。

文芸作品を読むという行為は、このように、じつに**複雑・微妙なイメージ体験**をすることといえましょう。この様なゆたかな読みを文芸学では**切実な「共体験」を目指す読み**と呼んでいます。

## 文芸作品とその視点

文芸作品は、そのジャンルの如何を問わず、ある一定の視点を媒介として表現されています。従って、すべての文芸作品は視点を媒介とすることなしには、ゆたかに深くそれを読みとることはできません。

視点 ─ （だれ）の目から ─ 語っているか
視点 ─ （どこ）から ─ 語っているか

## 作者の観点と話者の視点

ほかならぬその視点が撰ばれたということは、人間に対する、世界に対する、作者の人間観、世界観、また芸術観など、つまり作者の観点にもとづくものです。従って読者は、その作品の視点のあり方によって、作者の観点を推定することが可能となります。文芸の文章は、視点の設定により、作者の主観と客観が相関的・弁証法的に止揚・統合されたものです。

## 視点の設定

いわゆる「読解理論」においては、一人称、二人称、三人称と文法的人称にもとづいて視点を類別しますが、文芸学においては、**すべての視点を《外の目》と《内の目》の二つの《目》の組み合わせによって類別**します。

「外の目」は異化体験、「内の目」は同化体験を生みだします。文芸作品の読みの過程は、同化と異化のない混ぜとなった共体験となります（**共体験のドラマ**）。**語り手の《外の目》が、人物の《内の目》の「がわから」、「よりそう」、「かさなる」という形**で、読解理論でいうところの間接話法・直接話法・自由間接話法のすべてをカバーします。

### 視点──作者・読者・作品・現実

これまでの作品論や読者論、あるいは現実（対象）と作品の関係を論ずるものが、視点を無視して、たとえばAのような図式で考えていました。このように、それぞれの項を直接つなぐような図式からは、さまざまな誤りが生みだされます。そこで西郷文芸学は視点を媒介として、それぞれの項をつなぐBのような図式を提唱してきました。ここで現実というのは、表現の対象としてのそれであり、従って、「主体にあらざるもの」としての「客体」だけではなく、**「主体」そのもの（行動や意識）も「客体」として対象化**されます。

この図式Bは、たとえば次のように理解していただきたい。

作者はある一定の視点を設定して現実（対象）とむかいあい、それをとらえる。視点の媒介なしに現実と直接的にむかいあうのではありません（創造の過程において）。かくて作者は設定された視点を媒介として言語による形象化を行うのです。（作品創造）。

読者の側からいえば、直接文芸形象（作品）とむかいあうのではなく、

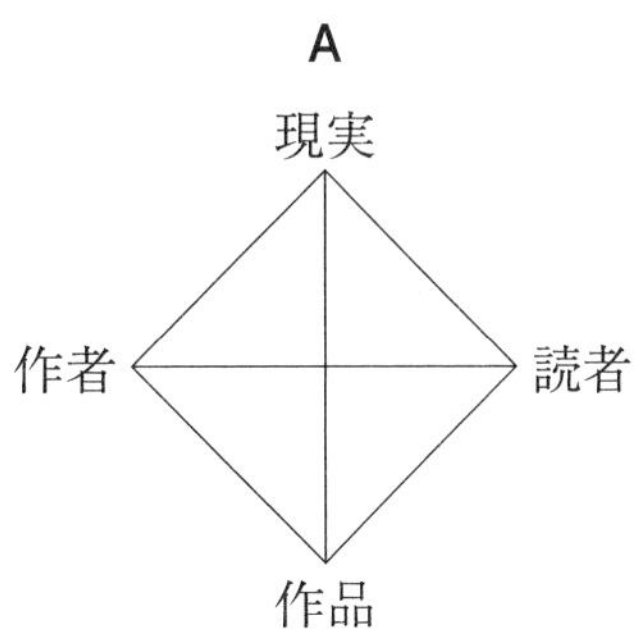


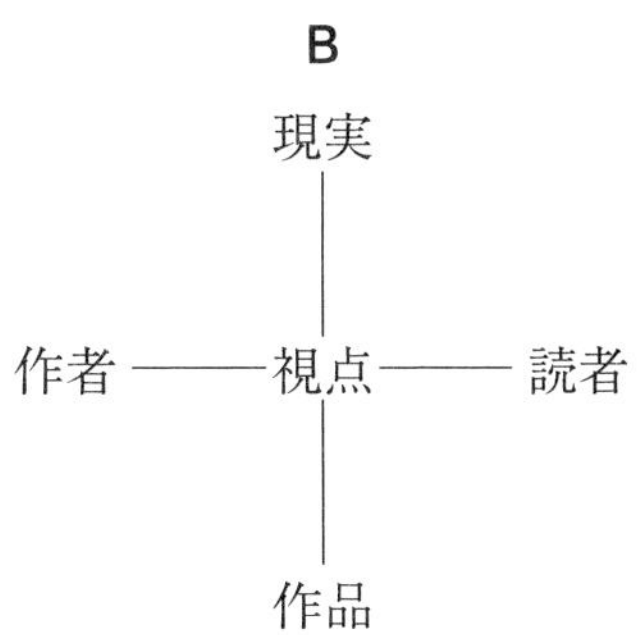

視点を媒介として形象とむかいあうのであり、視点を媒介として、作者の観点をうかがい知ることもできます。読者は視点をとおして、現実認識・表現のありかたを把握することにもなります。

まさにその意味において、視点は、作者と現実、作者と作品、作者と読者、また、読者と作品、読者と現実、読者と作者の関係を媒介するものです。

児童文芸においては、おとなである視点と子供である視点がかさなりあう、いわゆる**二重視点（複合視点ともいう）**の性格をもつものが多い。現在おとなであるものの視点からの子供時代の回想の形はその一例です。

視点を設定された人物を視点人物と名づけます。「私」という人物が登場する場合はもちろん「私」は、語り手であると同時に視点人物でもあるのです。そして視点人物以外の人物は、すべて対象人物ということになります。

**視点人物の条件**

視点人物に撰ばれる人物は、**作者の観点から、作品の主題と思想を形象化するために必要な条件**を持たねばなりません。条件とは、視点人物の性格、生活、思想、立場その他などです。

視点人物の目（主観）を通して見られた人物（対象人物、あるいは焦点人物ともいう）や世界は、従って視点人物の条件によって規定されるものです。このことは、視点人物の主観によって反映された客観の世界ということです（主観と客観の弁証法的止揚・統合としての文芸形象、視点をプリズムとしてとらえられ、表現された、**客観的現実の主観的反映**）。

**視点人物と対象人物**

視点人物によって見られている側の人物を対象人物（とくにその中心となる人物を焦点人物ともいいます）といいます。ところで視点人物と対象人物は、その描写・表現の上で、次のような違いがあります。

**視点人物（見る側）**
- 内面（心）よく描かれている
- 外面（姿）あまり描かれない

**対象人物（見られる側）**
- 内面（心）あまり描かれない
- 外面（姿）よく描かれている

対象人物の内面を的確に描き出すためには、その人物を視点人物として**視角を転換**する方法があります。つまり、見る側と見られる側との関係を逆転する方法です。「ごんぎつね」におけるごんと兵十は、結末の場面で視角が逆転します。**視点人物と対象人物が入れ代わる**ということです。

視点人物の条件（性格・思想・立場……）の変化・発展にともなって、対象のとらえ方が変化・発展することはもちろんです。つまり、対象人物や対象となる自然などの形象がちがったものとなってきます。

**視点と文芸体験（共体験）の形成**

語り手の「私」の目によって描かれた世界は、読者が視点人物の内面・主観をくぐり抜けて、その人物の見ている世界を見ることを求めています。このことを視点人物と同化するといいます。同化とは、子供にも分かる言葉で表現すれば次のようにいえるでしょう。

同化とは ｛視点人物の身になって／のつもりになって／の心になって／の気持ちになって／の目になり、耳になって／とともに／と一緒に｝ 体験するということ

ところが実際には、読者は、視点人物と同化して視点人物の体験をともに体験しながら、身につまされ、我を忘れていながら、他方では、視点人物をも突き放し、一歩身を引き、ある時は批判し、対象化しています。これを異化といいます。ある事件を、そこに登場する人物自身になって体験するしかたが同化体験であり、その人物をも事件をも外側からながめる、いわば第三者・目撃者としての体験のしかたを異化体験といいます。**《外の目》は異化体験、《内の目》は同化体験**をひきおこします。文芸の体験は、これら同化と異化が表裏一体となった、ないまぜになった体験であり、これを生身の体験と区別して共体験と

名づけます。
共体験とは、作者の体験を追ういわゆる追体験ではありません。
ある作品を読むことによる共体験の形成はその作品の視点の性格によって、同化と異化の関係における比重が変わってきます。たとえば、**否定的人物を視点人物として設定**しているときは、同化して読みすすめながら、遂に異化せざるを得ないという体験のあり方が、読みの過程においてひきおこされます。(宮沢賢治「注文の多い料理店」では、読者は視点人物の二人の紳士の《内の目》に寄り添い二人の身になって同化体験していきますが、同時に二人を突き放し《外の目》で異化体験することにもなります。この同化と異化の両体験をあわせ体験することを共体験というのです。

**語り手・視点人物・対象人物(対象=事物)の相関関係**

これらの概念・用語を明確に把握していないと、文章を正しく分析できません。従って解釈も曖昧な、間違ったものになります。試みに次の詩を分析・解釈してみてください(分析とは、概念・用語を用いて文章を解明することです)。

みずたまり　　　武鹿　悦子

木の　はが　うかんでる、
木の　はの　水たまり。

かえるが　とびこえる、
かえるの　水たまり

みんな　一つずつ、
雨に　もらったの。

わたしが　わらってる、
わたしの　水たまり。

事柄も表現も、子供向きのわかりやすい詩です。ほとんどの読者が、幼い語り手の女の子が、自分もふくめて「みんな」が「雨」から「水たまり」をもらったことを喜んでいる、と読み取っています。でも、その解釈でいいでしょうか（分析が間違っているので、あるいは曖昧であるため、解釈が狂っているのです）。

「わたし」が喜んでいるのは、たしかです。でも、「木のは」や、「かえる」も同じように喜んでいるでしょうか。

文芸学的に分析した上で、解釈してみましょう。とりあえず三連だけをとりあげて分析してみます（くりかえしますが、**分析とは**、この文章を**文芸学の概念・用語・定義・命題に照らして解明**することです）。

作者は、武鹿　悦子、大人の女の方です。語り手・話者の「わたし」は幼い女の子と思われます。この両者の違いは後に述べるように、**話者の話体（語り方）と、作者の文体（書き方）の関係と違い**という問題をひきおこします。

話者の「わたし」は、木の葉や蛙を人物と見ています。幼い子供らしい認識といえましょう。もちろん、大人の作者は、唯の「もの」と認識しているはずです。多分、作者により想定される読者も、幼い話者と違って、これらの「もの」を人物とは見ていないでしょう。

語り手・話者の「わたし」は、「わたし」自身のしていること思うことを語ると同時に、木の葉や蛙のことも語っています。つまり、「わたし」は「みんな」のことを見て語っている語り手であり同時に視点人物でもあります。従って「みんな」は視点人物の「わたし」から見られている対象人物ということになります。ところが「みんな」のなかには「わたし」もはいっているのですから、「わたし」は対象人物でもあるのです。文図にしてみましょう。

作家（現実の、生身の）　（武鹿　悦子）
↓↑
作者（武鹿　悦子・読者によって、作品から想定される）
↓↑
話者（幼い女の子の「わたし」）
↓↑
視点人物（見ているほうの人物の「わたし」は視点人物でもある）
↓↑

対象人物（みんな＝わたし・木のは・かえる。「わたし」は対象人物でもある）

⇄

聴者（話者により想定される人物）

⇄

読者（作者により想定される人物）

⇄

読者（現実の、生身の、例えばこの文章を読んでいるあなた）

「わたし」が、話者であり、視点人物でもあり、かつ対象人物ともなることに注意。

文図からわかるように、「わたし」は対象人物「みんな」の中の一人であり、だから視点人物の「わたし」は、自分と同じように「みんな」も喜んでいると思いこんだのです。「わたし」は、自分も「みんな」のなかのひとりと捉えたために、「わたし」は「みんな」も自分とおなじように喜んでいると即断したのです。

しかし、視点論の重要な命題の一つに、「視点人物のきもちはわかるが、対象人物のきもちは憶測する以外にない」ということがあります。

視点人物の「わたし」が、「雨」に「水たまり」を「もらって」喜んでいるということは、読者にもストレートに分かります。しかし対象人物の「木のは」や「かえる」のきもちは、視点人物にも、また読者にも、本当のところは分からない筈です。でも、この「わたし」は、自分が喜んでいるので、「みんな」

も当然よろこんでいるはずと思いこんでいるのです。このような**語り方を話者の話体**といい、この場合、この話体は「わたし」の思いこみの語り方・話体といいます。

そもそも、話者の「わたし」が、「木のは」や「かえる」を自分と同じような人物と見ていることに注意する必要があります。もちろん、作者も、また読者（＝想定される読者・現実の読者）も、「木のは」や「かえる」は、ただの「もの」にすぎないことを分かっているはずです。作者は、そのような幼い語り手の見方を踏まえた上で書いているのです。その**書き方を作者の文体**というのです。

従って、**本来の正当な読者**は（作者により想定された読者は）、視点人物の「わたし」の《内の目》になり「わたし」とひとつとなり、その喜びを同化体験すると同時に、《外の目》から「わたし」を異化体験して、ユーモア（笑い）を味わうこともできる読者です。この互いに異質な体験をともに味わい読むことが、**ゆたかな読み**ということなのです。そしてこのような同化・異化の二重になる体験を**共体験**というのです。

ところで、ここで、作者が話者に相変移し、さらに視点人物に変移し、しかも対象人物にまで変移していくことに注意してください。視点がスライドしオーバーラップするといってもいいでしょう。読者の側からいえば、イメージを作る方向として正反二様の体験の仕方があることになります（文図の矢印が、右向きと左向きと二通りあるのは、そのことを意味します）。

以上、文芸学の理論を踏まえないと肝心なところで、あいまいな解釈をすることになります。正しい分析なくして、ゆたかなふかい解釈はあり得ません。このような子供にも分かるようなやさしい詩でも、改めて解釈させてみるとほとんどの人が曖昧な、そして理論的な誤りのある解釈をするのです（わたしは、多くの教師や学生の集まりでテストしてみて、如何に曖昧であるかを思い知らされました）。

ついでに、この詩の思想について一言。人間というものは、自分が喜んでいることは、みんなも（他者も）喜んでいると思いこむものである、ということになりましょう。

村の人口　　原田　直友

村の林にゃ小鳥が八十羽
いやいや　お昼ごろ
ひなが三羽かえったそうだから八十三羽
村の小川と池にゃ魚がちょうど五百匹
村の野原と畑にゃもぐらが六十七匹
それに虫が五万二千とんで一匹
犬が四匹ねこが三匹
ねずみが一軒に二匹として四十匹
村の人は九十六人
あわせて村の人口は
ただ今　五万二千七百九十四

話者は、村の生き物たちの数を数えたてています。しかし、その数え方はどれ一つ採ってみてもナンセンス、と思える数え方です。林の中を飛び回る小鳥をきっちり「八十羽」と数えられるものでしょうか。

また小川や池の魚の数をどうやって数えられるでしょう。「ちょうど五百匹」なんて、きっちり数えられるものでしょうか。眉唾ものです。野原や畑のモグラという地中に潜っているものを、どうやって数えられるでしょう。それを「六十七匹」といわれても、「そうですか」と頷く人は居ないでしょう。「虫が五万二千とんで一匹」にいたっては、いい加減にしろといいたくもなります。虫の数を「とんで一匹」というのは虫が飛ぶということと、桁が二桁も飛ぶというのに掛けたいい方です。どう考えても語り手の語り方（話体）は、ふざけています。犬猫の数、村の人の数は、まあいいとしても、それらを一つにまとめて「五万二千七百九十四」というにいたってはあきれてものもいえません。たとえば魚三匹と虫二匹あわせて五匹、という計算は一年生でもおかしいと思うでしょう。「名数」というものは同じカテゴリーのものだけで計算するものだからです。異なる範疇を足したり引いたりは出来ません。

ところが作者は、話者のこのようなでたらめな語り方（話体）をふまえながら、否定するどころか、敢えて「村の人口」という題名を与えています。つまり生きとし生けるものすべてを同じ一つのカテゴリーとしてまとめて考えろ、と読者に要求しているのです。一体、小鳥や魚や、虫、ねずみ、犬、猫。そして人間まで含めて、すべてを一まとまりに計算するとすれば、これらすべてが一つのカテゴリーに属してこそ可能となります（ここにはじつは、作者の思想があるのです）。

小鳥も魚も虫も、犬、猫、人間……すべては命ある生き物と考えれば、それらを一つにまとめてもおかしくありません。命には大きいも小さいもありません。貴い、賤しいもありません。むしろ作者の思想は、今日の環境問題を踏まえて極めて深い思想といえましょう。さらに一歩進めて木の数、草の数までひとまとまりにすべきであろうと考えます。

仏教の歴史を辿るとき、インド仏教は「生きとし生けるもの」すべてを「衆生」と考えました。しかし鎌倉時代に日本の大乗仏教は「山川草木悉皆成仏」といいました。草木はおろか、山や川、つまり土や水まで命あるものと見なしたのです。今日環境問題の最先端を行く「ディープエコロジー」の思想を先取りしていたといえましょう。この詩を扱うとき、獣や鳥や魚や虫だけでなく、できれば草や木のいのちまでくわえて考えさせたらと思います。

ある六年生の学級の子供達は、この詩の授業の時、「五万二千七百九十四いのち」と数えました。「すべての命は平等」、それこそが作者の文体が読者に要請する思想であるといえましょう。作者の与えた題名「村の人口」は、以上詳しく述べてきたように、両義的な意味をもつものといえましょう。題名には、時にこのように両義的なものが見られます。注意が必要です。つぎに現代詩から。

ボクの反射　　竹中　郁

鏡の中へ私は這入ってゆけない。
私は断られる。
鏡の中に私のカラア、私のネクタイ、私のカフス扣鈕などが散らばっている。
くずれ落ちた私を拾い集めようとして、手を差し伸べる。
私の手をつかまえて、私でない私が、
「おまえとともに居たくはない。
　おまえはその儘でいるがいいんだ。」

と命令するように叫ぶ。
私は崩折れる。白い灰のように。
光を前にして。

この詩は、いわゆる現代詩といわれる範疇に属するものです。大学の集中講義などでこの詩を読ませるとたいていの学生が、「まるで迷路に入ったみたい！」、「頭が変になる！」といいます。現代詩とは、どうやら「難解」なもののようです。しかし、急がば回れ、「西郷モデル（模式図）」を参考にして構造分析してみてください（この詩にあわせて、模式図を基に造った以下の図のようなものを「文図」といいます）。

鏡に映った「私３」を、「私２」が見て思ったことを話者の「私１」が、自分自身「私４」（聴者）に向けて語っています。つまり視点人物の「私２」が、対象人物「私３」を見て、思うことを話者の「私１」が「聴者」の「私４」（私自身）に「独り言めいて」語っている……のです。「私でない私」は、「私２ではない私３」ということです。「私は崩折れる」の「私」は、「私１・２・３」のすべて。つまり私の全存在、です（ここまでは客観的な分析です。何とも味気無いと思わないでください。この詩のような難解な「現代詩」は、たとえ味気なくても、このように正確に分析することで、迷路に踏み込まず、いい加減な、見当違いな解釈に陥ることを防げるのです）。

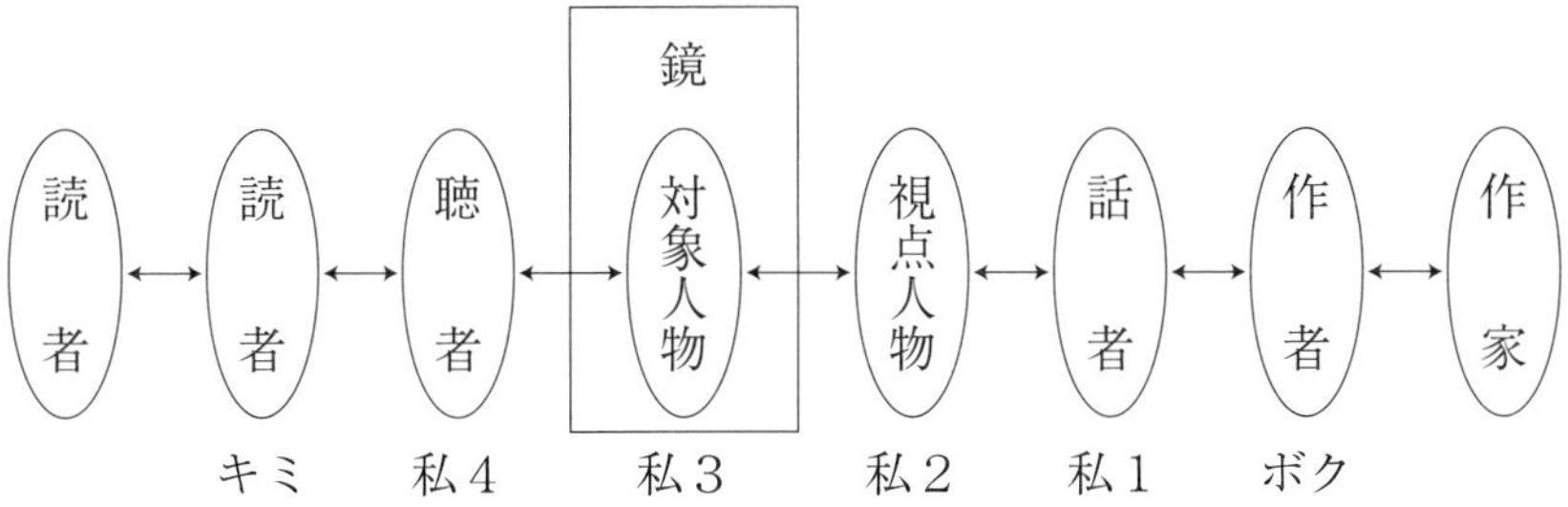

さて、以上の分析を踏まえて、以下の解釈が可能となります（と、いっても解釈というものは分析のように客観的なものではありません。十人十色、主体的なものです。以下の解釈・意味づけは、いうまでもなく西郷というひとりの読者の試みた解釈ということです）。

「鏡の中」の対象人物「私3」の姿は、カラアもネクタイもカフス釦もてんでんバラバラ、支離滅裂です。それは「私」の自己分裂・自己崩壊（「くずれ落ちた私」）をイメージさせます（まさに、この「鏡」とは、ものの真実の姿を映し出して見せるもの、といえましょう）。視点人物の「私2」は、そのような自己を「私でない私」（自覚したもう一人の「私2」）が何とか収拾しようとします（「拾い集めよう」とします）。が、手が付けられません。「お手上げ」の状態です。結局、匙を投げてしまわざるを得ません。「おまえ……」という科白の話主（話し手である私3）は、視点人物の「私2」を「おまえ」と呼称して、「おまえとともに居たくはない」と反発します。つまりは、話者の「私1」の自己嫌悪を表現したものです。

「光を前にして」、ということは、つまり自己を思想の「光」で照射したときに、「私は崩折れ」「白い灰」に化してしまう、という自己崩壊している自己についての認識を示しています。

この詩を一言で表現すれば、自己というものを「鏡」に照らしてみたときに自己分裂・自己崩壊し、如何ともしがたい状態にあることを承認せざるを得ない、という嘆きが語られているといえましょう。一般に鏡というものは、自己の外面的な姿を映し出すものです。この詩の「鏡」は、私の外面的な姿ではなく、内面的な心の姿を映し出して見せてくれる「鏡」ということです。

ところで作者は、題名に「ボク」という呼称を使っています。話者の「私」とは異なる人物といえましょう。

作者は題名の「ボク」という呼称によって、「私1・2・3・4」のすべてを包括したとも考えられますが、むしろ話者の語る「私」という自己の分裂・崩壊する姿は、実は、作者の「ボク」自身の姿でもある、という作者「ボク」の認識があるといえましょう。作者は、話者の「私1」の真実の姿「私3」に、「ボク」自身の姿をも重ねて見ているといえましょう。その鏡の中の「私」の姿に、「ボクの反射」という題名を与えることで、「ボク」自身、近代の知識人である己「ボク」の自己分裂する姿を戯画化・カリカチュアライズしているのではないでしょうか。

もちろん、その諷刺の矢は読者に対しても向けられていることはいうまでもありません。読者よ、「キミ」はどうだろう、と作者の「ボク」は問いかけているのではないでしょうか。かくて読者自身、鏡の中の「私3」の姿に己自身の姿を重ねて見ざるを得なくなるでしょう。作者は「ボクの反射」という題名を読者に向けても突きつけていると考えられます。いや、そう受け取りたいというのが、私がかねてから主張している読者の私の「典型を目指す読み」ということです。

次に話体と文体の特殊な関係を示す詩を紹介しましょう。

きもち　　谷川　俊太郎

どこからかぽわっときもちがわいてきた
すきとおっていたむねのなかを
だれかがぬりつぶしたみたい

みんながこうていをはしりまわっているのに
ぼくのこころはじっとしている
きもちのあとからことばがついてきた
ことばはなにかをいった
ぼくはちがうちがうとおもった
そのときこうちゃんが
どしんとぼくのせなかにぶつかった
きもちのいろがぱっとかわった
こころがぼくよりさきに
こうちゃんをはしっておいかけた
ことばはおいてけぼりだ
もうことばはきもちにおいつけない
ぼくはこうちゃんにたいあたりしたふたりともじめんにころがった
あぶらかだぶらあ！

話者の「ぼく」は少年です。作者は、詩人の谷川俊太郎です。作者は、この詩の題材や主人公に相応しく、少年の「ぼく」を話者に撰んだというわけです（作者が話者の少年に相変移したといいます。「ぼく」は、作者と話者の複合形象です）。

題材は小学校の校庭での、少年の「ぼく」と友人の「こうちゃん」のふざけっこを、話者の「ぼく」がリアルタイムで語っています。それを作者谷川俊太郎が、平仮名の「つづけがき」という書き方（文体）で書いたものです。

この詩を声に出して音読すると、聞いているだけでも話題がなんであるか、二人の少年のふざけあいの様子が手に取るようによく解ります。ごくありふれた日常的な出来事の推移は、ただ聞いているだけでもハッキリ解ります。語り方・話体は実に平易・簡明です。

しかし、作者が、平仮名だけで、このように「つづけがき」すると、それを目でたどって読む者にとっては、どのような出来事が、どのように語られているのかが、掴みがたく判然としません。出来事の推移さえうまく掴めません。適当に漢字を交え、句読点を付し、二、三、段落をとれば、一目で、おおよその事態が掴めるでしょうに、この書き方（文体）はなんという「不適切」な書き方でしょうか。

（我々が文章を読むときというのは、一字一字拾い読みしているのではありません。漢字を目でとびとびに追いながら、まるで飛び石づたいに駆けていくように、文脈を捉えて読み進めているのです。従って句読点なしの、平仮名の「つづけがき」は、大変に読みづらいのです。漢字交じりの文であれば、漢字を先取りして判読していけるのです。しかし平仮名だけの文章では、先回りして読めないのです。足元の文字だけを拾い読みしていく以外にないのです。一年生の作文が読みづらいのは、平仮名の続け書きだからです）。

話者の語るところを判読しやすく表現しようと思えば、適当に漢字を交え、句読点を付ければ、一読判然とするでしょう。たとえば、つぎのように。

何処からか、ぼわっと気持ちが湧いてきた。

透き通っていた胸の中を、
誰かが塗り潰したみたい。

こう表現すれば一読、書かれている事柄が何であるか判読・把握できます。しかし作者は、わざと捉えにくい文体（書き方）を撰んでいるのです。話者の話体（語り方）は至極解りやすいのに、何故、作者は、わざと、このような判読困難な文体（書き方）を撰んだのでしょうか。そこにこそ、この詩の虚構の方法があるのです。つまり話者の語る日常的な出来事の常識的な意味を越えて、深い思想的な意味を生みだす可能性を与えたのです。

「こころ」、「きもち」の変化は、本人（話者の「ぼく」）にとっては、「手に取るように」解るものです。いま自分がどんな気持ちでいるか、考えるまでもありません。

しかし、そんな「ぼく」の「きもち」「こころ」が、この後どう変わるか、第三者にとっては、まったく予想もつきません。いや、「他人には」といいましたが、じつは、当の本人にとっても「きもち」というものは、この後どう変化するものやら、まったく予測しがたいものとしてあります。まさに「一寸先は闇」です。だからこそ、話者自身「あぶらかだぶらあ！」（アラビアンナイトの中の呪文）と、唱えたくもなるというものです。

また、「こころ」、「きもち」、「ことば」、「しぐさ」の絡み合いがダイナミックに織りなす「模様」も、これまた複雑にして怪奇、まさに、それは、この詩の文体、つまり句読点なしの、のべつ幕なしの有り様そのものといえましょう。

このように、話者の話体をふまえ、それを踏まえ・含みながら、それを越えたところに、作者（もしくは作品の、といっていい）の文体が生まれるのです。話者の語ることに作者なりの意味づけをしたものが、文体ということです。というより、読者がこの文体をふまえて意味づけた、というべきでしょう。

最後に話者の話体と作者の文体の関係をふまえての深い解釈ということを、次の詩をテキストとして説明しましょう。

およぐひと　萩原朔太郎

およぐひとのからだはななめにのびる、
二本の手はながくそろへてひきのばされる、
およぐひとの心臓《こころ》はくらげのようにすきとほる、
およぐひとの瞳《め》はつりがねのひびきをききつつ、
およぐひとのたましいは水のうえの月をみる。

話者の語るところを、作者は、平仮名の「つづけがき」で書いています。「水」という状況と「およぐひと」という主体が、渾然一体、一つに融合しています。透明感があります。

なお、句点が無く読点のみということは、切れ目なく続くイメージを生みだし、連綿たる世界のイメージを形成します。

また、「くらげのようにすきとほる」という比喩は「およぐひと」の透明性を表し、そのことで、「水」という状況との一体感が感じられます。なお、この「水」の世界が湖水ではなく広々とした海であるようなイメージを生みだします（「くらげのよう」という比喩は場「海」のイメージを生みだす）。「およぐひと」の「二本の手」は「ななめにひきのばされる」という表現からは、「およぐひと」が状況（水）に自分を託しているイメージが感じられます。

まさに、これらの表現のありようは、「天人合一」の境地を表すものとなっています。しかし、「二本の手」と「心臓」、「瞳」だけは漢字表記にすることで、そこが強調され、そのことで、主体が状況に埋没することなく、逆に主体性が強調されます。表現形式がそのまま表現内容となる典型的な例の一つです。

主体に対する客体としての「水」と「月」は、これまた、曖昧模糊たる存在として表現されます。「瞳」が「ひびきをききつつ」という表現は、日本文化の特質としての表現法で、「香をきく」という「ひねり表現」です。たとえば、平安貴族の遊びで香合というものがありますが、そこでは、香を嗅ぐという肉感的な表現を避けて「香を聴く」という捻った表現をしました。日本文化の伝統的な表現法を採ったものと考えられます。

「水のうえの月」も水に映った月かげとも、水の上の空に掛かった月ともとれる曖昧さを逆手にとった「相補的」表現です。この詩も「天人合一」の境地を歌ったものといえましょう。

話者の語り・話体と作者の書き方・文体との微妙なかつ劇的な関係を見ていただけたものと思います。賢治の童話・詩に於ける話体と文体の相関関係について考察の一助ともなれば幸いです。

以上、駆け足になりましたが、「作者の文体と話者の話体との関係」について、一応説明いたしました。

# あとがき

筆者は、文芸学を専攻する人間の一人です。文芸学とは「言葉の芸術としての文芸を科学的、哲学的に研究する学問」です。その文芸学の観点から、賢治の童話、および詩「永訣の朝」を取り上げ、一般の賢治研究者とはまったく違う観点よりの考察を行ったものです。その意味において、本書は少なくとも類書のないものといえましょう。

取り上げた童話や詩作品については、これまで、多くの研究者により、さまざまな研究・解釈が試みられてきました。本来なら、それらの文献を挙げて、いちいちそれらと対応して筆者の独自の分析・解釈を示すべきかも知れませんが、本書では、ひたすら「二相ゆらぎ」という西郷文芸学の仮説に基づく分析・解釈のみを提起しました。ひとつには、西郷仮説を出来るだけ多くの作品に当たって検証したいということもあり（そちらにスペースを割きたいと考え）、これまでの諸氏の解釈の参照・引用はできるだけ控えました。取り上げた作品の梗概・内容・あらすじを省略したのは、これまた、紙数に限りがあるため、なるべく多くの作品について、西郷仮説を検証していただけるよう考えてのことです。取り上げた作品の内容・梗概などについては、できれば、文庫本などで承知された上で、本書の検証に「立ち会って」いただけたらと思います。以上の点、ご了承願います。

童話集『注文の多い料理店』は角川文庫版を利用されるのが簡便でしょう。ただし本書は表記のことが問題となりますから、その点からは、筑摩の『新校本　宮澤賢治全集』（『新・全集』と略記）を参照される以外にありません。本書はすべて筑摩書房の『新・全集』より引用させていただきました。

『新・全集』の手元にない方は、とりあえず、文庫か何かで（出来れば筑摩版の文庫全集で）、それぞれの童話の内容・梗概を承知されてから、本書の論旨を追求されるといいでしょう。改めて申し上げますが、筑摩の『新・全集』以外の表記については、万全とはいえません。

本書では表記・呼称ということが中心的な問題となるために、なるべく生前の唯一公刊された『童話集』と、新聞雑誌などに発表されたもの（つまり活字となったもの）を中心にしました。賢治自身の厳密な推敲を経たものでなければ、本書のテーマの検証は信憑性が無いと考えられるからです。

しかし、『童話集』以外の初期形などの原稿も一部取り上げました。厳密にいえば多少の危惧はありますが、大体のところは推測可能と考えられ、敢えて参考文献としていくつか取り上げて検証してみました。結果からいうならば大過無く論証できたのではと思っています。

研究者を含む一般読者に向けて、「仮説」を具体的に展開しましたが、筆者としては、高校生の諸君にも是非読んでいただけたらと考えて、表現は出来るだけ具体的にやさしくしました。

作品解釈の上で、いろいろ発言したいことがありましたが、「二相ゆらぎ」という観点にかかわるところのみについて考察しています。心残りのことも少なからずありますが、何れそのうち、一つ一つの作品についての詳細・緻密な作品論は別な機会に展開してみようと思っています。

本書をまとめるに当たって、広く文献を調べたつもりですが、もし「二相ゆらぎ」という仮説に何らかの形で、かかわると思われる研究論文なり著作が有りましたら、ご教示いただけるとありがたく存じます。

引き続き中編童話「風の又三郎」と「銀河鉄道の夜」を、「二相ゆらぎ」を仮説として、（また、これまでの多くの研究と対応させつつ）、綿密な分析・解釈を試みたいと考えております。

本書に於ける分析・解釈は西郷文芸学に於ける「自在に相変移する入子型重層構造」（西郷模式図・モ

デル）によるものです。西郷文芸学は、小中高校の国語教育の分野においては広く知られた理論でありますが、一般の二元論的文学理論とは原理を異にするものであり、本書の読者には、馴染みの薄いものであることを考慮して、巻末に西郷文芸学についての基本的な概念の簡略な「補説」をもうけました。

西郷文芸学による小・中・高校における文芸教育の研究と実践を展開している全国組織・文芸教育研究協議会は、半世紀を越える歴史を持っています。西郷文芸学は現場の実践によって検証済みのものです。

賢治の伝記的な事項や、残された原稿、書簡、メモなどの客観的資料については、多くの研究者の文献を参照させていただきました。いちいち明記していませんが、感謝申し上げます。

最後になりましたが、このような特殊なテーマに基づく、しかも四〇〇字原稿八〇〇枚を越える膨大なものを、刊行してくださった黎明書房社長武馬久仁裕氏に紙面を借りて感謝申し上げます。武馬氏は俳人でもあり、評論家でもあり、拙稿を一読、高く評価、ただちに出版に踏み切ってくれました。心から感謝いたします。なお、編集次長斎藤靖広氏には、原典との照合をはじめ綿密細心な校正をしていただき、これまた、感謝いたします。黎明書房からは、これまでにも小生の『名句の美学』（上下巻）、『名詩の美学』、また『宮沢賢治「やまなし」の世界』などを刊行していただいています。幸い、何れも版を重ねています。今回の出版と関連させ、旧著『宮沢賢治「やまなし」の世界』に、「二相ゆらぎ」のことを追補し、新装版として同時発売していただきます。本書と併せ、お読みいただければ幸いです。

二〇〇九年六月

西郷竹彦

著者紹介

**西郷竹彦**

1920年，鹿児島生
文芸学・文芸教育専攻
元鹿児島短期大学教授
文芸教育研究協議会会長
総合人間学会理事
著書『文学教育入門』（明治図書）
『虚構としての文学』（国土社）
『文学の教育』（黎明書房）
『国語教育の全体像』（黎明書房）
季刊『文芸教育』誌主宰（新読書社）
『実践講座　絵本の指導』全５巻責任編集（黎明書房）
『西郷竹彦文芸教育著作集』全23巻（明治図書）
『法則化批判』『続・法則化批判』『続々・法則化批判』（黎明書房）
『名句の美学〈上・下〉』（黎明書房）
『名詩の美学』（黎明書房）
『名詩の世界』全７巻（光村図書）
『子どもと心を見つめる詩』（黎明書房）
『西郷竹彦文芸・教育全集』全36巻（恒文社）
『増補 宮沢賢治「やまなし」の世界』（黎明書房）

**宮沢賢治《みやざわけんじ》「二相《にそう》ゆらぎ」の世界《せかい》**

2009年８月７日　初版発行

著　者　西《さい》　郷《ごう》　竹《たけ》　彦《ひこ》
発行者　武　馬　久仁裕
印　刷　藤原印刷株式会社
製　本　株式会社澁谷文泉閣

発行所　株式会社　黎《れい》　明《めい》　書《しょ》　房《ぼう》

〒460-0002　名古屋市中区丸の内3-6-27 EBSビル　☎052-962-3045
FAX052-951-9065　振替・00880-1-59001
〒101-0051　東京連絡所・千代田区神田神保町1-32-2 南部ビル302号
☎03-3268-3470

落丁本・乱丁本はお取替します。　ISBN978-4-654-01829-1